我周围的世界

孔孔

中信出版集团｜北京

图书在版编目（CIP）数据

我周围的世界 / 孔孔著. -- 北京：中信出版社，
2024.10. -- ISBN 978-7-5217-6693-6
Ⅰ. I247.5
中国国家版本馆CIP数据核字第2024XB4706号

我周围的世界

著　　者：孔孔
出版发行：中信出版集团股份有限公司
　　　　　（北京市朝阳区东三环北路27号嘉铭中心　邮编　100020）
承 印 者：北京盛通印刷股份有限公司

开　　本：880mm×1230mm　1/32　　印　　张：9.5　　字　　数：180千字
版　　次：2024年10月第1版　　　　　印　　次：2024年10月第1次印刷
书　　号：ISBN 978-7-5217-6693-6
定　　价：59.80元

版权所有·侵权必究
如有印刷、装订问题，本公司负责调换。
服务热线：400-600-8099
投稿邮箱：author@citicpub.com

给同同

你是笔直的小树

目录

水泥盒子	001
哑巴鬼魂	023
皮鞋游戏	047
谎言小史	066
鞋码人生	083
海的女儿	100
寻人启事	118
神秘房间	134
荒原宇宙	157
芭比娃娃	177
月球往事	191

相机魔术	211
灾星夜晚	236
魔药时间	262
光明之地	284

水泥盒子

童年时，回家这件事常常让周苇感到恐惧。

黄昏是一只快要熄灭的手电筒，夜拿着它站在路口，拖出一截惊悚鬼影，等着将孩子、飞鸟和白日通通抓捕回去。没有漏网之鱼。蟋蟀在草丛里发出看热闹的声音，塑料瓶里蝌蚪停止了找妈妈的游戏。妈妈们都藏在水泥盒子里，被手电筒照成断章的皮影。但别误会，那并不是无声的把戏，相反，它嘹亮而持续。二字节和三字节交替递进，空中落下名字的黑雨，被淋了满身的孩子们再无处可去，除了那唯一亮灯的庇护港、安全地——水泥盒子。

一开始，水泥盒子的角落摆着张钢丝床，那是陈香兰从第二医院搞到的，她总是有办法弄到些免费的东西。等到长大一些，周苇就开始明白，它们并非真的免费，世界上一切东西都有价格，只是使用的不是同一种货币。每次拿到这些东西后，陈香兰就会开心上一阵子，不是东西让她开心，而是免费让她开心。

"你妈我还是有点本事的吧？"

她甩出问题，却不需要周苇的回答，东西本身就是最好的回答。有时，她又会突然被床头的刮花、布料的抽丝或者某处可疑的污渍刺痛，意识到这些东西的廉价、粗糙，她本该早点意识到的，不该等到它们已经满满当当地充塞着这间屋子和她的生活才后知后觉地顿悟。它们经年累月地堆成城墙，墙上每一块捡来的砖石都在无言讽刺：沙发上衣服堆砌的乱葬岗，过一段时间就要除冰的冰箱，一到下雨天就开始卷边的墙纸，生拼硬凑在一起的不搭调的家具……一切都有可能引发她的无名火，而越是愤怒，人就越是感觉到无力，她可以掀翻这些家具，甚至一把火烧了这间房子，但她始终没那样做，她只是回过头，将枪口对准周苇——这个与生活合谋的小偷，偷走了她的青春和生命。多年来，她反复说着一句不知从哪学来的台词："早知道跟周卫华借了这么一个种，还不如把你拉到厕所里去。"玻璃罐里的一对母女蛾，无论如何撞击，墙永远在那里，呈现出无动于衷的透明。于是，只能恨另一只飞蛾。陈香兰告诉周苇，是她毁掉了她这辈子最重要的机会。

"我本来可以去市里的。"

"我本来能有一份好工作的。"

"我本来可以不生你的。"

"我本来可以……"

小学的语文作业要求用"本来"造句，九岁的周苇写："她本来可以不是我妈妈。"老师用红笔画了叉，附着二字批注："荒唐"。周苇不懂"荒唐"的意思，拿字典查，上面写"夸大不实"。许愿为何不能夸大不实？后来周苇才弄明白，"本来"不是用来许愿的词，只是陈香兰总爱拿它搭配梦想中的人生，使她误会。语文老师找来陈香兰，交出周苇的作业本，指着办公桌前立着的一幅精心装裱的书法，苦口婆心："育人先育德，这是前几年我受表彰时，部里颁给我的，意思是让我们做旗手，把这种教育精神发扬下去。孩子还小，不要打，好好说。"

陈香兰没有打，也没有说。回到家，她只是麻利翻出一只蛇皮袋，再更麻利地把周苇的衣服从衣柜一股脑拽出，花花绿绿的袖子们、裤腿们你绊着我，我推着你，闹哄哄像以为是要被带出去春游。可外面早已入冬，冷风把人的闲情逸致都刮干净了，街上每个人都缩紧脖子赶着回家，只有她们这对提着行李的母女逆着人流不知要去哪里。

在长途汽车站门口，母女俩才终于停下脚步。周苇认得那个牌子，也认得站外的大巴和行李，铁轨还没铺进这座小城的年代，要离开这里去远方的人都需途经此地。只不过她们到得太晚，当天最后一趟大巴的票已经售罄。车站空得像一口冷锅，冷锅里零星散落着旅人，他们的厚衣服鼓起，瑟缩着脖子和面孔，是一只只冷掉的馒头。很快，陈香兰也成了这些馒头中的一个,她抿紧嘴抱着臂坐在塑料椅上,袖管露出的一截手腕泛着白皮屑,看上去又干又硬,出门时,它折叠过来一把拽住周苇时,周苇只觉得疼。但她没开口喊疼,她知道陈香兰在生气,陈香兰生气时只会戳着她的脑袋说:"不疼怎么长教训?"好比不喝牛奶怎么会长高,不吃点苦头怎么能成材。陈香兰用"不"字圈出的世界,首要的就是别对她说"不"。于是,周苇什么都没说,没问她们为什么会来这里,也没提出想回家的念头,即使这个念头在她脑子里早急得跳脚,她尽量小声在暗地里掩着嘴将它安抚:"别急,再等等。"其他人也在等,没什么地方比候车厅装了更多的等。检票员倚着铁栏杆等着下班,哈欠打得下巴快脱臼,司机师傅和等着大巴出发的乘客围在一块吞云吐雾,联排塑料椅上,有人把行李铺在身下,在睡梦中等待明日的旅途。至于陈香兰在等什么,周苇不知道。无事可做的她只能晃荡着两条腿,探出脑袋打量卷在衣服和脏被褥里的人,他们看起来像长出了一层壳,壳里藏着梦的软体。没一会儿,周苇就感到了一种传染开的困倦,就在脑袋开始一点一点捣起蒜的时候,耳边忽然响起了陈香兰的声音:"饿了吗?"陈香兰盯着迷迷糊糊还没完全清醒的周苇,抬起手替她捋了捋额角的碎发。她一度很担心周苇不能长出好的头发,她婴儿时头发又黄又稀,剪过几次后才像活过来的树苗一样,渐渐浓密了起来,如今倒像野草似的。这个孩子和她一样,似乎怎么样都能活下去。陈香兰放下胳膊,指尖摩挲着蛇皮袋磨损得有些发白的边缘，没等到周苇的回答，又来了句："饿了就去那边小吃摊买点吃的。"陈香兰从兜里掏出了几块叠得整整齐齐的钱，先给了周苇两张，想了想，又给了几张，给完之后，似乎有些心烦意乱，把剩下的钱往口袋里胡乱一塞，打发周苇赶紧去。周苇拿着钱，看了一眼陈香兰，又看了一眼小吃摊，摇摇头，说自己不饿。陈香兰的脸垮下来，不再周旋，语气变成不容拒绝的命令："让你去你就去。"周苇磨磨蹭蹭滑下座椅，再磨磨蹭蹭把目光黏在陈香兰脸上，好半天终于下定决心，咬咬牙兔子一样飞奔了出去，边跑边回头，只害怕回头得太慢陈香兰就不在原地。

  小吃摊老板正在忙着收摊，摆摆手，说要关门了。周苇不说话，盯着他，盯到他心软，老板这才掀开一边的菜罩，抬起眼："还剩两个肉饼，要不要？"周苇把头点得像鸡啄米，递过去一张整钞，老板打开面前的抽屉，慢悠悠地在钱海里捞来捞去，半天也捞不到想要的面额。等钱终于找到了，陈香兰却不见了，周苇站在只剩下蛇皮袋的塑料椅前，手捧肉饼，脸上还挂着傻乎乎的讨好的笑。周苇往所有的地方看，所有的地方都没有陈香兰。半分钟后，孩子的哭声在空荡又开阔的车站里拉响警报，睡在塑料椅上的人只动了动腿又回梦里去了，打扑克的打完一轮，转转脖子越过重重椅子看过来一眼，又被洗牌声喊回去了，几位好心阿姨走过来，问孩子家长呢。孩子不答，只一味地哭，仿佛坏掉的感应器，机械地歇斯底里着。

"我上厕所回来，隔老远就听见有孩子哭，走过去一看，结果是我家的。一堆人围着，谁也劝不住。"后来，陈香兰偶尔还会提起这件事，提起时她总是笑，仿佛终于在这个女儿身上发现了什么幽默之处。"她还以为我不要她了，这孩子，从小就爱瞎想，后来老师说是有创造力的表现，这我才放心了。"

她讲一遍，讲三遍，讲十几遍，讲到最后，话便说服了她，好比大量摄入酒精，规律注入毒品，二十一天养成一个习惯，最后成功把自己套进习惯里，她开始相信自己所说的一切才是真相，相信她从始至终都不曾有过当初的念头。她是那样致命地需要着谎言，以至于愿意做一具走尸，任由陈词滥调来代替她发言。周苇发现了母亲的软弱，就像发现她身体上的某颗不易察觉的痣，先是令她惊讶，后来看久了，便觉得它是那样的普通，所谓的肉体凡胎。可陈香兰绝不会承认这一点的，因为软弱从一开始就是独属于那个做了逃兵的男人的标签。

"是你爸不要我们的。"

一句至理名言，挂在家里客厅贴满奖状的白墙上，旁人看不见它，他们看见的是秋日硕果般闪着金粉的荣誉，只有母女俩能看见，它比奖状更加耀眼，是始终灼烧着的太阳、不会腐坏变色的黄金。它是周苇还在牙牙学语时就开始背诵的"八字经"，陈香兰用这句话来教导她爱与恨、孝与悌、忠诚和背叛，以及迈入人世间前所必须学会的朴素伦理。在一切表达关系的动词之前，周苇最先学会的是"要"，然后是"不要"，一个人可以选择要或者不要另一个人，比选择要不要一张床还容易。

就像陈香兰对那张钢丝床早就一肚子意见，但始终没将它换下。好多年里，钢丝床都在夜里重弹着差不多的老调，吱吱哇哇地抱怨着自己一把年纪还要被折腾来折腾去的命运。陈香兰只好找来一层层被褥把那张喋喋不休的嘴给堵住，可惜这没能消灭床的声音，它只是含糊不清了，听上去反倒越发苦闷、委屈。那些夜晚，凸起的钢丝透过棉织物顶上周苇的背脊，仿佛一排排老朽的牙齿，在不断的张合中，她总觉得自己下一秒就会被吞进去。她沉溺于那种幻觉就像沉溺于童话，只不过在她的童话中，豌豆变作了钢丝，毕竟，童话也要与时俱进。陈香兰也懂得与时俱进，钢丝床扎破了她原本的梦境，她便学会用一些科学方法给自己造出新的梦境。

梦境藏在一只白色塑料瓶里，拧开时并没有神灯的白烟冒起，只有一颗圆头圆脑的小白片鬼鬼祟祟地滚落进陈香兰的掌心。起初，周苇好奇，从被窝里挤出一双眼睛，想要窥探陈香兰梦境的秘密。可惜她忘了还有钢丝床这个间谍，在她刚一行动时就用声音将她出卖。

"要死啊？不睡觉！"

在需要造梦的夜晚，陈香兰会变得格外暴躁，暴躁驱散杂音过后，梦境才愿意缓慢地显形。半粒白药片是迷路的兵丁，在陈香兰身体的燥热雨林中小心开路，很快，他们就会落入那些惊悸不安的陷阱，更多的火力被派遣进去，白色制服的士兵前仆后继，狭长猩红的血管是曲折的巷道，他们等待、伏击，二至四小时，炮火浓度攀至顶峰，然后便进入漫长的休整半衰期，每一个白日都是一片废墟。废墟中，一堆白色塑料瓶东倒西歪，被掏空了肚子。周苇将它们偷偷收集，藏进房间的抽屉，用笔在每一只上详细记录下开封和空掉的时间，如同人们会在墓碑上所做的那样，然而，那只是一排排空心衣冠冢，白衣士兵们都消失在了夜的雨林里。

一九九七年八月——现在。

这场战争旷日持久，和中东地区世代纠缠的恩怨一样没完没了。

每隔两三个月，陈香兰就会搭同一辆大巴去招兵买马。每次她都坐在驾驶座旁边凸出的油箱上，那一块地方是司机留给熟人的，熟人不用去窗口买票，只需要一张笑脸和几句问候。油箱上搁着一块被无数只免费屁股压得又扁又薄的布垫，这可有可无的温馨设置没有让陈香兰放松，坐在上面时，她的腰杆总是挺得笔直。一直以来，不管坐在哪，她的腰杆都挺得笔直，她这样做，不完全是为了腰，也是为了脖子、为了胸部，以及脸面，她对待自己的身体就像对待一把伞，一旦迈出门去，她就会将它最大限度地撑开，去迎接看不见的风或是雨。

有一段时间，陈香兰绷得太紧，以至于收缩的卡口失了灵，就连躺在床上时，她也仍旧维持着撑开的姿态。她希望能够将眼皮合上，但她发现，眼皮合上，眼前的世界确实消失了，另一个世界却出现了，眼皮打开，另一个世界消失，而眼前的世界又回来了。她开始在两个世界来回穿梭，哪一个都不允许她将眼皮彻底合上，就像开关键松掉了，电视机无视命令坚持发出莹白的光与黑暗对峙，使人觉得可怖，又像刹车失了灵，不管不顾地一直开下去，直到冲出悬崖为止。

悬崖下，一座白房子避世而立。白房子里，一个穿白大褂的男人等候多时，陈香兰坐在他面前，依旧腰背挺直。男人对她说，你需要放松。需要放松的陈香兰被领去一个白色房间，房间里一张白床，一个头戴白帽的女人递给她一粒白色药片，从一片白被褥中醒过来时，有一瞬间陈香兰以为自己已经不在人世。但很快，她就明白过来她还在人世，她看见了另一个女人，女人坐在另一张床上，手指翻飞织着一件毛衣。只有活人才需要毛衣，死人不冷也不热，一年四季都只穿一件寿衣。过了一段日子，陈香兰知道了一些关于这个女人的事，譬如，她的床底下放着一只箱子，箱子里已经叠放了七八件织好的毛衣。女人告诉她，睡不着的时候，她会织毛衣，从天黑织到天亮，就可以送孩子上学了。女人把毛衣们翻捡出来，一件件摆在床上，每一件毛衣上都织了一只小狗，女人说，孩子是属狗的。又过了一段日子，女人去楼下散步，遇见了一只流浪狗，狗浑身长满了土黄色的卷毛，眼睛黑黑像两粒扣子，就跟从那些毛衣上跳出来的一样。女人把它抱回了房间，和毛衣一起偷偷放在床底。某天，戴白帽的女人来给她们送药，狗突然疯了一样狂吠起来，它冲出床底，从房间的一头跑到另外一头。这动静惊动了走廊，更多戴白帽的女人冲进来，想要抓住狗，狗一下蹿上矮柜，冲出大开的窗户。当晚，女人用一根磨尖了的毛衣针戳进了自己的喉咙。白床单被染成红色，打扫清洁的大姐来房间里拖地，拖布在地上的那一摊红色上卷来卷去，像条舌头，吵闹不停。陈香兰记起某天在走廊的见闻，几个女人围在一起，你一言我一语地将某个三俗故事拼凑完整：女人是小学语文老师，她在学校加班批改试卷，老公在家里和别人上床，女人走时忘了关窗，三岁的孩子被锁在十层楼的房间里，失足跌了下去。卷毛狗和女人消失后，屋子里一直都弥漫着一股消毒水都盖不过的腥气，陈香兰不得不在枕头和被子上都涂满花露水。再后来，陈香兰又听说，女人没死，被转去了另外一个楼层。有那么一两次，她也有过去看看女人的念头，女人在的时候总陪她聊天，但还没来得及下定决心，白大褂男人就通知她，可以离开了。陈香兰问男人，她好了吗。男人说，可以出院了。陈香兰又问，那如果还是睡不着怎么办？他指了指放在桌上的那个白色塑料瓶，说，吃这个就行。

造梦的故事于是从这一天开始。

故事的另一头，药片打响的战争使周苇的家园动荡，以六岁为起点，连续几年，她都不得不过着一种游牧民族的生活。

一只草绿色的旅行袋，上面绣着一只白色的黑鼻羊，她提着它，如同牵着一匹马，在这座城的地图上来回辗转。陈香兰是布置任务的首领，隔一段时间就交给她一个代号，让她去按图索骥，代号是"大姨"、"三姨"、"大舅"、"二舅"和"小舅"，卫星一样散落在城市的各个方向，星系的中央，是名为"外婆"的那颗。"小姨"则是行踪不定的哈雷彗星，拖着拉杆长如扫帚的行李，一年到头以游荡为生。

周苇游移在星球与星球之间，登舱的方式固定不变，关上一道门，再叩响一道门，宇宙是有着高高拱顶的门的长廊，贴着褪色红喜字的木门、镶嵌着红色暗号般门铃的防盗门、钢筋蜷曲成黑色触角的镂空铁门……它们整齐排列，沉默如候立的守卫，她惕惕然立于门后，与那只黑鼻羊一起，是等待被收容的流民。

大姨的星球是一万颗费列罗堆叠起来的金碧辉煌，金色吊顶灯流出金色蜂蜜，流到地上凝固成被格纹切割的暖金大理石地板，金色桌柱从地上长出，又长出触须般垂坠的金边流苏，上面一只鎏金葫芦的花瓶里一把郁金香如好奇又羞怯的闺阁姑娘，挤作一团，争相看着这位灰头土脸的来客。大姨坐在餐桌的北面，背后一只金凤凰僵如死的标本，被钉在两臂长的巨幅画框里，一枚大敞着衣襟的金佛靠在大姨的胸前，始终微笑。周苇希望自己也有那样一枚金佛，因为对她来说，笑从来都不是一件容易的事情。大姨也很少笑，但她有了那枚金佛，似乎就有了笑的替身，豁免于礼貌的奴役，人们见了她倒总是笑，笑得笑都堆不下了，只好从扭结的肌肉上滑下去，滑进他们手里金的红的黑的袋子里，随礼品一同附赠出去。周苇想，如果她能得到那样一枚坠着笑佛的项链，她一定会把它紧紧地挂在胸前，就连睡觉也不摘下，如此一来，就算在梦里，她也能在笑这件事上游刃有余。毕竟，她所在的星系，小孩受欢迎的秘诀之一就是：见人笑眯眯。

在这一点上，表哥家伟从一开始就领先于所有小孩。家伟五岁上学前班时拍过一张照片，照片上他穿一件小西装，在所有孩子都还只知道红领巾时，他已经率先打上了红领带，红领带趾高气扬地在格纹马甲红砖墙后面露出一截方脑袋，对他们宣告了另一个世界的存在。五岁的家伟是预备役，等比例地缩小着另外那个世界的一切，迷你的领带、迷你的马甲、迷你的被鞋刷舔得锃亮的皮鞋，就连笑也是迷你的，露出八颗迷你的洁白幼牙。大人们一眼就认出了那个笑，就像地球缩成一张半米的地图，他们也依旧能轻松将地图上某个黑点指认为北京或者纽约。地图上，每段比例尺的横杠上都站立着一个打着红领带的家伟，一个北京，一个纽约，以及一个提着黑鼻羊行李袋的周苇。在数学的绝妙弹性中，所有人都获得了永恒，就连那个笑也是永恒的，永恒地受到千篇一律的喜爱和赞叹。1＋1=2，五岁的家伟和他的笑，昭示着一种自成一体的坚固秩序。"像家伟那样爱笑"，家伟构成了定律本身，余下的孩子就像学习算术一样学习着笑的公式，当他们错误时，就会得到一个"叉"，"叉"写在大人的脸上，由两道竖立起来的眉毛拼凑，而嘴是充气的会迅速鼓胀起来的鲜红的"0"。人们用自己的脸打钩、画叉、给出0分，又用这张脸来微笑，就像周苇的磁性写画板一样，有一种自我推翻的能力。在一切都可以被推翻重来的地方，只有家伟的笑稳定、坚固。

家伟一路笑着高歌猛进。他在国旗下演讲时笑，在家庭聚会的餐桌边笑，把笑贴在实验二中的出入证上，笑接着钻进布告栏的玻璃窗，每次做课间操经过时，周苇都能看见躲在玻璃窗后的家伟，他被框进边缘清晰的四方形中，嘴角扬起神秘的弧度，如同那个供奉于艺术神殿被万人观瞻的微笑图腾。直到周苇九岁那年，十八岁的家伟自己把笑从实验楼上摔下来，摔在墨灰色铸铁的井盖上，砸了个稀巴烂。再后来，玻璃后的家伟开始发黄、打卷，摇摇欲坠，被校工们用新的展板替换，旧的笑脸们通通被收入仓库，与灰尘、鼠蚁以及肢体残缺的桌椅做伴。

于是，大舅妈也不会笑了，就好像家伟表哥把自己的笑连带着她的笑一起砸碎了。大舅在一年多以后离开了家，他说，他的人生还要继续。像大失所望的耕作者一样，带着镰刀、铁斧和火具连夜逃离，身后是痛苦的砾石裸露地堆积。

"没办法",失去了笑的星球是患了石漠症的土地。他一路奔逃,奔逃到另一个还散发着无限生机的星球,星球上一个女人牵着一个男孩等候已久。初次家庭聚会,男孩穿一件马甲,笑得像极了五岁的家伟。于是,"家伟"又一次回到了这个星系,只是,陈香兰告诉周苇,这次她要叫他表弟。比例尺像被神秘磁场扰乱的罗盘针一样疯狂摇摆,周苇失去了秩序。在过去的无人知晓的某一段时间里,存在着两个家伟,她想,也许这才是其中一个必死的原因。

初中地理课上,老师一手拿尾缀麻花电线的灯泡,一手持地球模型。灯被关上了,教室里漆黑如茫茫宇宙,灯泡是唯一的光源,"地球"被托举着在光的周围环绕。

"永远只有一半的地方是白昼。"

太阳在一个地方升起就会在另一个地方落下,讲的是非此即彼。不是一个家伟,就是另一个家伟。

那些年,当前一个家伟站在前面冲着大人们笑眯眯时,周苇跟家和、家乐就躲在层叠如幕布般的衣裙后挤眉弄眼。他们通过这种方式来传递讯息,是某种面部肌肉的摩斯密码,眼睛眨动是短促的"·",嘴巴张合是拉长的"—",它们费力地扭动,在长长短短的停顿后从脸上跳跃出去,像前赴后继的伞兵,冒着被某只大人的侦察眼发现的风险,摇摆晃荡着将信息送达到对岸。不过,信息往往都支离破碎,像是一堆部首偏旁都残缺的象形字,实用的意义消失了,只剩下最纯粹的玩乐和游戏。

那样的游戏还有很多，多到足以装满周苇书柜里的曲奇饼铁罐。它们在里面横冲直撞，把童年摇晃出拨浪鼓的声音。

二舅家的家和与家乐是周苇最好的游戏伙伴。家和比周苇大一岁，周苇比家乐大一岁，整齐得就像从匀速的流水线上滑出来的三个小孩。当周苇走路还晃晃悠悠时，家乐牵着她，另一只手则被家和牵着，从低往高，构成三截紧紧咬合的阶梯。大人见了发笑，拿起傻瓜机给他们拍照，三个人穿着厚棉衣，胸前各戴一只脏兮兮的白色围兜，那是他们疯玩一天的记录簿，上面诚实地涂抹着两三钱灶灰、四五颗硬饭粒子，还有橙子被开膛破腹时飞溅的金色汁液。因为害羞，他们的表情都显出一种局促的张皇，紧张地一排立在那里，如同被抓个正着的落魄小贼。一棵橘树立在后面，明黄的小叶橘缀在油亮的深青色树叶间，探头探脑地看三人的热闹。

有一段时间，他们三个人几乎形影不离。一到暑假，陈香兰就会将周苇和她的行李袋一起打包塞进一辆米褐色的面包车。面包车的司机也姓陈，陈香兰便叫他哥。每次，她都说着同样的台词："哥，就拜托你了，帮我看着点。"司机陈师傅收过钱，转头看一眼缩在角落里的周苇，如同看一件带灰的行李，扬扬下巴："放心，包在我身上。"

车是开往二舅家的，那是周苇漫游的星球中最远的一颗，无法通过公交、单车或者任何一种市内的交通方式到达，只能依靠那辆摇摇晃晃如甲虫一般的中巴。

陈香兰不知道的是，即使她付了钱，周苇每次也只能将屁股靠在其中三分之一个破了洞的坐垫上，另外三分之二则被司机安排出来搁置另外两只屁股，晚到的屁股们甚至只能僵硬地半悬在空中，它们是的确良的、灯芯绒的、牛仔布的，随着车身的摇晃而紧张地颤颤巍巍，屁股对面的人也颤颤巍巍，屏气凝神，生怕一个刹车造成脸对屁股的追尾。不过，在那样的时候，脸和屁股是没有区别的，它们只是等待着被运送，像某个人腿边那只尿素袋里不时咯咯两声的鸡。人却连咯咯声也不发出，只有相似的疲惫在呼吸中渐渐弥漫开，随着无尽回旋的山路环绕成一个螺丝钉般的梦，螺丝钉不断地旋拧、旋拧，对着天空，仿佛要扎破它。然而，最后被扎破的总也只是那个短暂的梦境。一个急停，车身如濒死者颤抖几秒，吐出一声叹息，梦境也便消失了。梦中的人们回过神来，神情茫然地张望，仿佛忘了自己置身于何地，直到看到窗外某张熟悉的脸，才死而复生一般恢复活力。屁股挪动起来，鸡被拎得在袋子里仓皇扑腾，一双双脚排着队地走出去，走到外面，混进那些更为密集的脚的迷宫中，再难辨认。

不断重复的一场梦游，梦的终点，站着家和和家乐，还有永远热情的二舅妈。

"哎呀，怎么又瘦了？你妈怎么喂的？"

手腕被捏紧，二舅妈用虎口量她，用眼睛量她，在她身体上寻找蛛丝马迹，片刻后才把量尺一收，手攀上手臂，构成个港湾的形状。

"你二舅杀了一只鸡，炖在灶上了。"

二舅妈灵活地钻进小货车驾驶室，他们三人则爬上了敞篷车厢，靠在一起，紧紧地抓着车厢围栏。车子发动，轧过还没有被水泥镇压的石子路，"吨吨吨"地颠簸起来。家乐最先开始蹦，然后是周苇，家和犹豫了一会儿，也开始蹲着蹦起来。铁皮车厢被鞋击打得啪啪作响，咯咯咯的笑声气泡一样从喉间冒起来。

"坐好，别乱蹦。"二舅妈看着后视镜，喊道。

但已经晚了，他们都早就跳出了后视镜能够抓捕的范围，听不到舅妈的呼喊了，他们跳到了半空中，跳进山边的草丛里，匍匐着身体捉沉睡在卷叶里的害羞的幼虫，还有那些身体纤长的蜻蜓，或者摘一把野豌豆，用指甲把豆粒挤到地上，掐断一角，就可以吹响游戏的号角。游戏是无休无止无穷无尽的，奔跑是游戏，躲藏是游戏，大叫是游戏，旋转是游戏，如果那时他们对"活着"有了概念，大概也会将"活着"归纳为一种游戏。当然，这里面必然没有什么故弄玄虚的人生哲理，而只是一种不假思索的反应。他们尚且只知道"活"，松脆的、利索的、一把就能折断的"活"，直愣愣地站在"死"的对面，使鸟叫出声，鱼游到对岸，树结出枝叶，使他们呼吸、大笑、从高高的陡坡上坐着纸板俯冲下来，使腿在撞击沙石时感觉到疼痛。

当周苇进入游戏时，她就忘了陈香兰，也忘了那个水泥盒子。她心无旁骛，认真地数每一粒落到手背上的石子，或者每一颗被打进洞的弹珠，她观察虫子蠕动时皮肤如水波一样泛起的褶皱，纵身一跃，化作一尾灵活的鱼，轻轻松松跳进后山那片清凉的褶皱里，河水在她肩头滑来滑去，似乎拿不定主意要不要和她一起玩耍，她小心翼翼地把头埋进它透明的身体之中，看见被浸泡得饱满鼓胀的鹅卵石卧在河底静静发亮，如同河流母体正在孵化的巨蛋。她眼睛一动不动地凝视着那些白色的"蛋"，银灰色的半透明小鱼列着队从蛋与蛋的黑色缝隙中进进出出，她伸出手去，鱼群立马惊恐四散，过了一会儿又出现了，什么也不记得似的，把她张开的手指当作某个新建的游乐场，来来回回地穿梭游弋。静止也是游戏，她双腿悬浮不再用力，水波将她的身体轻轻地晃来晃去，像温柔的母亲，而她是需要被哄睡的孩子。有时，她可以这样静止不动好几分钟，直到家和拔莲藕一般地将她从水中拔出来。那是他的乐趣，枯站在岸上，扮演沉稳的救生员，鹰一样警惕地盯着水里的她和家乐。他把每一次"救援"都计入功劳簿，好给自己冠上动画片里的英雄称号。某天，他在电视上学会了心肺复苏，便让周苇躺在河滩上。

"你要闭上眼睛。"

他蹲在那里，对她下达第一道指令。

周苇闭上眼睛，仰面躺着，长时间浸泡在水中，她嘴唇发紫，皮肤呈现出一种浮肿的苍白，已有了病入膏肓的样子。一双干燥冰凉的手按住了她的胸脯。

"我要开始了。"

前胸被一股力量轻轻挤压，松开，再挤压，像某种匀速的催眠仪式。阳光晒得她眼皮发烫，一圈忽明忽暗的光斑在她眼皮上飞来飞去，她全身都被烘烤得暖洋洋的，裸露在外发皱的皮肤变得干燥温暖，像一块正在被晒干的湿纸，她舒服得快要睡着了。

"等下你要吐水。"

家和的声音传来，周苇想点头，但随即意识到自己正在扮演一个濒死的人，于是，她继续一动不动地躺在那里。

过了一会儿，家和说："可以了，快吐水吧。"

周苇感觉自己的嘴里干干的，喉咙像一截吸不出水的管道。她身体里的水分都被阳光蒸发了，她没法吐水。

家和开始催促："吐水呀，吐出水就得救了。"

她突然想，或许她可以继续演下去，演一个死人，她发现了游戏的新玩法。

"醒醒。"

她感觉自己的脸颊被拍了拍，有人开始晃动她的肩膀。

"哥，你不会把她压死了吧？"

家乐的声音依然透着一股傻气。家和没说话，更加用力地摇晃她，就好比在算命摊前拼命摇晃签筒的大人一样，他们似乎都相信，只要摇晃得足够卖力，好运就一定会来临。周苇仍旧闭着眼睛，她被摇得头晕目眩，开始恶心。风吹过来，她胳膊泛起细细密密的疙瘩，疙瘩成群结队地蔓延，在皮肤上安营扎寨，是大战将至的场景。她开始觉得冷，眼皮上的光斑不见了，变成均匀的寒浸浸的灰。她掉进了灰里，听见家和和家乐的声音随着灰尘被扑到半空，渺不可闻。

三十九度八。

她烧得跟当天的气温一模一样。傍晚，天空在热热闹闹地飞霞，她的脸也在飞霞，一路向下飞到了脖子，再钻进被子里，被子烤炉一般拱起，火在里面烘烤着她小小的身体，她被一根针头和两块胶布钉在床板上，源源不断的液体穿过狭长的塑胶长廊前来救火。

"今晚要注意，烧成肺炎就麻烦了。"

肺是火情的重灾区，烧得每一个细胞都在咕噜咕噜地冒泡，冒险闯进去的全都狼狈逃窜，身后一长串火舌追杀出来，燎灼得气管发红发痛。胳膊也痛，背也痛，每一处都在拉响警报，请求支援。她想要呼叫，声音刚要冲破防线，就被烧成灰烬，涩涩地卡在喉头。

家乐和家和站在一边，表情错愕，看她如看一栋正在焚毁的房屋，他们搞不明白这场火灾如何发生，更搞不明白自己怎么突然就成了纵火者。二舅妈在屋子里来来回回，一边扑火，一边发火。她是临时借调来的管辖人，既认为责任在身，又怨怼这多余的责任。

二舅从牌桌上匆匆赶回来，走到床前，伸出三根手指去探周苇的额头，像是在摸牌，牌面一片滚烫。他收回手，不动声色，牌越是烂就越要不动声色，这是老手的觉悟。他把牌局撂下，去客厅里打电话。二舅妈撵走家和和家乐，跟了出去。

屋子里变得像洞穴，水滴继续从岩壁上滴滴答答地坠落。

滴——滴——滴——答。

电流载着声音在空气里跑马拉松，脚步在夜里显得长而疲惫，归来时却两手空空。二舅妈把两个孩子送进被窝，二舅还坐在客厅，拿着话筒抽烟。她走过去，一把扯掉挂着半截烟灰的烟头。

"要抽去外边抽。"

二舅悻悻地看了一眼被折断在烟灰缸里的白色烟尸，想起自己临走时那张没摸到的二条，几乎是送到嘴边的清一色自摸。他咂咂嘴，把听筒放回座机卡口。

"你妹妹还真的把她女儿送给咱们了，心也是大。"

二舅妈打开卧室看一眼，点滴还有三分之一。

"你不是一直想要个女儿吗？"

"隔层肚皮，养不熟。"

熟透了，四五六个小时轮转着烘烤，周苇熟得像一只焦干的脆皮猪。为什么还是说不熟？她在梦里急出一身汗，汗在炉子里蒸发，滋滋作响。家和和家乐牵着手站在炉子前，她让家和救救她。家和说，他只会救水，还没有学会救火。家乐耸动着肩膀："咯咯咯咯……"

被炉壁亮红的光映照，壁上突然开出一眼黑色小孔，周苇走进孔内，阴凉潮湿，狭窄柔软如羊肠。有遥远的水波声荡过来，她继续往前，片刻后，便置身于羊肠的尽头。她看见一方弧形拱顶的洞穴，洞穴的下方是一潭深色的湖水，而自己正侧卧在水的中央，一左一右地摇晃。摇晃着，整个洞穴都在摇晃，湖面被摇晃成透明的弹珠，她被吞噬进中间，变成裂纹一般的弹核。然后，穴壁蚌壳一样从中间分开。

光进来了，一张熟悉的脸浮现在眼前。

周苇开口叫："妈妈。"

对面的人一愣，摸着她的头："这孩子，烧糊涂了。"

于是，整个童年随之跌回到黑洞般的深穴里。

哑巴鬼魂

一只冰冷的金属钳在周苇的口腔里搅来搅去。

"龋齿",体检医生宣判完毕,拧开笔盖,麻利地把它们放进面前的白格子监牢,龋齿的楼上住着一对共同作案的双胞胎,视力0.8和0.7,楼下是整天都在哼哼唧唧的鼻炎。一整个上午,周苇都拿着这张搜捕令,楼上楼下地跑,侦查、搜捕所有下落不明的在逃犯,一一登记在案。

"你多少了?"

谢依然从旁边的队列走过来,对周苇招手。

"我还有三个。"

"我,两个。"

周苇落后了,她还剩下身高、体重和胸围。

"我也还没有查那个,一起吧。"

谢依然把手指头往纸上的"胸围"上戳,目光则往周苇的胸前戳。两人相携走进一间拉着窗帘的房间，房间里站着好几个像她们一样的女孩，她们又用彼此的目光朝对方的胸前戳，像戳白窗纸一样，造一个刚好搁置住眼球的洞，然后向里面张望、打探，期待看见点什么，又害怕真看见什么。两个身穿白大褂的女人走了过来，目光朝着她们挨个地扫过去，说，脱吧。没有人动。于是，其中一个甩下道声音的鞭子，还做不做了？被猛地抽红脸的她们这才想起自己的任务，各自背对着，窸窸窣窣地、遮遮掩掩地开始脱。

"谁身上没长是吗？扭扭捏捏什么！"

白大褂一号扯过一只横陈的胳膊，把它拧成一个投降的姿势。白大褂二号拿出一根皮尺，绕着城墙收割，收割出一串数字，再甩甩胳膊，抖落到格子间里，用墨水上锁。上锁之后，供词就变成了秘密，被女孩们藏在手掌之下，禁止探视。就像她们早就学会的那样，用不同的招式来对付不断扩张的肉体的疆域。最开始是贴身背心，材质是普通棉布，通常是白色或者粉色，然后，在背心的基础上有了飞跃式的变革，多余的下摆被剪除，只余下土楼城墙似的一圈，紧紧闭合，有一段时间，还流行过那种挂在脖子上的吊带，触角一样从后颈伸出，像八音盒上可以让小人跳起舞来的发条，被后座的无聊男生轻轻一扯，女孩们就会尖叫着开始转动，最后，是齿牙一样紧密咬合的钢扣，连带着一圈弯曲的钢丝，在肋骨上方划定界限，收尾时打地基一样地嵌入。一段小小的胸部的治理史，旷日持久且线索繁多，混杂着丝袜、碎花、蕾丝、棉布，卷帙浩繁地藏在每一个女孩的衣橱之中。衣橱与衣橱相通，她们爬进母亲、姐姐和阿姨们的衣橱，在纤维和染料堆积成的迷局中，侦查、探听、摸索，亦步亦趋地模仿着将自己套进那些陌生的色块和轮廓。

过程中，一团纠缠的扁带子从沙发坐垫里露出头来，铁钩触手缠住周苇一截要扬帆离去的睡裙后摆，像在求救。周苇只好伸手拉起它，那团不明物随即在"啪"的一声中鱼跃出海，扑了周苇满怀，零星点缀的珠片鱼眼一动不动地盯着她，中间饱满如鼓起的鱼腹，突兀地顶撞着手心，这是她第一次触摸到女人真正的胸衣，它挺括、坚硬，张牙舞爪，生来就长了一副不容靠近的对称盔甲，叫嚣着让冒失鬼周苇将它放回原属地。

原属地不在此处，而在那扇挂着粉珠帘的门背后。粉珠帘为这间中年女人的房子平添了一点儿介于羞涩和引诱之间的暧昧气氛，也许那正是陈香兰的目的，可这气氛长久无人造访，风干在了墙壁和衣柜上，发出滞涩的声响："嘎吱——"周苇推开第二扇门，"嘎吱——"，周苇拉开第三扇门。一片散发着樟脑丸气味的海在她眼前淌开，那是两千米以下的幽暗深海，艳丽的鱼群彼此静默相依，并不游弋，如同标本，已在那里陈列千年万年了。周苇立在原地的这一秒与千年万年相遇，碰撞出电光，碰撞出火石，普罗米修斯的冲动灼烧着她的手她的心。不管下场是要被陈香兰绑到山巅，还是被鹰隼啄食，她都顾不上了。她被要命的好奇心绑架，先是将门关上，再"哗"地将上衣从头剥出，然后慌不择路地向那群五颜六色伸出窃取之手，抓起一只，随便哪只都好，直到稳稳地将它扣到自己的胸前。尽管肺部的剧烈收缩膨胀造成了一些假象，但她的胸脯尚未真正地拱起，是史前轻微起伏的土堆，等待着地壳运动缓慢的推移。于是，那些胸衣只是略表敷衍地罩在上面，用一种宇宙般古老的空旷感嘲笑她的稚嫩和年轻。

白大褂们的嘴角也带着相似的嘲讽笑意，她们动作轻快、果断，计件工一样熟练地把一具接一具的身体翻转过去。

女孩们列队取走自己的"案底"，从一道半开的门缝中挤出去，再挤进走廊上熙熙攘攘的目光里。一群男生排着队在等待检测视力，在他们的转头注视下，她们就像一群四散的"E"等待辨认。

"是 B 吧？"

"那么平，最多是 A 啦。"

"这个肯定有 D。"

字母在空气中乱跳，跳到女孩们的身上，变成海斯特·白兰的"红字"。

"嘻嘻嘻嘻。"

"红字"咧成红色的嘴，跟着男孩们一起笑。

早在女孩们知道自己可以被拉丁字母"ABCDEF"归类之前，跟青春痘一块早早熟透的男生就提前得知了这一讯息。他们闹哄哄地冲上高地，像发现新大陆的殖民者一般兴奋不已，他们叫嚣着要给一切命名：平坦之地是"飞机场"，汹涌之处是"波霸"，就连在历史土堆里长眠的"太平公主"也被拿来凑数，公主的冠冕被他们拉扯得东倒西歪，下面一张滑稽的鬼脸，从课桌后面跳出来，"嘻嘻嘻"地笑。女生们拿起课本，赶苍蝇一样驱赶嗡嗡作响的脸，却不过是徒劳费力，赶不走的，他们散开又涌上来，是没完没了的荷尔蒙潮汐。

周苇的格子里装的是"A"，一张不及格的试卷，被她做贼心虚地扫进课桌斗。谢依然七扭八歪坐在后面，伸出一只脚敲她的桌凳，敲了三下，又敲三下，一张卷裹起来的纸虫被敲出来。

纸虫在掌心摊开：等下一起去厕所？

一个圆圆的圆珠笔勾勒出来的笑脸缀在后面，盖了个不合规的章戳。

这样的纸虫周苇豢养了一盒子，被她放在卧室的抽屉，和最喜欢的发绳、信纸、明信片挤在一起，每一张都来自谢依然。不过，很久之后，周苇才明白那句话的意思，它是一阵礼貌的敲门声，礼貌到你不得不打开门，说，请进吧，然后对方便进来了，她坐在那里，打量屋子里的一切，也打量你。你们开始聊天，从童年聊到青春期，或许还会一直聊到恋爱、结婚、生子，聊到婚姻的破裂和孩子的离开，聊到最后，又只剩下你们，直到有一天，其中一个人累了，就靠在床边睡过去,你坐在她的身边,才发现一生已经过去。当然,大多数人都会不告而别或者在某个时刻因为争执摔门而去,然后再去敲响别的房间。

谢依然敲响了周苇的房间,起先是用脚敲她的椅子腿,然后用笔头敲她伏在课桌上的背,遇上周末,则会站在码着蜂窝煤的楼道里,一遍又一遍地敲她家的门。

"好慢啊。"

她拖长着声音抱怨,就像经常玩的那套把戏,从嘴里拉出一长条黏糊糊的口香糖,又立马塞回去,冲对面人没所谓地嘻嘻笑,然后伸出肉乎乎的胳膊卡在周苇的腋窝下,把她劫持一般推进屋子里去。

她们每次都是直接走进卧室,像急不可耐只想直奔主题的偷情男女。她们在周苇那张钢丝床上来回地滚,把自己抛到半空又摔回去,床被压得吱吱嘎嘎地叫,叫得快要断气,她们也笑得快要断气。于是,扳直身体,坐回到床沿上,抚着胸大口大口地吸食氧气。一根耳机线分成两截,有一种共用吸管的亲密,她们躺在床上,听艾薇儿和披头士,也听罗大佑和孙燕姿,听曼森在她们耳边怪叫,发出猥亵的声音。耳机线像裸露的血管一样,让她们变成临时的连体婴,直到陈香兰推门进来将她们分离。

"作业做完了吗?"

陈香兰也不进来,只是倚在门上,笑着不重不轻地说一句。她们便只好像两只漏了气的皮球被没精打采地踢起,灰溜溜滚到书桌和座椅中间卡住,装模作样地翻开习题集,把目光怼进那些密密麻麻的铅字中间,想要挤得一席之地,但铅字都变成了长短脚的黑色音符,顺着白色的纸张一瘸一拐地跳下去,跳到她们的腿上,怂恿着四条腿在桌下恶作剧一样地抖动起来。她们知道,要不了多久,一切就会恢复如初,因为陈香兰"没工夫管孩子"。

周苇上初一那年,陈香兰从下岗工摇身一变成了老板,她用买断工龄的钱和不知名好心人的资助七拼八凑,凑出了一间茶馆。十几平米的小门面,紧巴巴支四张麻将桌子,边角上立一只煤炉,炉上永远搁一壶热水,等着给顾客泡茶,那是茶馆里为数不多能和茶扯上点关系的东西。陈香兰成天就坐在炉子旁,一边嗑瓜子一边纵观牌桌局势,遇上三缺一,她就拍落手上的瓜子坐到桌边去,补丁一样把缺角补齐。打牌是最虔诚的入定,硬邦邦的冷板凳也能浑然忘我地从天黑坐到天明。钞票在裤兜里进进出出,尼古丁在鼻腔和肺腔里进进出出,隔壁小餐馆老板端着搪瓷碗在塑料帘子下进进出出,而牌客们的眼眶早变成了铺着绒布绿毯的木桌,只框得下牌张的进进出出。连句、凑对、同花,运气被切割成一个个方块,等着他们的碰、撞、吃。

哗哗啦啦的洗牌声似曾相识,一如某个遥远夜晚的潮汐,在墨绿色的聚酯纤维沙滩上侵入又撤退。二十出头时,陈香兰曾到过海边,和周卫华一起。他们在一个夜晚从考察团的招待所逃离,顺着腥膻潮湿的羊肠小路一路跌跌撞撞、磕磕碰碰，直到猝不及防掉进那片细软洁白如新娘头纱的沙滩里。不远处海水在月色下口沫横飞，像白日喋喋不休的小组长，联想、比喻、笑话、打趣，沙滩上接连不断蹦出的快乐沙砾。他们笑得在沙地里打滚，滚到最后停下来，叠着嘴唇，心慌意乱地尝到了对方嘴里翻滚的海浪，不过一眨眼的时间，他们就被卷进对方的爱之海里。周卫华拉着陈香兰爬上一方黑石，海在石头下蔓延成无边无际的荒原，月亮如银盘在荒原之上，是几千年之前的样子。一瞬间就想到了永恒，以及爱情，并认为这两者相似。

> 我既不是活的，也未曾死，
> 我什么都不知道，望着光亮的中心看时，
> 是一片寂静。
> 荒凉而空虚是那大海。

一本压在母亲衣柜里的艾略特诗集。切割整齐的白色书体是一块倒下来的墓碑，仅作诅咒和仇恨使用，湖绿色的霉菌已经爬上来了，在人去楼空的记忆残垣里不辞不休地繁殖、增生，最终会将一切占领。钢笔在墓碑上刻下：致我的爱人。旁边一株墨黑色的兰花风干了，枯萎在植物尸体编织的扉页上。

父亲既不是活的，也未曾死。他被关押在记忆的黑匣子里，是死与活的叠加。

三岁时，周苇上幼儿园，学到的第一个知识点是："左手牵爸爸，右手牵妈妈。"留着苹果头的小老师声音像扭来扭去的橡皮糖，一直扭到陈香兰面前，扭出个不像样的问题："孩子爸爸没来呀？"陈香兰并不慌张，扣好手提包的磁吸扣，拿出早准备好的措辞："在外地工作，不方便。"苹果头老师笑着继续扭，扭半天扭出了一个"没关系"，然后牵起周苇空空的左手，分发糖果一样把这三个字放进她的手心。日常对话序列中，"对不起"之后是"没关系"，周苇握着这个"没关系"，却找不到另外那一半"对不起"。于是，她只好一手牵着陈香兰，一手牵着"没关系"，组成了一个临时的三口之家。至于爸爸，爸爸和"对不起"一起缺席。等到周苇再长大一些，陈香兰开始吃白色药片，爸爸和"对不起"又一起回来了，他们被捆绑在一起，像两个被缉拿归案的逃犯，从陈香兰的嘴里被拖拽出来，面临着一轮轮斥责和审判。"是你爸对不起我"，砸到桌面的碗是陈香兰的法槌，她如是宣判。在这场审判里，陈香兰是原告、证人和法官，三位一体，而旁听席上的唯一观众由周苇分饰。证据是那本发霉的《荒原》，上面的笔迹经过鉴定，确实出自周卫华之手。他错在写了太多的东西，被尼龙绳押解归案的厚厚几叠书信，每一封上都写着"致我的爱人：兰"。本应矜贵的兰花被复制得身价一跌再跌，跌到尘埃里，变成滋养下一簇花的泥。

十岁的周苇沉迷于《鹿鼎记》,以为世界上所有的书都可能是一部藏有羊皮地图碎片的《四十二章经》,于是她开始在家里翻山越岭地冒险探寻。朱红色矮柜的暗格,衣柜里鼓起如油皮包袱的陈年旧衣,鼠蚁蟑螂经常光顾的蛛网巢穴,散落着几只丢失多年的袜子的床底,最后她跋山涉水、历经艰辛终于来到那方挂着把黄铜锁的棕色书桌。手是质地柔软的探测器,钻进旁边没上锁的抽屉里,左摇右晃地摸,摸到直挺挺的伞柄、两只塑料手串、一把缠着头发的梳子。它显然对自己的收获并不满意,于是再接再厉,继续往前探进,直到探到一块长方形的真空,一面柔软的塑料片将手指抚摸却又溜走,探测器嘀嘀作响——"前方有不明物体"——信号顺着末梢神经一路传回到中枢区域——"加急处理"。履带咔咔咔缓慢挪移,动臂晃悠悠半垂在黑暗里,信号断断续续,探测机器人陷入孤立无援的境地,一次失败,两次失败,巨物被钩起又重重地落回去。中枢台开始失去耐心。调整角度,加快速度,动臂落下又悬起。终于,一个薄薄的金属片出现,尾部一根脐带连接着母体。金属世界里的母鹿童话上演了。摇臂灵巧一挥动,指钳死死地咬住金属片,脐带拖拽着母体往外挪,母与子俱被捕获。

　　拖拽出来的尸体经过了防腐处理,外罩一层发黄的厚塑料膜,被刻意保存成下葬时的样子。赤脚法医周苇经过检验,仓促得出结论:右上角三角形中度骨折清晰可见,表面有多处陈旧性擦伤,凑近一些,一股轻微的硫化挥发物和霉变的气味扑面而来。出于时间或者胆量之类的考虑,周苇决定把尸体偷偷运送到自己的房间,以待进一步侦查。

"尸体自己会说话。"三流古装悬疑剧里的四流件作在她耳边建言献策。

她小心翼翼地掀起它软塌塌的皮肤,俯身侧耳倾听,听见一阵模糊不清如腹腔蠕动的低声细语。哈姆雷特的鬼魂同伙出现,立在皮肤的叠缝处,鬼鬼祟祟、欲言又止,挥舞着双臂,示意她跟着他走。

"你要领我到什么地方去?"

他呜呜啊啊,继续挥舞双臂。一个哑巴鬼魂,倾诉无门。

他们缩减成米粒大小的微型人,钻进了尸体微张的嘴,进入到秘密的深处。一个她生命史前的岩洞在眼前展开,上面镌刻的是名为"陈香兰"的年轻女人留下的遗迹。

年轻的陈香兰留一头仿佛刚经历过爆炸的长发,嘴唇鲜红,戴一只遮住半张脸的黑色墨镜,对着镜头,面带笑意。画面的另一半被彻底销毁,凶手却嚣张保留下明目张胆的作案痕迹——一道大面积的撕裂性伤口。岩洞洞壁则布满象形文字的呓语:

> 1988 年 5 月 18 日
> 忧伤因为你的照耀
> 升起一圈淡淡的光轮

在你的胸前

我已变成会唱歌的鸢尾花

1988 年 11 月 5 日

把自己交付给他，毫无保留，这也是一种证明。（大面积划涂的痕迹）

1989 年 4 月 1 日

他今天说要和我分开。

我在工厂里哭了一天，登记数目的时候把 7 写成了 1。

结果，晚上他告诉我，今天是国外的愚人节。

1989 年 8 月 9 日

今天去医院，医生说哭会影响胎儿的发育。

但是我没办法不哭。

1990 年 7 月 10 日

小苇昨天又哭了一夜，真不知道那么小的孩子为什么那么能哭！

1990 年 7 月 12 日

妈来看我了，小苇还是哭个不停。她给她换了单层的衣服，她就不哭了，原来是被热哭的。妈说孩子不知道喊热,不舒服了就只会哭。昨天她又哭又闹把奶瓶打翻的时候,我真想抱着她从楼上跳下去,我不是一个好母亲。

……

一把锯齿刀断断续续地来回,把过去切割成残卷,可供查阅的记录终结于1992年。那一年,周苇开始蹒跚跟在陈香兰的身后,笨鹦鹉一样大着舌头叫"妈妈","妈妈"然后是"抱",是"饿",是坚定的"我要",又是更加坚定的"我不要",是一个接一个手榴弹的密集进攻,炸出一面墙的水彩笔涂鸦,一堆堆脏兮兮待洗的衣服,炸出湿疹、感冒、水痘、鼻炎,炸得陈香兰手忙脚乱,再没有工夫拿笔。"投笔从戎"的故事讲不通,在这里顺序应该互换。

"等你当妈了就知道了。"

有一段时间,这是陈香兰的口头禅,每当她对周苇感到无计可施时,就会拿出这句秘诀,就像童年时拿出一只拨浪鼓或者会亮灯的玩具手枪,而现在她扔出的是一个虚构的世界,悬浮在未来的某一天里,有着虚构的婴儿床、玩具车、喂奶瓶和一个会不停变大的孩子。一种模拟人生的游戏,只不过规则需要重写。可这个游戏听起来也并无什么吸引力,因为似乎终极的奖励也只是破解了"知道"后面的东西,而陈香兰的生活就是"知道"后面的东西。周苇只觉得恐怖。

"看,这就是生你留下的。"

陈香兰和九岁的周苇一起光裸着身体，站在浴室里。她对着半身镜，观察自己的身体，周苇顺着她的目光造访：被风吹过的褶皱拱起的环形沙漠，下面一片林立的肋骨凸起如史前巨兽留下的骨骼化石，然后是那处"你小时候最爱用牙咬"的地方。周苇却感到陌生，耷拉如烛泪一样凝固在中途的乳房，有一种静默的疲惫，使她想起在书中看过的某幅低垂眼睑的圣母肖像，她恍悟，原来成为母亲就是一种往下的垂落，垂落到荒芜的腹部平原，周苇曾作为尚未进化完全的物种在那里安眠栖息，如今只留下一条死去蜈蚣的尸身趴伏，假扮化石遗迹，面目狰狞地诉说着那一场灾变是如何降临。镜子里另一具身体则新鲜、饱满、平整而光亮，漫长的地壳运动才刚刚开始，等待着推移、拱起，最后风化。

裸露的肉色大地上，最先出场的是两只绿螳螂，相拥着在宝蓝色神秘夜空下起舞，探头探脑的大头蜂是打头乐队，奏响婚礼的前奏，音浪在不断的旋转中累积、重叠，直至抛落砸成两道水渍剪影，摇曳在神经质的烛火中。一只螳螂死去，另一只螳螂被捕，螳螂的爱情是一方将另一方吃掉。爱情与死亡被装扮得花哨艳丽，挂着天真与恐怖仅有一线之隔的笑容，降临在周苇五岁那年，她开始怀疑，自己出生时的褓褓或许是父亲的裹尸布，那样便可以解释他的消失。

然后，一块低垂的蕾丝花纹白布出现了，在二舅家的银灰电视机上罩成头纱，未掀开的世界里有一位羞涩的新娘，笨拙地藏在沉默里等待。直到某个仲夏午后，真相被一群孩子冒失地揭开：不是新娘，而是赤身裸体的女人躺在床上，一只如同从奥特曼动画中走出的庞然怪兽从窗边爬进来，爬到那具汗淋淋的裸体上面，整个房间都开始摇晃。吊扇和床吱悠吱悠地和谐共鸣，家和、家乐和几个邻居男生坐在电视前目不转睛，脑门上渗出汗珠，沿着鬓角流到下巴，再滑落到胸口，在衣领晕开深色的印记，像是青春期床单上会留下的证据。冰汽水喝完了，周苇把吸管吸得哗哗作响。家和这才发现这个从卧室溜出来的不速之客，于是慌忙走到电视机前面，用身体挡住怪兽和裸女。声音却挡不住，剧烈、凶猛地从他背后摇晃出来，男生们急吼吼叫嚷起来，让他赶紧滚开。家和被声音狼狈地推搡到一边，几双眼睛立马凑拢，一动不动地盯着那两具怪异交缠的躯体，仿佛童年时观察虫蚁，直至最终，在弹簧收缩般的猛烈颤动中，怪兽骤然倒下，如同遭到了奥特曼的致命一击，它倒在裸体女人的身上。女人脸色潮红，闭着眼睛，像是死了。

世界随之安静。

"她死了吗？"周苇盯着女人闭起来的眼睛。

一个比他们都年长的男生哈哈笑："死了，爽死了。"

家和脸上浮现出可疑的红，把周苇拉到一边："今天的事，别跟大人说。"

小孩的王国已初见雏形，在大人身后的阴影里，懵懂地让本能引领着胡乱垒砌。"别跟大人说"是王国的唯一暗号，每个试图进入的人都必须接受信任的盘检，以天真之名起誓。

这中间仍旧存在一种秘不可宣的传承，从一具身体过渡到另一具身体，密宗仪式一样的教学从很早就展开了。

讲席是张开如帐篷的被子，在留宿大姨家的夜晚，周苇仰躺着快要睡着，耳边忽然传来表姐的低语，她新学到了一个游戏。

还没等周苇驱散困意，游戏便宣告开始。表姐匍匐下来，如同倒下的石碑，称谓和文字也齐齐倒下，倒在周苇的身上，晕成语焉不详的仪式图腾。世界的重量第一次清晰地坠落，由皮肉和骨头组成，不足一百斤，然后，重量开始晃动，周苇嶙峋突出的盆骨变成了三角坐垫，表姐在她身上骑自行车。表姐表情冷峻、惜字如金，只是一个劲儿地往不知道什么方向骑，不是往前，也并非退后，物理定律在这无言的震动中统统消失，砸向牛顿童年的是一个苹果，而砸向周苇的则是表姐。

骑到半程，表姐开始谈论一部电视剧。

"你记得那个趴在女主角身上的男生吗？"

周苇不记得，却还是点头，点头就意味着不会有问题再继续。

"他做的就是这件事，大人都会这样做。"

表姐开始在她的身体上复制，复制出一部蹩脚电视剧的桥段。复制使一切看起来情有可原，毕竟，模仿是孩子的天性，跟在大人世界的后面，他们最先学会的是成为一个孩子。

许多年后，周苇读到一段关于"桌子"的论辩，世界上是先有桌子的概念还是先有桌子，而她想知道的是，世界上是先有性还是先有性的概念。性是表姐皮肤的灼热，在她的身上流淌成岩浆，概念在塑造出成形胚胎前就早早地熔化。她只觉得沉重，却还并不知道沉重这个词语在含义上的广阔，这一方将她们笼罩其下的被窝太过狭窄，根本无法容纳。

和怪兽一样突如其来的抽搐之后，表姐终于停下来了，她沉默了许久，仿佛在穿越最后的黑暗甬道，甬道里周苇依旧维持着原有的姿势，以静止表达初来乍到者的谦卑。直到表姐扔下一句，睡觉吧，周苇才终于敢闭上了眼睛。过了片刻，她感到自己的手被轻轻地抓了一下，按键似的，表姐将她按灭，一切就此归于沉寂。表姐竟然没使用那句儿童王国的密语——"别跟大人说"——就好像笃定她会保持缄默，虽然事实上也确实如此。

周苇把事情包裹在嘴里，像包裹一颗半化的水果糖，她很难想象自己伸出舌头把那团黏糊的东西展示给大人看的场景，他们只会觉得惊诧、不解甚至是恶心。小学放学的路上，周苇捡到过一串方格塑料袋，回家之后，她撕开锯齿，拉出一只湿答答的半透明橡胶，摊开在手心，如同开口过大的气球。周苇试图将其吹大，可就在橡胶将要膨起的瞬间，陈香兰用一个巴掌结束了整个游戏。

"叫花子吗？什么脏的臭的都往家里带！"

挨打的是周苇，可陈香兰的脸却奇怪地涨红。那种红使人觉得一切都变得灼热，残留的湿意开始烫手。周苇渐渐明白，成人世界的蛛网是由红外线组成的，必须足够谨慎才不会引发尖锐的鸣笛。

表姐在红外线与红外线的空隙中拉着周苇小心前行，她张开双腿，轻巧地摆动身躯，没有文字也没有语言，一招一式都是身体力行的传授，周苇如武侠小说中被拣选的主角，在被褥高拱的洞穴中潜心研习。但那场教学中仍旧存在着一些模糊的奥义没有被说明，表姐不肯再多说了，只是一次又一次将之前的动作重复练习。

黑格尔的主奴幽灵早早地显形，关系必须由双方完成，周苇永远是服从的那方，因为身体被压制、语言被封锁，就连事情发生的时间和场合也全由对方决定，固定的假日晚上和一张安全的床，上演着同样的样板戏。只有一次，在客厅隔壁空荡的麻将室，周苇突发奇想去拥抱表姐，手还未抵达就遭到了毫不留情的反击，表姐拧着眉，表情是意料之外的不可思议："疯了？"周苇的头便如受惊的含羞草那样瞬间低垂下去，勇气随着好不容易张开的肢体收缩。表姐很快走回到客厅里围坐的大人中间，呈现出得心应手的乖巧。学习的方法于是变成从错误中学习正确，一种经验上的疼痛机制被建立，划定疆界是统治和驯服的第一步，也可能是唯一一步，疆界边缘藩篱围绕，挂着荆棘和电网，冷酷地张灯结彩。表姐依旧温良恭俭让，在长辈面前吐出一连串俏皮话，双臂绕在大姨胳膊上，笑容温婉地叫人叔叔阿姨，妥帖得仿佛被抚平了所有褶皱的衣服。周苇也被抚平了，被表姐那双纤细的骨节分明的手从头抚过，顺着长长的空旷背脊滑到尾椎，尾巴在漫长进化史中断掉了，她抚摸着那块微凸的骨头，仿佛在既虔诚又漫不经心地瞻仰某处遗迹。

再小一些时，周苇被大人笑称是表姐的尾巴，走到哪跟到哪，就连上楼梯也要拽着对方衣服的下摆，生怕被丢下。有一次，陈香兰来接她，周苇站在楼梯口死死地拽住扶手不肯下去，仿佛迈一步就是万丈深渊。她在深渊前号哭，表姐笑得温和，无可奈何地表示，那就再玩一天吧。周苇攥紧表姐的手，劫后余生一般断断续续地抽噎，陈香兰脸色不好，转头对大姨说起客气话。小尾巴听起来无限讨巧，装饰品一样地缀在童年和少年时期，周苇尚未明白尾巴的意思，只知道快乐的时候左右摇摆，不高兴就垂落下来，直来直去，理所当然。尾巴自以为掌握了撒娇和耍横的诀窍，却在渐渐长大之后，读到了尾大不掉和壁虎断尾的故事，讲赘余和被动，讲一块将要离岸的狭长岛屿，尾巴是身体的殖民地，于是又变成了那个关于要和不要的故事。

不要是"雅蠛蝶"，日本女孩光着屁股在镜头前欲说还休，不要也是要，男生在中学就开始学习的辩证法，盘绕在真理的石柱上螺旋上升、彼此成全。哭泣变成了湿湿的笑，把直线晕成曲线，固态晕成液态，世界就变成了黏糊糊的一团和气。痛苦也委顿了，软趴趴的像是诱惑，快乐在等着围魏救赵，目光躲闪又无辜。城池在战火中倾塌，《倾城之恋》讲的是混乱颠倒的二十世纪，而周苇从表姐那里读到的是，每个人都有自己的二十世纪。

三姨的二十世纪由拳头书写，一字一句沉甸甸地空投下来，在她身上砸出连天的炮火，害怕的时候便如鼠窜，从客厅逃到卧室，再逃进洗手间，洗手间的玻璃被砸得飞溅四射像下雪。很久之后，周苇在书中读到"暴力美学"四个字，发黄的纸页突然就开了口，露出狰狞的森森黄牙。黄是烟抽多了的恶果，三姨夫总在屋子里抽烟，周苇记得，他每次捻灭烟头都如同在掐人的脖子。

某日，刚经历完一次掐脖子事件的三姨坐在沙发上对着镜子涂红药水，红色铺地毯一样在她破裂的嘴唇上铺开，铺过了界，歪在唇角，整张脸也跟着歪到一边。

"他就是这么打我的，一巴掌下来我直接摔到地上。"

歪出的红药水被纸巾舔干净，留下一道浅粉色的新生伤口。沾着药水的纸又被拿去擦脸上的眼泪，然后是轰隆隆泄愤的鼻涕，擦成一朵黏糊糊、湿答答的红白色棉球，一只接一只飞进垃圾桶里，乱蓬蓬摞成一桩凶杀案的样子。

"这是人干的事吗？"

三姨伸出一只胳膊，上面乌云堆叠，刚下过一场密集的拳头雨。周苇想起第一次见三姨夫时的场景，他笑着蹲在一群小孩面前，伸出两只拳头让他们猜，五六根手指在拳头间来来回回，拿不定主意。于是他把笑收拢，定了定拳头，眼睛扫过面前一排排比拳头大不了多少的脸，申令："买定离手。"四个字绑在一起捶下来，于是，手指吓得缩回去，筹码似的乖乖摞成两排。随后，拳头缓缓将谜底揭开，两把明黄色的柠檬糖皱巴巴地蔫在掌心，等得筋疲力尽的样子。"每个人都有"，三姨夫的笑回到脸上，孩子们高高低低地叫成乱飞的鸟，敏捷地衔走属于自己的那一颗，周苇却觉得失落，原来三姨夫的拳头游戏里并没有规则。

两位舅妈坐在沙发天平的另一头，试图让局面平衡。

"你也别跟他硬碰硬，吃亏的还是咱们女人。"

"对对对，男人还是要哄，你顺着他一点，哪就能闹成这样。"

"你二哥脾气也急，我要跟他计较，那真是没完。"

"我家那个好到哪去？男人嘛，都这样。"

二舅妈发完言，小舅妈紧跟着，两人毛线针一样来回，用语言织出一件规劝的毛衣，比画着往三姨身上套。"紧点没关系，多穿穿就合身了。"一种婚姻的实用主义在房间里蔓延，她们列举方法、寻找窍门、分享经验，像对着将死的人布道，细数自己见过的圣迹，圣迹漏洞百出，而被认作是光透进来的地方。

"不可能，我跟他没完。"

三姨歪在沙发上，冥顽不灵地将对抗进行到底。两位舅妈互相看一眼，噤了声。二舅妈扫了扫裤脚，扫去不知何处惹上的尘埃，小舅妈拿起茶杯浅浅地啜，啜一下，吹一下，跟茶叶调情。陈香兰垂着眼皮在那里砸核桃，一声声，捶木鱼似的。核桃壳被捶得四分五裂，像被砸破的头，里面小小的核桃干露出来，皱巴巴的，是装满了痛苦的脑仁。

脑仁被扫进白色搪瓷碗里，加上天麻，在火上慢悠悠地蒸，蒸到舅妈们都离开了，三姨安静地躺在沙发上，睡着了。陈香兰让周苇拿点什么去给她盖上，周苇从房间里抱出一张厚厚的毛毯，盖上去的时候三姨突然睁开眼，看见是周苇，警惕的神情放松下来，目光在她那张与自己有几分相似的少女的脸上逡巡了一圈，似乎在辨认她是否应该已经了解些什么或者已经了解了什么。

然后，她开口了，以临终遗言的语气："你以后可别像我和你妈，要擦亮眼睛。"

周苇点头，一副乖顺面孔，心里却并不十分明白她所指的"以后"。三姨筋疲力尽的模样让她想起一则匪夷所思的新闻，坠机前最后一刻，母亲托举起自己的孩子，从而使她免遭四分五裂的厄运。看见她点了头，三姨就安息似的闭上了眼睛，把毛毯紧紧掖进身下，掖成一个安全的襁褓，她被包裹在里面，像一个衰老的婴儿。

这之后又是新生，二十一世纪的新标签覆盖在二十世纪发黄的截面上，裂开的嘴唇重新弥合，瘀青污渍一样被时间洗去，恢复成刷墙漆那样无瑕的白。难得的元宵夜，白雕塑三姨端坐在饭桌边，身边是赔笑的三姨夫。他夹起一只油汪汪的鸡腿，放进三姨的碗中。以形补形，周苇脑子里冒出这四个字。她看见三姨的胳膊和鸡腿重叠在一起，渐渐变成一体，折断在白瓷碗里。

"两口子磕磕碰碰难免的，以后还是要好好过日子。"

大舅坐在上首，呷一口白酒，率先开口。

"动手是不应该的，男人打女人，不像话。"

二舅跟着说。他忘了大舅也打老婆。从四楼踹到三楼，圆滚滚的前大舅妈就像一只晃悠悠的桶，滚到墙壁上，又滚到栏杆上。这一刻，她又滚进大舅的脑子里，在他那块柔软的海马体上来回碾压。家乐还在扯面前的玻璃转桌，大舅被旋转的前大舅妈和白瓷盘晃得开始眼花，于是大喝一声，扯住转盘，终于将目光定住，一抬眼，正对上对面垂首吃饭的三姨。

大舅清了清嗓子，把场面上的话筒悄无声息地捏进手里："你也是，脾气该收的也收一收，平常人家过日子，小打小闹一下就得了。"

"小"和"闹"把"打"挤在中间，使得它不起眼了，一种语言的障眼法企图在酒桌上蒙混过关。三姨刚想开口辩驳就被三姨夫一把按住肩膀，他呵呵笑着当起和事佬："大哥也是为了我们好，之前我做得不对，以后你多监督。"

大舅沉着脸，转头就认为妹妹是仇敌了。

"她从小来脾气就大，爸还在那会儿，她就敢跟他对着干。"

"你做哥哥的不得让着妹妹一点?"

二舅妈说完,大家都笑起来,笑声落在餐碟里,被家乐两根指头重新拨弄着转起来,转成一座载着笑的旋转木马,这是元宵的游乐园,其乐融融的合家欢。三姨面前的白瓷盘里,半根鸡骨头横陈,像月亮上受刑的桂树,被吴刚一次次挥斧相向,疤裂开又愈合,周苇恍悟,阴晴圆缺原来是长长久久的诅咒。

"三姨和三姨夫为什么不离婚?"

回家的路上,周苇跟在陈香兰的身后,像个拖长的问号。

"小孩子家家,问那么多干吗?"

"我已经上中学了。"

陈香兰被中学拽住,停下脚步,比起周苇的问题,更让她疑惑的似乎是自己的女儿为什么突然这么大了。

"你再大,在我眼里也是小孩。"

母亲的这句话滴下来,松脂一样将她罩住了,她被包在黏糊糊的母爱中,变成一个永生的小孩。

皮鞋游戏

小孩曾见过一双巨大的皮鞋,在某个尿意汹涌的夜晚,体内骤然的涨潮推着她迷迷糊糊、跌跌撞撞地一路游出房间。昏暗的过道里,巨型皮鞋扑成一对正反卦,吉凶难辨。双子鞋船来得悄无声息,显然是趁着周苇沉睡放松的时机,偷偷驶抵了这片港湾。鞋船船体庞大,周身黢黑,与港湾中停泊着的红辣椒高跟、白鸽子网鞋、兔耳朵棉拖都大为不同,一个古怪的到访者,目的不明,形迹可疑,大刺刺占去了狭窄过道水域的一半,有种反客为主的嚣张。这显然不是一个鬼鬼祟祟的小贼,而是明目张胆的侵略者,在半夜划动木桨,波纹无声把黏稠的黑色推开,方便入侵。脑中拉响警报的守卫者周苇慌慌张张一路小跑到一城之主陈香兰的营地报告,在即将推开门的瞬间,却先被一阵"吱悠吱悠"的声音推了回来,推得她猝不及防,差点绊了一跤,好不容易才仓皇扶稳"吱悠"晃荡的尾调。于黑暗中，她多疑地揣摩、抚摸那声音的形状和质地，似曾相识的感觉在拢成耳郭的手掌中显形，在表哥家闷热流汗的客厅，他们曾短暂地打过照面。

还有一些哄逗小孩的对话。

"让你妈给你再找一个爸爸怎么样？"

"想要个弟弟吗？"

"有个弟弟多好，以后就有人给你撑腰啦。"

"不过，生了弟弟，你妈可能就不要你了哦。"

逗小孩的话接二连三地被抛上天，周苇是新手杂技演员，她张着嘴仰着头试图去接。对方角度刁钻，她笨手笨脚，对方栽培心切，她敷衍了事，结局可想而知，话豆子总是一而再、再而三地砸落一地。

她还要故意踩上两脚，扮演劣徒上瘾。

"我不要弟弟！"

"有了就扔进垃圾桶里。"

"我妈才不会不要我。"

……

一律被视为孩子气，勘破一切的过来人笑得十拿九稳："等真有了弟弟你就不这么想了。"

一个薛定谔的弟弟，藏在陈香兰时胖时瘦的肚子里，与周苇血脉相连又势若水火。日子在很长一段时间里都风声鹤唳，电话、沉默、呕吐、晚归都是杯里嘶嘶吐信的蛇影，或许早就有了一个弟弟,大舅家小家伟的翻版,将在某一天尾巴一样地从陈香兰身后长出来,得意扬扬、煞有介事,而周苇就成了壁虎断掉的那根累赘,被扔在墙垣上,萎缩、干巴,无人问津。弟弟来意不善,而她心术不正,他们绝做不了一对会手挽着手跟在同一个妈妈身后的家庭姐弟兵。

可弟弟始终没有出现,只有一种过度饱和的红,贴在陈香兰的唇上,在某些夏天的夜晚,与玉兰花膏的甜腻香气、朱红连衣裙以及高跟鞋的嗒嗒声组成一套完整的进行曲,华丽、喜悦、热闹中带着慌乱,热腾腾散成跳动的波浪卷,在将暗未暗的夜空下,半掩的门扉后斜挂着一道陌生的人影,倒真的像一幕电影——《我母亲的秘密年代》,针脚严密的朴素棉布上的一根抽丝,探头探脑、神色诡异,暗示着有一些事情被错过了,在周苇知道针织物的连通性原理之前,陈香兰就小心地将它剪去。

一幅光滑、平整的肖像画,中世纪的圣母马利亚,抱着孩子面容恬静,即使有裂纹,也全是时间的原因,你总没办法精准避开那些糟糕的气候、磕碰、动乱和闪光灯,而母亲的肖像甚至因此变得更加圣洁和光辉,一种饱受摧残的伟大。这就是关于母亲肖像的全部秘密。有一位先天的母亲,包裹着所有具体的母亲,从语言开始侵蚀后者的轮廓,最终变成一种标准化的产品,然后精准地框进严丝合缝的画框,右下角张贴一张微不足道的标签,谦逊地加以说明。

有母亲的肖像,就有女儿的肖像,属于周苇的这一幅在她十六岁那年已初具雏形。在此之前，有许多捏陶器一样的曲折来回，参考模型由陈香兰断断续续口述，成绩、脾气、言语、勤劳……每一项都标准既定，向好不向坏，就像瓶口总是收束，而瓶身则温顺地容纳。的确也存在一些材质顽固不化、难以塑形，周苇却绝非其中之一，她几乎时时主动地拱进那一双纵情倾诉掌控欲的手，讨好地被捏圆压扁，以接近理想中的标准态，而这只是因为她发现，世界分为里面和外面，而它们并不需要一比一还原复制。

一整个暑假的白天，周苇都在竭力扮演乖乖女的角色。系着围裙学习做饭，从基础的番茄炒蛋到进阶的鱼香肉丝，她学会制服跳脱蒜瓣的方法，即，毫不留情地一刀拍扁，像是杀鱼，重重地甩到砧板，然后用刀背毙命，当然，她还没有勇武到可以杀鱼，这些都是清晨菜市场的见闻，类似的酷刑还有：竹签刮骨、利刃放血、沸水脱毛、烈火燎皮……陈香兰忙着把菜肉、零钱以及菜市场熟人送来的几茬新鲜八卦装进菜兜时，周苇则忙着把这些行刑的浮世绘装进眼睛里。她们都收获颇丰，结束了，便手挽着手，像全天下最亲密无间的母女，心满意足地走回家去。接着便是温馨的午餐时间，两人于餐桌前对坐，无人理会午间购物台主持人喊破喉咙的"机不可失"，母女亲情自然要排在九块九毛九的按摩仪前面。陈香兰给周苇夹鱼眼睛、鱼腩肉、鸡大腿、一盘猪肉中更瘦的那一些，留给自己鱼头、鱼尾和干瘪的鸡胸，周苇不明白动物身上的某些部位为什么总比其余的更饱含多汁的爱意，但还是一口一口吃下去。然后，在某天，陈香兰回旋镖似的甩给她这些："我对你哪点不好，什么不都是先紧着你，好吃的好穿的，你良心被狗吃了吗？"她才明白那不仅是爱，也是证据，肉身在曹营心在汉，终有一日会在肚子里与陈香兰一唱一和地指责她"没良心"。

不过，没良心也不算冤枉。午间温馨时光结束，洗碗槽里洗洁精的泡沫还意犹未尽赖在那里不肯散去，周苇却已经开始花言巧语又旁敲侧击地煽动陈香兰快点出门去做生意：气温升到四十度了，先去把窗户开了透透气，店里的瓜子没了，要买一点吗，顺带信誓旦旦地保证自己一个人在家没问题，完全没问题。当然没问题，只要门锁一扣响，周苇便会忙不迭化作一尾逃出砧板的鱼，先是一挺身跃到窗边，探头探脑确认陈香兰是虚晃一枪还是已确实提着小包走远，危险一经解除，立马从回形针楼梯滑落下去，一条狭窄的背阴巷道作为接应，掩护她一路滑进某个不起眼的门脸，里面，谢依然正坐在一台大头电脑前"与世界接轨"。

谢依然仍旧圆润、娇小，中考一结束就迫不及待地穿起吊裆裤和破洞 T 恤，把头发剪成乱垂的蓬勃吊兰，而小麦色的脸被新刷成一面不均匀的粉墙，睫毛膏和深色眼影则长成巨翅蝶停在眼睛上，桌面上被鼠标拖动拉长的羽化半径让眼球不断膨胀，一种奇特的后现代装置作品，被她花了好几天制作成传单照片，顺着回车键和漫长光纤促销式分发，与照片一同附赠的名字变幻莫测——有点↗小情绪♀后是ヤ；

搁[浅⺗ㄨ，再变成↑的傷痕是灰sě的lげ，字符在头像的彩色玻璃窗上悬浮成哥特新娘的黑色蕾丝纹，她说代表着她对某人的爱情至死不渝。

曾有那样一个晚上，周苇和谢依然将被子撑成圆弧，躲在里面，握着手电筒看情书。她们如同初次用火的远古人类，被一种从未见过的人造光亮所吸引，顺着蓝色水笔字铺就的回旋阶梯慢慢往下，两人深入到来信者幽谧的情感腹地，那里传来一阵蠕动似的低语：

"那一天在食堂，于千百人之中遇见你。没有早一步，也没有晚一步。时间的无涯的荒野里，我懂得什么叫一见钟情。"

张爱玲被拆解重组，头变了形，一条柔软的尾巴在身后讨好地摇晃。字迹倒是刀头燕尾，落在天蓝色浮动着卡通云朵的信纸上，就像疾冲掠食的鹰隼摇身一变成了笨拙学舌的花哨鹦鹉。鹦鹉说，偶耐你。被子被两人的笑声顶得锅盖一样一张一合。笑完之后却是一阵奇异的沉默。就像光亮突然灭掉了，她们被甩进没头没尾的黑暗中。只能靠摸索，可手指是迟钝的器官，传来的讯息总是模棱两可，是圆柱，是水管，也是大象的腿，世界在约等号的波浪中滑来滑去，无法把握。

海德薇投来的第一封白色信笺，未知的魔法世界在十字车站发出召唤，欢迎仪式是千百人的虚妄阵仗，一颗心从人潮中突破重围，等待着在另一颗心上着床、生长。

化学课上，老师枯着嘴唇讲元素周期表，周苇趴在桌上看谢依然塞来的书，上面写：爱情是一种化学反应。

头顶的电风扇转成催眠旋涡，在老师第三次折断粉笔时，周苇"啪"地掉入一只狭长的玻璃试管，悬浮于透明液体里，一只手将她轻轻摇晃，几种结晶的颗粒渗出皮肤，在短暂的混乱中又各自寻找归路，一重一重叠起来，如分层鸡尾酒。苯基乙胺轻浮地漂在顶上，是不安分的红，红在心室里泵进泵出，泵成一颗鼓胀发烫的心脏。去甲肾上腺素是砂糖下了雪，每一根血管都是加班加点的制糖工厂，产出一颗颗"甜心"和"蜜糖"。"想要一口把你吃掉"——化学实验中的俏皮话。稳定的多巴胺奶油夹心，把身体与身体黏合成拥抱的形状，然后一起倒在绿色的内啡肽的花海，一片人工种植的罂粟花田中，脑垂体垂着腰忙碌采摘。故事走到了尾声，后叶催产素和后叶加压素交换戒指，如是宣誓："无论顺境还是逆境，无论贫穷还是富贵，无论健康还是疾病……"

然后，一切又渐渐消退，只剩下悬浮的周苇和底部的不明杂质。

周苇拨动着两条腿往下，满怀希望如正奔赴泰坦尼克号的沉船处打捞那颗下落不明的"海洋之心"，结果只看到：一本锈红的结婚证、几页散落的蓝色情书、一堆皱巴巴的柠檬糖纸和半根鸡骨头。

下课铃声尖着嗓子将玻璃试管震破，分层的爱之海消失无形，只在下巴处残留着一团黏糊糊的可疑液体。一只粉红信封粘在脸上，周苇将它轻轻撕下，上面的字迹已被浸泡得松软肿胀，像被打捞起来的沉船遗迹。这是第四封了，从上个月起，每周一封，固定如按时分发的推销传单，不用打开也能将内容提前洞悉，无非是：琳琅满目的爱意，细节精细，创意巧妙，包您满意！如欲订购，请拨打……只不过，商家忘了留下联系方式，一个致命的失误，使得一切沦为无头冤案或恶作剧。周苇只好将它们一股脑塞进桌膛深处，和卷边的试卷、习题集、没水的圆珠笔挤在一起，不见天日。谢依然把那里称作"垃圾堆"，因为周苇从来不费心收拾课桌。混乱使她觉得安全，一旦事情混乱了，就没法变得更乱，混乱和混乱彼此相似所以能轻易地彼此原谅，显得多么善良，就像初三一开学，班主任就将班里的"落后分子"统一调度，集体搬迁至最后几排。"你们反正也不学习，要说话就到后面说。"他们被好心地铲到角落，一个被弃置的贫民窟，藏在节节拔高的在建楼宇后面，是教室里新长出的一块藓。周苇和谢依然连体婴的命运被就此斩断，周苇坐在第三排的正中，谢依然被流放至倒数的角落，只有在课间，两个人才能在走廊的拐角处、厕所的隔间、操场的单双杠下，以及堆满了易拉罐、泡面盒子和校园八卦的小卖部短暂重聚。

她们编造花样百出的理由从课间操中逃出来，在《时代在召唤》的嘹亮节拍声中，化身巡逻警，在人去楼空的走廊和教室里晃荡，捕捉那些躲在楼梯间私会的情侣。格子衫A和红裙子B，校服C和蓝外套D，两只脑袋交叠又分开，一条银丝细线被拉出来，转眼又被两张嘴给吸回去，与此同时，一只手消失于宽松的上衣下摆，伸向她们再也看不见的地方，悄悄地做起情侣间的广播体操。伸展运动，第一个八拍，掌心向前，同时身体前倾，脑袋向后，俯身，还原成坐立；第二个八拍，左手向上冲拳，掌心向前，捶打对方的肩膀，一二三四。四肢运动，第一个八拍……一声集合口哨猝不及防划破耳边，划出一道银河，幽会的牛郎织女们只好仓皇钻回星河人流之中，变成无数颗难以辨认的头颅中的一颗，而她俩则手挽着手，如同散场时走出漆黑影院的爱侣，在一种模糊的尾韵中默契地沉默着。

谢依然的沉默是看完戏的百无聊赖，周苇的沉默却不是看戏，而是观刑，观刑完，囚徒又被锁回了漆黑无声的囚牢，无法告解于是只能自我忏悔。然而，她还必须表现得天真，仿佛对这个世界的另一面毫不知情。她想起表姐在她耳边说的，只是一个游戏。真实世界坍缩进无边广阔的虚拟世界，用词语来贬损现实似乎就能将沉重变得轻盈，然后从一切的表面上玩世不恭地掠过。

于是，一切变成了游戏。

情书是游戏，亲吻是游戏，告白是游戏，婚姻也是游戏，身体是塑胶操作手柄，被挤压、被磨损，变形、扭曲。陈香兰的游戏角色是忧郁单亲妈妈，在厨台前争分夺秒地忙碌，照顾婴儿和生活里头皮屑一样抖落不停的琐事。周苇的游戏角色是背着书包的过关闯将，在获得高分时会有奖励的金币掉落，伴随着清脆的罐装喝彩。表姐的游戏是驯化的游戏，仅供黑夜反复试练。

某个夏夜，周苇和表姐平躺在鞋盒似的小卧室里，像是两只整齐摆放的鞋，她们已不玩从前的游戏，于是表姐找到了新的游戏。她在鞋盒中轻轻地翻了个身。

"睡不着，来聊会天。"

即使眼皮重成下一秒就要倾泻的山洪，周苇还是没骨气地"嗯啊"点头，她早就被切除了对表姐说"不"的神经。

"你有喜欢的男生吗？"

语气有种女孩子捂在被窝里分享秘密的黏糊亲密。周苇不是第一次被问到这个问题，它是女孩秘密世界"芝麻开门"的暗号。当表姐叩响这道门时，周苇却只想装作门后无人。然而，门不过是虚掩、是装饰，表姐没等到答案，直接伸进手来搜寻，搜出一堆"咯咯咯"的惊悚笑声。

"说不说？"

审讯逼供的语气。据说挠痒痒在古时候也是一种酷刑，人的意志力又脆又薄，是一捅就破的窗户纸，疼痛可以穿过，笑也可以穿过。周苇的窗户纸被表姐的手指捅得千疮百孔，一双眼睛在孔眼后窥视。

"没有，没有喜欢的男生。"

手指停顿几秒又开始作恶，周苇蜷成了虾，脸被蒸熟了一样发红，有一刻她觉得自己快要死了，因为惩罚仿佛真的会没完没了，她央求表姐停下来，她说她要死了。人怎么会被挠痒痒挠死？表姐当然不信，变本加厉。

"喜欢，我喜欢班里有个男生。"

最终，周苇捏造出某个同伙，供认了自己的罪行。表姐停下来，脸上挂起一副了然的、侦破的笑。

"喜欢多久了？长什么样？"

不过片刻，男生就真的出现在周苇的脑海里：一个不存在的人，有五官、身高、性格和爱好，从班里男生身上剪下来的碎布料，临时拼凑出的"洋娃娃"。表姐抱着"洋娃娃"，心满意足如同听完睡前故事的小孩。

"小苇长大了。"

故事结束，表姐啧啧地笑起来，舌头跟上颌鼓起了掌似的。周苇却仿佛被打了个巴掌，似曾相识的羞耻感顺着脖子升上来，捏紧。

初三下学期，一位"品学兼优"的高中生被班主任请来做中考前的经验分享。

他穿白衬衫、蓝裤子，走进来时，一截天空被裁剪均匀。周苇抬头时最先看见一张薄薄的侧脸，摊在午后的阳光里，被一层柔软的金边镶嵌，他笑起来眼睛弯得像大姨脖子上的金佛，是了，他也是来普度众生。金佛乘着掌声的云飘到讲台后，清了清嗓子，喉结音量条一样上上下下地调试，终于找到一个刚好的位置。

"我叫何方,'何妨吟啸且徐行'的'何妨'少一个女字。"

女字是折断的粉笔从黑板上掉下来,佛从名字上就六根清净了。白衬衫是当代的袈裟,一排扣到底的纽扣把肉身包裹得密不透风。佛的履历金光闪闪,许多个第一名挂在佛殿前成为招揽香客的金字招牌,底下一张张被试卷和分数折磨得凄风苦雨的众生脸,仰望已经渡河的他如同对着神祇许愿。神说:"每个人在最初都是一张白板(许多年后,周苇才知晓这句话来自英国,是打了折的舶来品),所有的经验都是后天得来的,你选择涂抹什么就会成为什么,只有努力了,才会有所收获。"应试教育的佛偈被他参透,化为朴素的成功学试图点化信徒。谢依然却冥顽不灵,只觉得他犀颅玉颊如同待涂抹的一块纯净白色。

古代爱情的现代传承,高二教学楼长廊上长出的望夫石,多巴胺原来是一种凝固剂,谢依然在凝固中变作了一个全新的人,晶莹剔透,一眼就能看到底,冰雪王国里的雕塑一样,开诚布公地展示着自己。何方变成了 H,专属于她们两人的暗号,H 是稳固的金门大桥,谢依然牵着周苇在上面呼啸着来回奔跑,就像她们曾经一同跑出校门那样。谢依然希望周苇能同她再度分享这份隐秘的快乐,而周苇却只觉得金门大桥长得看不到头。

就像夏天也长得看不到头,笔走过的试卷滚成一张长长的白地毯,上面布满踌躇仓皇的脚印。晚自习从两节拓成了三节，所有人面孔麻木像乘坐矿井电梯无限深入地心的工友，共享着一趟沉默。只有九点半的铃声响起后，黏稠的时间才会突然变得稀薄，加快流速将他们冲向分流的河口，那里，站在昏黄灯泡下的麻辣烫老板早等得打起哈欠。

周苇却不着急回家，陈香兰的茶馆里赌客们激战正酣——"天亮之前见分晓"。学校外的"成功书屋"还未打烊，老板每次都歪着脑袋在收银台后的藤椅上打瞌睡，有好几回，周苇都几乎认为那只是一种稻草人逻辑的装置，专门吓唬囊中羞涩的偷书贼。这让周苇不免心虚，因为她总用手指压过一片片书脊，冷不丁选中一个倒霉鬼抽出，穷书生一样地站着读，末了只在每月固定的日期买两本薄薄的杂志。杂志要么软得像带鱼，要么小小的可以藏进校服宽大的衣袖里，周苇带它们回家就像带见不得人的早恋伴侣，从门缝里滑进去，然后飞速地将其塞入床垫和床板中间的空隙。

陈香兰爱把屋子收拾得仿佛荒漠石林，杂物通通被关押进抽屉或者柜子，视野里只留凸起如巨岩的光滑家具，就连周苇的小小卧室也难能幸免，每周都要经历一次格式化的清理。故而，周苇从不乐观地认为那是属于她的伍尔夫式的房间，那只是一个随时会被鸣响警笛的军营，而陈香兰塑胶拖鞋的嗒嗒声响是十足压抑的前序提醒，警告她在门锁扭动前让一切回归原位。书是不能买的，陈香兰厌恶一切与学习无关的书籍，那会让她无可避免地想起周卫华，那个自行车筐里都放着书的男人，一个月大半工资都砸在书上，堆起沉重的黄金屋，却也会在陈香兰抱怨时说她是他读书才碰上的颜如玉。对此陈香兰无可辩解，一开始她的确是被他戴着眼镜文质彬彬的模样吸引。只是后来，文质彬彬变成了蚊子嗡嗡，令人厌烦地盘旋在变质腐臭的记忆里，扫不去也杀不死。于是，只能将恨转移，消杀书籍变成一种情感上的蒙太奇。太多的象征意义，在周苇明白过来以前规则就已经在她的人生中铺得满满当当，使她只能在夹缝里小心挪移。譬如，在陈香兰晚归的夜里，将被子蒙成鼠洞，小心翼翼扒开纸页如同扒开一具尸体，把手捏成精细的镊子，一点一点地检索字句。

羞涩的少男少女们在光滑的彩页上相遇，六月的香樟和冬日的忍冬，植物是校园恋爱的僵直布景，再翻过去就变成都市的鬼怪传说，悬念绕成毛线球，一寸寸捋到头，尾巴上勾着的又是个狗血的爱情故事，像是鬼打墙，转来转去始终被圈在原地。但还是买，一本接一本地带回家，看完后又塞进书包丢入上学路上的垃圾桶，十分需要又十分无情的样子。直到某一天，杂志里所有男生都长出一张整齐划一的脸，笑眼弯弯的金佛勘破一切，即使合上杂志，脸依旧光斑一样缠着眼皮，挥之不去的白色蛾子，执着地反复撞击，像是非要把某层窗户纸撞破。隔天再见到谢依然时，周苇的沉默突然就变成了沉重，何方的名字从谢依然一张一合的嘴里飞出来，又是那只白色蛾子，和蒙在被子里的夜晚一样，扇动着双翼再度地撞向周苇的耳膜。每一次撞击都伴随着心脏剧烈的一跳、秒针沉重的一次颤抖，以及挂在教室后面日日更新的倒数。

一片白色荫翳开始在眼皮上定居，红操场上匀速挪动的白色圆点，走廊里一闪而过的白色鬼影，忍冬树丛边升起的一团白雾，谢依然总是能精准地捕捉，用一声惊喜的低叫将周苇的目光引过去，灵巧得像是在转动一把狙击枪。周苇落入到一种等待射击的焦灼中，可谢依然依旧举棋不定，只是神经质地拉着周苇在校园里来去，像在棋盘上漂浮着逡巡，细数她偶遇的神迹：

熙攘的操场，何方在右上角挥动手臂，身体随着跳跃运动高高地弹起又落下，谢依然的心也弹起又落下；楼梯的拐角处，何方穿一件灰色羽绒服从楼梯上慢慢飘下来，飘到谢依然因为羞怯而低垂的头颅上，堆成一朵厚重的铅云，酝酿着雷雨；有一次，真的下雨了，雷在天边炸开，把路边的人都炸到公交站牌下，谢依然和周苇被挤在一堆潮湿的衣服中间，看路边积起的水洼，水洼边一双白鞋就要踩过来，周苇刚想开口提醒，一抬头看见那张脸，嘴便在半空中凝固，谢依然顺着她的目光也快速地凝固，最后碎冰一样坍塌进水洼激起一片水花，水花雀跃着迸溅到何方的裤腿上，晕作一团深色水渍，谢依然开始在周苇耳边祈祷雨再下久一点，久到将世界下成一片海，只剩这座拥挤的方寸孤岛，于是肩膀与肩膀依靠成绵延的山体，是不能分开的样子。

在夜里，山体又分崩离析，变成周苇和何方对峙静立，也许是在教室或者某间空屋子，周围的世界都在虚焦中渐渐隐去，而他们却因为对比获得了一种纯净的不被打扰的清晰。周苇很少能看清何方的样子，擦肩而过时，她总是膝跳反应一样地把目光紧紧地收回到眼眶里。他被周苇刻意困在一片白色的陷阱里，只在无人知晓时，她才会慢悠悠地摇晃着想象的绳索，把他一点点拉扯出来，让他提线木偶一样地在她的脑子里晃来晃去，变成不会开口的哑巴杀手、戴着面具的白马骑士、心事重重的流浪汉，或者仅仅就是一尊笑眼弯弯不普度众生只普度她的金佛。想象是串联的灯泡，开关一旦打开就接连不断地亮起，夜的甬道被照出曲折往复的原形，周苇蹑着手脚在里面穿行。白天，又一副心无旁骛的模样，跟在谢依然身后，面不改色地与她一同漫游逡巡，侦探分队一样在校园里寻找何方出没的踪迹。

一对阴阳两面的双生子，一个占据白天，一个劫持黑夜，最好的友情就连爱情也要分享，仿佛这样才能彻底地体会对方的心情。谢依然高亢的爱意是火山岩浆喷溅，而周苇的熔浆则在地壳里阴郁地滚动翻腾。于是，就连情书也是共谋。

闷热的初夏教室里，老师背着手立于讲台后方，讲鲤鱼跃龙门，台下五六十只人工养殖的幼鱼趴在书的假山上奄奄一息。蝉鸣和电扇转动的吱悠声搅成一股困意的旋涡，一颗颗头颅昏昏欲落，每一个字符都是一粒饲料，填鸭式的灌注养殖法已初见成效，池鱼们在初夏骤起的炎热中扑腾着就要上岸。谢依然在课桌上趴成一条咸鱼，面前是五颜六色手绢一样花哨的信纸，她苦恼于签字笔笔头的粗细，不知道什么直径才能精确表达她那纤细又磅礴的爱意。旁边是周苇写好的情书模板，旁征博引造出的一座文字迷宫，纯洁、正直、阳光、孤独……周苇几乎带着恶意地将词语滥用，辞藻变作形状各异的积木，被一块块累积起来，堆砌成谢依然的爱之殿堂，工期冗长，始终在建。殿堂里何方被供奉如塑了金身的神像，裹满狂热、虚夸的幻象。周苇花了一整个晚上用舌头抚过每一块词语垒砌的墙砖，变身长途跋涉回到耶路撒冷的信徒，对着它们低声祝祷和倾诉，像最虔诚的告白，又像是事不关己的旁白。

扒去那些华丽点缀的词语的修饰，里面光秃秃的事实是，她对何方一无所知，全部的素材不过一些捕风捉影的片段，她自己写自己的传教故事，默读，然后相信，相信存在着一个何方，等于每天课间操她们在拐角处等着遇见的那个何方，就像一等于一，即使第一个一是周苇用无数个零碎的小数拼凑而成的，小数们在纸上磕磕巴巴、吞吞吐吐，一副老老实实胡编乱造的样子。有时，谢依然会对她的作品点评一二，譬如，他并不擅长打篮球，三步上篮总是在最后一跃时功败垂成，周苇却大量杜撰他在篮球场上的风姿，这显然言过其实。周苇答复她，夸张是表达崇拜的最好方式。谢依然总是很容易被说服，她相信周苇在文字上的权威，毕竟后者的周记总会被老师挑选作为范例。在这一点上，周苇继承了周卫华的基因，他们都擅长用文字来杂耍献艺。于是，挑灯夜读到深夜的周苇，用习题册做掩护，笔头转动却是在为恋爱的战场输送成堆的文字兵，就像当年周卫华扎起成捆的诗歌赠予陈香兰做见面礼。

家族史里的老掉牙爱情传说，三姨曾悄悄地对周苇提起："那时候都羡慕你妈，多浪漫，一周一首诗。"曾经有过好日子，在周苇出现之前，然后就是坏日子，跟着周苇一同从产房里呱呱坠地，哭叫着，吵闹着，把写诗的纸变成擦鼻涕和粪便的纸。这种文字灾害的后遗症一度拓展到学校的科目，"学好数理化，走遍天下都不怕"，陈香兰试图用粗暴的口号将周苇驯化。初一的物理考试，周苇也曾经体会过风头一时无两，随着公式越来越复杂，她精于记忆的文科基因就渐渐力不从心。陈香兰以为她有选择，后来才发现，选择从最开始就已经做好，周苇终于无可挽回地再度走到她巧言令色的父亲踏出来的老路上了。

然后，有一天，所有的秘密信纸都遗失在一次慌乱的搬家途中，它们从货车松垮的围栏缝隙中逃出，在秋日强劲西风的鼓动和助力下，顺着宽阔的水泥马路四散而去，落进昏暗下水道，溜进陌生人家的阳台，挂在树梢伪装成枯叶，或者钻进另一节车厢，被带到千里之外的某处。总之，它们被拆解得七零八落，爱之宫殿也自此坍塌，变成记忆中的废墟，又或者只是露出了它本来的样子。

对此，另一位当事人谢依然表现得轻描淡写，她耸耸肩，嘴里吐出一串鱼泡泡烟圈，那是她从新男友那里学会的绝技，曾不止一次对周苇炫耀着展示。被一同展示的还有一个戴着耳钉的长发男孩，他总是和一辆满身贴纸的山地车一块出现在晚自习后的校门口，载着戴着同款耳钉的谢依然呼啸而去。

谢依然说，她终于找到了真正的爱情。后来，这成了她每一场恋爱的开场白。但是，谢依然从未跟她说过，究竟什么是真正的爱情。

谎言小史

谎言的历史由来已久，最开始是十二色的彩笔，周苇最爱里面的荧光黄，涂在纸上像星星被揉碎了。她用这个颜色来画太阳、画房子、画树、画爸爸……画上爸爸白脸金头发，同桌的男生抢过她的画，笑嘻嘻叫嚷出爆炸性消息："周苇的爸爸是个洋鬼子！"结局是周苇和男生打了一架，她抓破了他的脸，男生抓破了画。

闻讯赶来的陈香兰质问她为什么要和同学打架。周苇难得理直气壮："他说我爸是洋鬼子。"

然后是看图说话，一个戴着帽子的男人牵着小孩过马路，全班同学写的都是《警察叔叔帮助我》，只有周苇写的是《和爸爸的周末》。分析试卷时老师特意点她站起来，问她怎么分不出警察和爸爸。周苇红着脸，用藏在背后的手指临时捏出一个谎："我爸爸就是警察。"

开家长会，老师笑眯眯跟迟到的陈香兰寒暄："她爸爸在忙吧，现在当警察不容易。"

回家的路上，陈香兰的嘴抿成一条钢丝线，周苇踮着脚尖踩在线上颤巍巍，一进门，钢丝线就将她掀翻在沙发上。

"小小年纪就学会撒谎了！"

周苇挂在沙发的扶手上，软趴趴如达利画里快融化的钟表，校服裤子被扒下来一半，在腿上挂起一面蔫头耷脑的白旗，可陈香兰显然不打算尊重《战俘公约》，下一秒竹扫帚就在她的屁股上弹起了狂怒曲。陈香兰在激昂的琴音中被鼓励，弹入了迷，恍惚以为自己是李斯特在世。音节起起落落，尖叫高高低低，脱落的指针悬荡在半空，踟蹰不决、三心二意地故意使坏，快乐的时光总是短暂，那痛苦的时光如何？痛苦的时光在屁股上龇牙咧嘴，乐开了花，一群白吃白喝的厚脸皮惯犯，过了五六天才意犹未尽地分批离开。

最后是待填满的黑线白框，交卷时，六百个格子也只填了四个，上面像所有人一样写着"我的爸爸"。一周以后，分数下来，周苇的名字从排行榜的第二摔到了二十，十八层的高度，当场死亡。老师坐在办公桌边，拿着试卷敲笔，认为还可以抢救一下："是不是没有时间了？"周苇背着手没说话，白卷交上瘾了，不是没时间，是没爸爸。"死脑筋，不知道编啊，你不是会写吗？还写不出来一个？"白卷还是落到了陈香兰手上，皱巴巴的显然过度紧张，周苇却不紧张，她早从警察的故事里总结了经验教训，此时正好派上用场：

"瞎编那是撒谎,您告诉我不能撒谎。""还给我顶嘴?"白卷"啪"地对她倒戈相向,在周苇茫然的脸上画了个愤怒的红叉。"那……那些大文豪写的都是真的?孙悟空是真的?这不叫撒谎,这叫创作。"

陈香兰也开始谈创作,周苇以为这是周卫华的专利,现在才明白它原来是夫妻共同财产。

于是,周苇只能学着创作一个爸爸。

语文期末考的试卷题目:《最敬佩的一个人》。周苇这样写:"我最敬佩的是我的父亲,他是一个诗人,在光明大道与独木桥中,选择了后者。"河边的告示牌上标明:独木桥仅限一人通过!这样,他就不必带着她和陈香兰上路。"他是我心中的英雄,选择了人迹罕至的一条路,远离了热闹,选择了孤独。"热闹多么普通,早七点的菜市场,提着用过三次的超市塑料袋;与小贩为了两毛钱唇枪舌剑,两菜一汤或者三菜一汤,吃剩的用盘子盖起来,再拿出来时盘子掉在地上砸碎了,顺道砸出絮絮叨叨的埋怨:"跟着你过日子连个碗都是缺的。""那就别过了!""当年嫁给你时,唯一的聘礼是一堆重新刷漆的破家具。"……面目模糊的男人推开椅子从餐桌上离开,端着缺了个口的瓷碗去电视机前关心中东局势和美国油价了;或者是医院的儿科,缴费单上的数字预支了明天要交的丧礼份子钱,正心烦意乱,治疗室里孩子被扎出唢呐的高音,呜呜啦啦,全在讨债。英雄爸爸则被试卷纸小心包裹起来,裹成了个精致礼物堆在圣诞树下,和一闪一闪的文字彩灯手拉手组成弥天大谎的逻辑链。孩子歪着头，一脸天真："圣诞老人是真的吗？""别问！孙悟空也不是真的！假的又怎样？"一到暑假五集连播，孩子们照样端着小板凳坐在电视机前聚精会神盯着会忽大忽小的金箍棒。这一次，周苇拿着作文满分的试卷诈尸还魂再度杀回排行榜首，英雄爸爸的故事果然经久不衰。

周苇尝到了谎言的甜头，很快上瘾。

有段时间，她甚至把它挂上了脖子，招摇过市。蓝色塑胶卡套里，白色出入证被折成三叠，只露出一只圆圆公章。保安坐在校门口的塑料凳上，用眼睛扫描。周苇看起来太乖了，校服和脾气一样被熨得平整，脑后马尾温顺地垂下，没有刘海的脑门上奖状一样挂着"好学生"三个字。于是，漫不经心挥了挥手，让她和谢依然漏过网眼成功出逃。

公章是用手腕粗的萝卜刻的，红色印泥被萝卜汁浸润，边缘透出作伪的模糊。整个工程耗费了整整一节音乐课，老师把手指按进电子琴琴键，周苇就把薄薄的刀锋按进萝卜肉，到最后，半个桌膛都是雕残了的萝卜，挤在一起，像不孝子哪吒自己长出来的藕臂。

周苇的手臂则挂在谢依然的手臂上，跨出校门的一瞬间有种亡命天涯的惊险感。谢依然拉着她在巷道里跑得飞快，跑到心脏快要被加速度甩出喉咙，两人才气喘吁吁地停下来，然后大笑，笑完又亲亲密密地挽着手，用脚掌缠缠绵绵地拍打地板。

游戏厅里，方形、柱形的音块从周苇的面前错位地滑过去，她手忙脚乱像一只扑腾的水鸭，谢依然却轻车熟路，鼓槌落下，音块便顺滑地消失。连连失败，周苇投降似的把鼓槌一甩，两人又去外面小商店买雪糕吃，逃学会做的事无非这几样。

"你被我带坏了。"

谢依然咬一口周苇的脆皮，递还给她。周苇不说话，牙齿轻轻咬在谢依然留下的月牙形上，有一种奇异的亲密感，接吻一样。周苇为自己的想法感到羞耻，谢依然却在说她带坏了她，这都是误会。

就像谢依然的妈妈朱阿姨喜欢她，某天两人坐在谢依然家的电脑前看少女漫画，朱阿姨推门进来，鼠标快速切换成学习网页。朱阿姨把手里贴心插好牙签的切块水果放到桌上，摸一摸周苇的头发，表示，要是谢依然有她这么听话、成绩这么好，她就心满意足了。周苇感觉自己正被那些话编成的麻绳吊起来抽打，就像五岁那年她突发奇想从陈香兰的抽屉里偷出五十块钱去挥霍，然后在学校的小卖部被当场抓获后那样。

一个天生的小偷、无师自通的骗子，过关斩将地骗过了暴躁的陈香兰、多疑的表姐、天真的阿姨，就连谢依然她也骗。

某天，谢依然的斜挎包里突然出现了一盒香烟，印着天安门的红中华，货源地是谢依然爸爸的黑色旅行袋，里面的香烟金条一样齐整堆叠，那是他某一次出差的"意外"收获。这样的意外总是在她家发生，夹在空心套装书里的信封，打开后一叠灰色人民币簇新得像刚被印钞机舔过，又或者是黑色垃圾袋里惊现燕窝、虫草——谢依然的妈妈朱阿姨永葆青春的秘诀，当然，最常见的还是装在普通礼品袋里的香烟和白酒。多年以后的某场大雨泡坏了谢依然家某处江边闲置的洋房，朱阿姨却只在打牌时对那一堆放在地下室里的茅台表示了惋惜。

"我爸都不记得他究竟收了多少条，他从来不数。"

地主仓库里唯一的家鼠，他们可爱的长着圆圆脑袋的女儿，明目张胆地将红中华揣进包里，大摇大摆地穿过客厅，甩一句"我去找周苇给我补习"，忙着敷面膜的朱阿姨便哼哼唧唧点点头放行。

权威通行证周苇，车辆年检一样年年拿三好学生的进步分子，深受家长信赖的孩子们的良师益友，也会在天台上夹着一根红中华吞云吐雾。香烟世界的新手，第一口下去直接从鼻腔里蹿出来，颅腔失火一样。谢依然笑得前仰后合，新涂的口红沾上了牙齿。通向成人世界的这一课，周苇还需要学习，课程罗列如下：怎样熟练地过肺，怎样吞吐出经久不散的烟圈，怎样摆出潇洒不羁的抽烟姿势。尼古丁先生张嘴教导，满口黄牙是陈年的化石，什么都是需要讲求时间和经验的，好学生太冒进也会栽跟头，下面是关于尼古丁世界的故事——

先是伸出鱼嘴嘬紧烟头，烟雾阵队顺着温和的北风安全抵达口腔，随即一阵旋风从脑后刮起，穹顶被刮得远了，脑后皮肤撑起帆一鼓作气，好让阵队平稳滑入气管水域，水域狭窄，不少士兵身先士卒落入血之河中，杳无音信，大部队继续进发，目的地就在前方，一片辽阔的氧气大陆，未开发的处女地。"一鼓作气！"烟草殖民队伍踌躇满志，另一个世界等着被染指、登陆和规训，踏上粉色新鲜土地的第一秒就开始辛勤播散尼古丁，在温润、光泽的脏胸膜上，一片一片地耕作，纵横交错的血管河道源源不断地灌溉、搬运。

"一个新世界会在你的眼前拔地而起。"头目A戴着高耸的黄边礼帽，面对辽阔大陆挥舞着手杖描述理想之景，"你会获得身体到心灵的轻松，想象漂浮在阳光照拂的海面，微风轻轻吹过，空气里有尼古丁燃烧的香气，所有的烦恼都留在了焦土遍地的旧世界，而我们的公民获得这一切所需要做的只有一件事。"

"什么事？"

"呼吸，尽情地呼吸，吸入尼古丁，呼出旧世界的废气。"

火光的尽头，一切消失。香烟世界的试用装，时间总计四分二十秒，从龙宫返回到村里的渔夫周苇意犹未尽。

"怎么样？"

周苇云淡风轻，耸耸肩，吐出个"还行"，学着谢依然把烟头捻灭在脚下。如果不是微微松弛的括约肌、指尖残留的酥麻感以及一阵返潮似的恶心,周苇都快要被自己那巧言令色的虚荣心骗过去。

"那你可真厉害,这烟劲儿很大,我平时都只抽女烟。"

"女烟什么样?"

"喏,就是这样的。"

一包扁扁的薄荷绿烟扔下来,精致又纤细,和周苇手里的红中华站在一起就成了土大款和他袅袅娉娉的情妇。抽出来的烟更细,仿佛一掐就断的腰和脖子,细得简直带着恶意。周苇吸了一口,烟薄薄地散在口中,前面是磅礴的航海队,而眼下就变成了托马斯·曼笔下快要断气的结核病女士。原来烟还分男女。

"没什么味儿。"

"嗐,女生抽的嘛,没那么重,主要是抽个感觉。"

谢依然半倚在栏杆边,过短的上衣拉出半片肥润的白腰,脸侧成个剪影,缓缓吐出一团白烟,像个空白的对话框,浮在半空中。周苇想,难怪电影里的人无话可说时就一根接一根地抽烟。

那之后,一包烟偷偷潜进周苇的床底。在陈香兰熟睡的夜晚,周苇光着脚爬到窗台边,把头从预留的窗户缝隙中伸出去,对着对面黑乎乎的楼房一口一口地吞吐烟雾,偶尔,有一两个房间亮着灯,像是夜行的监视器,冷冰冰地记录着对面的一切,而周苇则用一闪一闪的红烟头来做回应。风和恐惧在周苇的皮肤上吹起一粒粒警惕的哨兵,尼古丁带着她顶风作案。或许邻居已经认出她就是那个白天在菜市场遇见的优秀生,然后第二天转头就可以在等待杀鸡的间隙将这件事透露出去,或者干脆下一秒惊醒的陈香兰就会破门而入,看见她的乖女儿正在窗台上,衣衫不整地像个二流子一样夹着香烟,自甘堕落,就像她的好父亲,"好好的家不要,非要当个孬种和逃兵。"谁知道呢,或许周卫华已经在异乡成了一个杀人犯、诈骗者,又甚至已经在牢里写忏悔录、独白诗。

有一段时间,周苇坚信周卫华已经死了,像托尔斯泰或者随便什么不起眼的流浪汉一样死在某个脏乱差的车站长椅上,要么就是被半道上认识的同伙从轮渡上扔进了江里,被鱼吃得连骨头都找不到了,也或许被忽悠进了黑心窑,在一次突如其来的爆炸中葬身煤海,只有几万年以后的人类在挖掘矿石时才会让他的尸骸以难以辨认的化石纹路的形式重见天日。总之,他必然是死了,而且死得措手不及,连他自己都来不及产生任何想法,或者留下只言片语的遗书。他死得没头没脑,就只能怪老天,拆散了这一个可能会破镜重圆的家庭,留下一对未亡的可怜妻女。如果非要秋后算账,错也不能完全归到一个人的头上,否则会显得周卫华太重要,而周苇和陈香兰则太不重要。

周苇上中学收到的第一份礼物,来自家族的流浪者小姨,一本卷在梦幻塑料泡泡中的天外来书——由硬纸板圈起来的威赫语言之城——最新版本的《英汉大词典》,翻开时兴奋得像乘着轮船即将在赫德森河口缓缓入港，目光落到白茫茫的纸海上，映入眼帘的第一块英语书写的欢迎牌：abandon，（不顾责任、义务）离弃、抛弃。新大陆自由女神用坚硬火炬给的当头一击，看吧，逃到哪里也能用一个词就将你打回原籍。

原籍是柔软的扁梨形宫殿，位于暴躁的膀胱和优柔寡断的直肠之间，一颗小小的浮游精子刚结束一次艰苦卓绝又声势浩大的洄游，其间躲避过难缠的阴道分泌物，穿越了逼仄漫长的子宫颈，亿万个兄弟都倒在身后。它是千里迢迢从异星球奔逃而来的最后的种子携带者、基因传递的唯一信使，肩负着重建星球的使命，关于 x 和 y 的历史被刻进去，染色体的殖民史，从皮肤、毛发一直深入到脑神经，肉体的陆地在一片汪洋中浮起，版图是蜷缩的婴儿形状。然后，突然有一天，婴儿尖叫着滑出产道，灰扑扑皮包骨的脸蛋和四肢，模样古怪、神情茫然，像刚被抓获只好挥着四肢求救的不明外星生物体。

有一种民间传说，某些孩子并非出生在产房或者卧室，而是来自垃圾桶和天桥桥洞。周苇七岁前的邻居，一个被收养的长着牛眼的大脑袋呆姑娘，父母却尖腮细眼，现实里的大头儿子和小头爸爸，凑在一起像是找破绽的游戏。周苇也试图对着镜子寻找脸上的破绽，她眉毛浓密，而陈香兰的稀疏，她鼻头圆润，而陈香兰鼻头尖尖，她嘴唇薄得像是总在难为情，而陈香兰的则有种喋喋不休的丰腴和饱满。怀揣着证据,压抑着兴奋,周苇在某一天小心翼翼地开口:"妈,我是不是你捡的?你看,我们一点儿都不像。"陈香兰冷笑,拿着遥控器头也不抬:"你长得确实不像我。"希望的火苗摇摇晃晃。"你倒是挺像周卫华,不都说女儿像爸爸?也不知道我养你干吗?"火苗"滋"一声被浇灭,周苇的民间传说之旅早早地宣告终结。

可周卫华的脸始终模糊,有过一张黑白照片,被压在一块雾蒙蒙的灰玻璃下,和他兄弟姐妹们的照片一起,组成怀旧博物馆的一片橱窗。周苇背着手如同参观的游客,橱窗里十几岁的周卫华眼珠漆黑,一圈薄薄的绒毛挂在薄唇上,看起来又老又年轻,像是已经知道来不及让她了解他的未来和过去,于是一并仓促潦草地展示了。婆蹑着小脚,单手攀在玻璃的边缘,像学步的小孩,对着那张照片,转动指间佛珠,念:"阿弥陀佛,阿弥陀佛,保佑我的儿和我的孙。"

佛祖显然对这个家庭无暇顾及,或者根本就是有心无力,一家三口跪在佛堂前上香也八成心思各异,佛总不能厚此薄彼。于是,只能自生自灭,选择人间蒸发、愤懑抑郁、阳奉阴违,抢方向盘一样抢着做撞毁列车的肇事者。当然,陈香兰认为她是踩刹车的那一位,只是在她伸出腿之前,周卫华就一脚将她踹下列车,头也不回潇洒离开,而拖油瓶周苇还拉着她哭哭啼啼、纠缠不休。

一方月台,人群散了,只有圆盘钟表还在踱步。一开始,周苇号啕大哭,倾盆的雨泄洪一样下了几年,渐渐地就是断了线的珠子，抽抽噎噎，在陈香兰警告的目光中，眼泪挂在眼眶里畏畏缩缩地要落不落。后来只剩下漫长的枯坐，枯是泪腺的枯，眼睛的井逐年地干下去，等意识到时周苇才发现哭仿佛已经是上辈子的事了。当然，人的眼泪总是越来越少，秘密却越来越多，堆在枯井里蔓生的杂草，纠缠在一起，还有那些疙疙瘩瘩的石子，谁摔进去，谁就会头破血流、断胳膊断腿。大多数时候，只有井口处投来的一瞥，瞥见墨汁一样的黑，那是还没有成形的语言在腹腔里打转。于是，她们就这样端坐在往事的月台上，等待一辆车的到来，就像等待戈多，而戈多则在车上，隔着窗玻璃漫不经心看过来，如同看一处无关痛痒的标识，标识上注明：此地废弃。

谢依然常去的那间网吧，也由废弃的歌舞厅改造而来，或者根本没有改造，只是搬走了原来的桌椅，换上了十来台大头电脑，所有人都在一颗硕大的宇宙球灯下敲击键盘，声音是踢踏舞步，从天黑响到天明。末日的"千年虫"也没挣脱会分泌电子罂粟汁的英特蛛网，提前歇菜，翻过两千年的坡头，人们不再用腿跳舞，而是换作手指在键盘上跳舞。移动光标的小箭头是一把万能钥匙，当谢依然忙着在聊天室里打开陌生人的心门时，周苇则攥着它在数据迷城中一道接一道地闯空门，门后的情况出乎她的想象，好几次，素未谋面的裸女都将胸部直接弹到她脸上，只为推销某部"劲爆色情片"，路过的周苇看着被高光加粗的劲爆二字，不解，难道这世界还存在着不劲爆的色情片？对于初涉欲望丛林的少男少女们而言，色情片就是劲爆本身了，从天而降的原子弹，拔地而起的蘑菇云，蘑菇都是阴茎的形状，成年的乐园里，这样的比喻是雨后满地的菌林，周苇踮脚从菌群中穿过，继续开下一道门。直到有一天，一道通体黢黑的门出现在她眼前，黑到她误以为是显示屏宕了机，或者电源线被某只过路的脚给拔掉了，直到荧光的电子蚂蚁从上而下爬出来，列队拼成方块的文字阵队，周苇这才赶紧扒在门后的缝隙处，偷看起电子蚂蚁们的秘密演练。

一个五彩电子世界中裂开的黑色虫洞在她眼前张开，周苇误打误撞跌进去像发梦的爱丽丝，洞底壁龛陈列着剖开的五脏六腑，无头鬼们飘荡着坦诚相见，或者根本不见，只有一串串文字从黑色泥淖中不断冒出，冒成吉卜赛巫婆烹煮着的汩汩作响的气泡。生病的"孩子"在气泡里蜷缩成福尔马林里的胎儿，"孩子"在这儿是不言自明的代号，与上帝、宇宙、桌子或者阿弥陀佛一脉同宗，或许来自某个藏匿的先知创世者，它捏出代号、支起黑色幕布，被加粗放大的"病"字是被念咒般召唤着吐出的丝丝蛇语，受到诱引的"孩子"们便自动顺着长长的网线爬进来，开始自发的表演。表演的形式有且只有一种——独白，碎碎念的腹语、歇斯底里的抒情诗、被句号打断的结巴话，排着队悉数登场，陈述自我的病症：被迫缄默的倒错之爱，与被窝合谋的手淫，恨与爱殊途同归的恐惧，反复发作的自戕荨麻疹……所有表演都以沉浸的形式进行，在病的深潭中受洗一番，然后又回到阳光底下去继续做人，这里奉行一种内外的泾渭分明，匿名制提供了一种新型的豁免权。

然后，某一天，备受鼓舞或蛊惑的周苇也尝试用键盘敲下自己的开场白：

> 今天，我又被我爸爸打了，用43码的皮鞋，鞋在我的手上盖一个红色的鞋印，像犯罪现场不小心留下的证据。我打算去给自己做一个这样的文身，但如果被我妈看见了，一定会连皮带肉地把它剜掉，因为她可以忍受我残缺，但没办法忍受我变坏。
>
> 爸爸也用皮鞋打妈妈，有时候用皮带，或者用领带捆住她的手，像绑尼龙口袋一样地把她绑起来，在房间里拖来拖去，有一个不死心的妈妈在口袋里挣扎，爸爸就再补上几脚，她就老实了。"老实"是爸爸打妈妈时的口头禅，后来变成了打我时的口头禅，就像警察抓捕犯人时会说的话，我想我和妈妈身上一定有什么还没招供的罪行，否则爸爸为什么会那么执着地说那句话。也有不挨打的时候，爸爸牵着妈妈，妈妈牵着我，三人两足游戏一样绑在一起去逛商场。妈妈站在货架前给爸爸挑选皮带、领带和皮鞋，爸爸则一屁股陷在休息区的沙发里，只一双眼睛在店里女人们暴露的腿间走来走去。这时，妈妈拿过样品在爸爸的身上比画，就像之后爸爸在她身上比画那样。结过账，我们一家人就开开心心地

走出门去,谁也不知道妈妈胳膊上挎着的购物袋里装好了最新的刑具。

这也是为什么每次到了行刑时我总没办法对妈妈产生同情,因为在某种程度上一切都是她咎由自取,她本来可以不花钱买下那些结实的刑具,这样一来,爸爸或许就不会那么顺手地抽皮带或者解领带,他会孤立无援地站在客厅的中央,发现全身的武器都被卸下来了。有时候,我甚至希望爸爸能够打得再厉害一点,打出文身一样洗都洗不掉的伤痕,这样妈妈或许就没那么容易原谅他,毕竟,她没办法忍受任何文身,但不管爸爸多么用力地绷紧手臂、抡起胳膊,妈妈总是可以像汤姆猫一样被压扁了又恢复原形。我也想过死,和妈妈一起,可妈妈大概不会愿意,她只会反过来给我一巴掌,说,我们有什么对不起你的?

一篇啰啰唆唆的小作文,写完后周苇就迅速地点击发布。她感觉身体里有什么结实的东西从那清脆的按键声中滑出去了,滑进那片黑色的泥潭里,一瞬间就被翻涌上来的泥浆给吞噬。一种被需要的感觉充盈着她的内心,那一刻,她几乎甘心以肉身喂饱夜行的饥饿野兽。

虚空并未让她难得的慈悲之心落空,给予了以下回应:

"父母之爱是人类创造出来的最大的谎言。"

"不要对陌生人说话。陌生人,你好吗?"

"我爸爸也是这样，但他拿刀，把我的耳朵砍掉一半，可惜后来医生给我缝上了，给我包扎的护士说我像梵高，哈哈。"

……

像是在封闭池里撒下一把饵，鱼儿们顷刻间游弋而来，或者说更像是在水里自戕，血腥气一散，鲨鱼群就闻风而动。在这里，人们争相啃噬记忆这具巨大的尸体，又产出新鲜热乎的残骸去堆积出更大的坟冢。周苇做出的却是一具假体，没有那样一根皮带，也没有那些残酷的疤痕，自然也没有手挽着手在商场闲逛的温馨场面，好的坏的一并没有，于是，只能在空白的废纸上随意涂鸦，而画面在落笔前就走进了颅腔，先入为主地替她安排好父亲的形象，一个蛮横的暴力狂，被关押在家庭的铁笼中，以摧残笼中的弱者为乐，又或许没有乐，暴力就是暴力，天生如此，如同新闻里那些掐头去尾的描述，故事的细节被藏在庞大骨架的阴影中，无人在意。一个坏的父亲比一个好的父亲更让周苇觉得亲切，这样一来，他的不存在就变成了赦免而非掠夺，是老天爷对她们母女真诚的馈赠，她应常怀感恩之心。

陈香兰也是这么教育她的："你还有什么不满足的？"日常的发问，问到周苇也哑口无言，还有人没有胳膊、没有手臂，有人一生都得躺在氧气机边过活，"比起这些人，你算幸福得不得了的了"。幸福的人生都是相似的，不幸的人生各有各的不幸。电视里只要不断转台总会遇到的人间惨剧，一种参差的幸福宣传，世界在相对理论的威逼下步步退缩，在痛苦面前最先学会的应当是谦虚。

可谢依然显然并不需要遵守这一原则，仅仅是半吊子的失恋就足以让她的宇宙经历一场大爆炸似的崩溃，炸出委屈的酒嗝、香烟的碎屑和蛇一样滑进周苇脖子里的眼泪。当她靠在周苇耳边时，嘴里呼出的腾腾热气都在帮声控诉，控诉为什么对方对她毫无回应。谢依然谈起礼貌，即使出于礼貌，男生也应该有所回应。这些话听上去熟悉，陈香兰不止一遍地强调过，"出于责任，他也不应该这样一走了之"。有什么东西被避而不谈了，走投无路时，更加威严的词汇——礼貌、责任或者是良心——便会代替当事人来发声。可没有礼貌，没有责任，更没有良心，只有一端的沉默铁块，重重地压下来，让另一端的心如坐云端、不能着地。像在游乐园被机械摇臂猛地抛上半空又突然停下，笑声也卡住了，时间被切割成地上和地下的部分，上有天堂，下有地狱，创世的对称性，上帝一定是个强迫症。

"没有天堂就没有地狱，相对论就是这个意思。"

一个陌生的账号在周苇关于谢依然的故事下留言，像是神谕，又像大言不惭。

"那有的是什么？"

"中间的部分，没那么好，也没那么坏。"

听起来像是一种本分的实用主义，等到周苇想要进一步刺探，发言的陌生人就像一只狡猾的枯叶螳螂，藏进丛生的黑色草叶之中，无处可寻。

鞋码人生

高中刚刚落成的游泳馆里,周苇划动着双臂,透过半透明的蓝色水波,看见高挑的泳池穹顶如拱起的巨大鲸脊,捐赠者的名字铸成黄铜招牌,被发白的阳光浸润流出赤金的光泽,四周浅色瓷砖上水波粼粼浮动,一如青春期里大腿和屁股上悄无声息迸裂的蜿蜒生长纹。周苇和谢依然从池子的一头游到另一头,游成两尾饱食终日而无所事事的彩色热带鱼。彩色是紧裹住身体的游泳衣、夏天长出的第二层皮肤,冰凉、光滑,毫无赘余地将少女逐渐扩张的曲线勾勒出来,走在池边时,总有可疑的目光从她们身上轻轻扫过,探测仪一样试图从裸露的皮肤上寻找些什么。

那些目光是逐渐走向成人世界时长出的增生,提醒着周苇有什么东西正在变化,她并不厌恶这种变化,但厌恶变化的缓慢,像是鳞片需要一颗一颗掉落,或者是慢镜头下艰难的蝉蜕，在新生前必须经历一段痛苦的焦灼。有几年，周苇总变成鸟，一到夜里，就开始在床上飞行，终年大雾的灰色梦境里，她毫无障碍地盘旋在高低错落的房屋楼顶，一会儿滑过得了白内障的窗户，一会儿又折身钻进一片毛发旺盛的丛林，当然，最多的还是在浓雾覆盖的荒原上漫无目的地飞行，像是末日后一架被地球人不小心遗落的飞行器。最后，总是无一例外地在惊惶的失重感中坠回床面，狼狈如同被海浪无情拍上岸的鱼，嘴还在半梦半醒间一张一合地大口呼吸。与此同时，周苇的身体开始竹节一样地蹿起来，蹿破了一米六的封锁，一路狂奔到了一米六五的半程，最终在一米七的红线上刹住了车。据生理卫生课老师的说法，这都归功于她那些不停坠落的飞行，骨头打造的列车在夜里飞驰，她费力攀缘在车壁上却总是被惯性摔出梦境。同样被摔出去的还有短到脚脖子的长裤、气喘吁吁趴在背上的T恤，以及无法再让搭扣牵手的胸衣，唯一没有遭到驱逐的只有鞋，脚走到37码就再也不肯多走一步，这一点和陈香兰相似，她到四十岁还只穿36码，周苇好歹在妈妈的小脚印上往前探出了半厘米。

"你脚大，走得比我远，我就是吃亏在这双小脚上，一辈子都困在这个小地方。"

陈香兰有一套关于鞋码与人生的对应理论，仿佛40码脚的人就应该冲出地球奔向火星，对此，周苇从来不去反驳，她把这当作陈香兰对她为数不多的祝福之一，即使随着这祝福附赠的还有一连串的试探。

"我知道，你早晚会跟你那个浑蛋爸一样跑掉的，到时候我就一个人待在这，你也不用管我，老了就去养老院，现在养老院的条件多好，还有人陪我聊天，我就当没生过你。"

多少年了，陈香兰还是这一套迂回战术，要是周苇被蛊惑真的跳进陷阱，她就会一把鼻涕一把眼泪痛骂她不忠不孝，然后开始真情实感地哀叹自己命运的不幸：十月怀胎，肚子大得看不见脚背还要走十几里山路去乡里电站，羊水破的那天跪着挪到门口找邻居帮忙，还有黑白颠倒的漫长育婴期，奶是母亲的血肉组成的，以及坐月子时爬上腰背的顽疾，"一下雨就头痛，因为那时候吹了风"，风吹了十几年也不停，周苇被吹成了将近一米七的大高个，37码的脚已经够她走到地球的另一边了。陈香兰恍然悔悟："还是你小时候乖，我指鼻子，你就说鼻子，我指眼睛，你就说眼睛。"说的是周苇早忘得一干二净的某个童年游戏，据说人无法保留三岁之前的记忆，陈香兰却坚持认为那是属于她们母女的最好的时光。这当中必然有某些细节出现了错误，以至于结果与预期有了巨大的偏差，陈香兰不明白，她含辛茹苦、忍辱负重、全心全意养育出来的女儿为什么最终却变成了她的仇敌，而周苇不明白的是，为什么她一丝不苟、战战兢兢、竭尽全力地向陈香兰的完美目标靠近却总是在快要成功时又被她一把推倒在地。黏黏糊糊的挂了满脸的泪水，顺着岁月凿出的皮肤鸿沟流成了河，那些骤然到来的雨季，周苇不得不扮演一只浑身湿透的小狗，企图用同样泪汪汪的眼睛、轻声的示好犬吠以及从出生就应该携带的忠诚基因来乞求风平浪静。怨恨却悄无声息地在雨季疯狂滋生，周苇厌恶陈香兰认为眼泪是有用的，想必周卫华消失的那段日子她没少哭，而她却全然没有吸取上一段教训，转头又义无反顾地在自己女儿身上重蹈覆辙。染色体的集合，双面碟周苇，A 面放着清纯乖女儿的甜美歌谣，翻转到 B 面就变成逆子将吉他拨出不耐烦的噪声，周卫华冷血基因的唯一继承人，陈香兰对着她哭成了一个孩子，孩子自己只觉得身份被盗取。

于是，孩子也学着扮演大人。

周苇的第一次恋爱（并非初恋，她固执地认为那属于白衣何方），开始于高二上学期的初秋。在一次冬日散步中，眼镜男孩小余将她的手揣进了自己的口袋里，他们在厚重的棉织物里学习牵手，十指交握时有种榫卯结构的精准。小余白净瘦削，手指摸上去光滑、冰凉，如同雨后被晾干的竹节。周苇被这个突兀的动作本身打动，像是第一次抚摸小狗柔软的肚皮，世界把它藏着掖着的部分展露出一角，等待着被碰触。

一片柔软的蚌肉，藏在坚硬的外壳里，名为"爱"的珍珠被轻而易举地挤出，洁白无瑕的玲珑一颗，小余将它从日常的词海中打捞起来放到周苇手心。周苇理应有所触动，可心脏却像没了电的遥控器一般让她泄气，高亢反复的爱之告白在耳边划过成汽车的鸣笛，只引起一阵紧张的震颤，过后则是淡淡的恼怒，恼怒于它的堂而皇之，仿佛天下再没有比爱更加理所当然的事情。这种时刻，周苇就变成了不能解读唇语的聋哑人，或者身处于斑斓春天的盲人，她也曾试图模仿这种堂而皇之，结果却变成跛子的邯郸学步，滑稽透顶。她并不意外地明白自己并没有那样一双健全的腿可以用来在爱之跑道上狂奔不停。可缺失又使她病态地需要那些声音、色彩和肢体，需要小余不厌其烦地倾倒爱意，如同倾倒不能隔夜的垃圾。不仅是"爱"，小余还善于将"永远"见缝插针地塞进这段漏洞百出的恋情里，譬如，和晚安捆绑出现的"永远爱你"，圣诞卡上附带着爱心贴纸的"永远在一起"，校外饰品店老板兜售给他的情侣项链，字母拼凑的一长串"forever"，在周苇的脖子上缠成一个冰凉的莫比乌斯环，无限循环地进行爱的宣誓。但她说不出爱，只好舔一舔有些干枯的嘴唇，礼貌地说"谢谢"，除了谢谢之外她就词穷。直到临近毕业的某天，小余说出了"拜拜"，周苇才终于获得了对仗工整般的平衡。

一则简单的初恋故事，掐头去尾再清理掉那些略显肉麻的细节，仅剩下一些支离破碎的镜片，反射着并不完整的情节。

他们在学校七楼的画室接吻，一旁是半干的颜料和支起的画布白帆，不远处一颗粗糙的大理石头颅冷眼看着这对情热的少男少女。因为害怕接吻后的四目相对，只能将吻长长久久地仿佛没有尽头地继续下去，亲到最后唇瓣都被摩擦得充血发肿，才多此一举地把头转过去，看画布上歪歪扭扭的头颅素描，或者用指尖去蘸黏稠的颜料，好让对方在走神中重新变得熟悉。她记得，在那些片段中被风喂饱后鼓胀起来的窗帘，像墙上长出的巨大白色鸟蛋，有什么东西亟待破壳而出，但最后又总被风吸得干瘪，这让她觉得伤感。这时候她又变成敏感忧郁的青春期少女，不肯忽略那些一闪而过、似是而非的细节。她总喜欢盯着小余害羞时透明发红的耳垂，以及脸颊上那些如同植物经脉般伸展开的纤细血丝，这让他看上去接近于透明，接近于消失。为此，她原谅了他伸进自己嘴里的舌尖，以及有意无意擦过她胸口的手臂。她甚至希望他能够下流得彻底一点，但小余始终保持矜持，以掩盖人生第一次面对另一具身体时的慌乱和茫然，这让他的动作常常矛盾地毛躁又温暾，仿佛急于走进迷宫，又对迷宫竟然如此复杂而感到生气。

其实，他大可不必生气，用不了多久，他就会像主人一样大摇大摆地在迷宫里穿堂而过，熟悉每一个转向和按钮，泰然自若地下达指令，就像表姐那样。当然，表姐属于无师自通的天才，深谙如何摆布身体以及人心。小余是后进的勤学者，一步一个脚印地通关，顺序已经排列在脑子里了，从跃跃欲试的手指到在等待中轻微战栗的嘴唇，再顺着凹陷的腰部游弋到凸起的胸，按图索骥的路线，像观光客拿着指引图游览。未来，还有许许多多如出一辙的迷宫在等待，翻过这座山，还有那座山，闯关游戏的世界才刚刚开始加载。

加载完成的世界就藏在周苇的卧室里，一位结识于小黑屋里的好心陌生人发来一部《饭岛爱作品集》，那时这个人名还没有成为某部小清新电影译名的谐音。饭岛爱的后面还跟着苍井空、北条麻妃、藤本爱玲娜、小田梨亚里沙……名字串成一条由东而来的传教长队，一张张陶瓷面孔被印在廉价的海报上，挂成女色的众圣堂，低眉敛目地普度众生。

"这是男生的启蒙圣经。"

陌生人从数据线的那头敲击出一句自白，周苇的目光随即扫过"圣经"目录，惊讶于它们的琐碎和庞杂，地点囊括了你能想起的几乎所有生活场景，厨房、客厅、街道、电车、教室，甚至还有空无一人的客机，似乎它们每时每刻都在发生，光腿的丛林世界，性爱的蛮荒之岛，现代的布景不过是一种反差的点缀。在陈香兰熟睡的深夜里，周苇端坐在那台出于学习目的在高一购入的液晶电脑前，乘坐着圆头鼠标潜艇畅游于幽谧的情色世界。这是一个男人总是面目模糊的世界，他们以背影、侧脸、后脑勺、低吼以及命令语的形态出现，而女人则袒露成一望无际的沙漠，任由前者去冒险探寻那起伏的丘陵和零星的芳草地，两者搭配成薯条配可乐的速食快餐，一天售出一百万份。就像电视机里反复播放激情澎湃的广告语："某某奶茶，一年卖出七亿多杯，杯子连起来可绕地球两圈。"事实上，地球早已被这些舶来录影带覆盖，甚至不止于此，它们多到地心引力都超载，一路飞出太阳系、银河系，浮游成宇宙中失重的垃圾，直到某一天，坠落在亿万光年外的某个星球，被另一种生物拆解、观摩、研究，作为文明的素材。就像电脑前的周苇那样，器官特写成出击的直拳，她惊异于它们的丑陋、古怪，如同凸起的肿瘤，散发着一种病入膏肓的气息、一种造型上的邪恶，像是造物主开的恶意玩笑，快乐与邪恶的孪生法，一体两面的教义，她发现，高潮时人们的脸总不自控地扭曲。

　　表姐也曾经大发慈悲，或者是心血来潮，试图教导周苇如何去开启身体的秘境：顺着三角地带一路往下，拨开蔓生的丛林，湿热的野生峡谷过去无人问津，手指的探险者分队在那晚第一次造访。"感觉到了吗？"表姐在黑暗中追问。周苇躺在一种杂糅着疲惫、轻盈、惊悸和微微震颤的陌生尾韵中，双眼紧闭。不过，她一向都双眼紧闭，即使睁开眼也是黑暗，可黑暗与黑暗有所不同，睁眼的黑暗是整片泄露的石油之海，封闭、窒息，她是通体乌黑、黏稠、发烂的鸟，失足落入，自投罗网。那是唯一一次，表姐忍受了问题的有去无回，仿佛刻意的纵容，在这种沉默的纵容中，周苇察觉到她们突然成了隐秘的同谋。表姐当然知道，她感觉到了。

　　高二结束后的暑假，小余要去外地集训，出发前一天，他邀请周苇去他家坐坐。最初，两人真的就是坐坐，一个坐在床边，一个坐在电脑桌前。窗帘被提前拉上了，午后阳光被滤成暗黄的半透明，他们在里面浸泡成两具静止的标本。画板变成地板，深一块浅一块地叠着阴影的素描，白窗帘变成了蓝窗帘，蓝色溢到窗边的单人床上，就有了蓝被子、蓝床单、蓝枕头，穿着蓝T恤的小余像是床上飘出来的昨夜未做完的梦，他正低头对着电脑的蓝屏幕寻找一部可供情侣观赏的电影，这样他们就不必再思考要将目光放到何处比较合适。最终，小余挑选出了一部叫《空房间》的片子，简介一栏写着："缠绵悱恻的爱"。然而，先缠绵起来的不是爱意，而是困意。困意从屏幕上女主角的床上懒散悠闲地爬出来，爬上周苇的眼皮，童年被陈香兰强制午睡的后遗症多年后再度发作，倒在那片棉织物的蓝海里时，周苇几乎是一脚就跌进了梦里。梦里塞满了稻草一样的阴影，逼近的热度卷起一阵无法摆脱的焦灼，半梦半醒间，一阵压抑的抖动将她从梦里摇晃出来，脖颈若隐若现的湿热，像是有小狗在舔舐，她听见了小余的声音。周苇决定继续躺着，等一切过去，他们现在叠躺着的姿势太像电影里的那对男女。结束后，小余鬼魂一样地飘下床，又打开窗，让风吹散了那种人造的热，然后鬼鬼祟祟溜去洗手间，轰鸣的水管泄漏出和鞋船造访陈香兰的夜晚一模一样的声响。她当然感觉到了。她还是躺着不动，直到小余回到房间，把键盘敲击出心虚的声响，她才多此一举地揉着眼睛仿佛从漫长的午睡中回来。

"电影放完了？"

小余点点头，没有转身。

"好看吗？"

又点点头，还是没有转身。

有一段时间，周苇偏爱那些演技拙劣的演员，看到那些无意间露出的马脚，她会觉得亲切。

某日，挽着谢依然的手在晚自习时偷跑出来闲逛的周苇，撞见了同样挽着某只手的陈香兰。他们一对站在街的东边，一对站在街的西边，像鲁迅的两棵枣树，站得各有道理。换作往日，陈香兰必定会横冲过街，像一辆刹车失灵的大卡车，在声带愤怒地按压出的尖声鸣笛中，与逃课的不孝女同归于尽。这一次，有所不同，她显然被什么绊住了脚，哦不，是绊住了手，那双粗壮的男人之手，勾住了陈香兰本要奔涌而出的腾腾怒气，使它们只能暂且委身于一种教养良好的矜持之中。随即，她把男人的手褪下来，像褪一只想要又不能买的镯子，然后，耐心地等待红灯转了绿灯，才调整好脚步朝这边走来。"怎么在这里？今天不上晚自习？""对，最后一节取消了。"然而，褶皱的川字眉和紧抿的一线唇抖露了陈香兰煎熬翻滚的心，"那还不回家，在外面瞎逛什么？"你不也在瞎逛？和一个来历不明的男人，浑圆的肚子顶起 Polo 衫像怀胎六月，难道是为了牵孕妇过街？回击的话在周苇的肚子里打了一圈转，最后还是咕叽着被软弱消化掉，目光却溜着号往男人脸上瞟。在家里耳濡目染了多年人情世故的谢依然十分有眼色地救场："阿姨，是我让周苇陪我来买本练习册，我们这就回去。"台阶摆出来，陈香兰决定宽宏大量地先走下去："嗯，你先回去，我还有点事，等会儿就回来。"说完，还用手指勾了勾周苇要掉不掉的碎发，却在别人都看不见的角度，狠狠地瞪过来一眼。

周苇终于知道自己拙劣的演技遗传自何处，陈香兰那副道貌岸然的样子简直是漏洞百出，但她还要装腔作势到底，回到家就把高跟鞋连同对周苇的回答一起甩到对方脸上。"我需要向你交代什么？倒是你，想一想要跟我交代什么！"揣着明白装糊涂，可陈香兰说的句句在理，周苇这次没有站在任何高地。过了一夜，这件事就和被子一同被翻过去，谁也没有交代出一个子丑寅卯，就当什么也没有发生过，继续吃饭、上课、上班、看电视、睡觉，为鸡毛蒜皮的小事拌嘴，房间里的大象都等得不耐烦了，像诈骗犯遇到油盐不进的敲诈对象，只好带着愤恨、不甘和失望连夜逃掉。

"我一向自认为是一棵弯曲的树，所以尊敬那些笔直的树。"

周苇也是一棵弯曲的树，品行、道德、价值观都随着九曲十八拐的花花肠子一起弯得彻彻底底了，但她和诗人不一样，冬天光秃秃的白杨在家外站成盯视的哨兵，她背着沉重的大书包经过时常常会狠狠地对着那直挺挺的树干踹上一脚，有时能踹下几片责备的枯叶，但大多数时候只踹出脚心的钝痛。就像她总无法面对小余说起"爱"时的理直气壮，于是，只好花样百出地折腾他，一会儿要吃校门口东边的烧饼，一会儿要喝食堂里不加糖的豆浆，然后，咬着吸管无动于衷地看他冻红的脸，红是热情的颜色，没心没肺的周苇以消耗它为乐，就像拿着一块新买的橡皮擦在纸上无意义地来回摩擦，一直擦到两手空空为止。

其实，如果顺着白杨那些笔直的纹路直往深处看，会看见每一条纹路都褶皱弯曲，一种遥远的障眼法带来了欺骗。

但周苇选择不往深处看，不去探究那个陌生男人的神秘来历，不寻找那只鞋船的主人，不对陈香兰的夜晚时间打破砂锅问到底。十岁以后，她就没有试图向任何相关人士打探过周卫华的历史和踪迹，就像数学老师对她的评价：聪明有余，但缺乏钻研的精神。她倾向于让万事万物从她的头顶游过去，而她躺在水底，看浮光掠影。她不知道距离究竟能不能产生美，但小余离开的日子无疑是他们最好的日子。

在那些日子里，两人用电话粥延续温情，当手指下意识地转动着卷曲的电话线时，周苇会产生一种错觉，自己仿佛一位立身厨房搅拌汤粥的妻子，正温柔地等待着晚归的丈夫。丈夫告诉她远方的奇遇：坐着豪华大巴从长安街打马而过，道路阔得像广场，人是灰扑扑的芝麻点，训练班里的油画老师脾气坏得像卡拉瓦乔，每次都拎着一瓶红酒走进画室，艺术要解放天性，学生们背地里却说他大约是怀才不遇，然后就是没日没夜地画，胳膊都快画出筋膜炎了，素描、水彩、油画，每天换下来的衣服五颜六色像被揍了一顿，连带着人也被揍了，却毫无还手的力气，挨着床就仰面一躺，人事不知，舍友男生的袜子硬成雕塑，在床尾摆成一场小型当代艺术展，终于逮到某个休息日，四五人结伴去著名美术馆，展厅冷气开得像停尸间，孤零零的十来件装置作品是打了蜡的光滑尸体，一圈看下来，领头的男生断论它们"全无灵气"，末了放言要将自己的作品放进美国的大都会博物馆。电话那头小余在长达几分钟的冷嘲热讽后忽然停下来，语气在情绪宣泄后的空白中束手束脚变得赧然："是不是很无聊？"

可他一定是误解了无聊的含义，下面就由周苇来为他讲述什么是真正的无聊：

无聊是一天被闹铃的尖利声波锯齿锯成两半，按下开关键之后的十分钟里，耳朵还在余震般轰鸣，就着轰鸣飞速刷牙、洗脸，套上鞋袜和外套，爬出房屋像爬出蜗居的战壕，屋外的街道和天空都黑着脸，早餐店的老板娘也黑着脸，店里零星几个顾客沉默着埋头吃面，吃出了行刑前最后一顿的了无生趣，然后，葱花和蒜的气味缠上来，在漫长的早读时从张合的嘴里溜出去，溜进那些苟子、倒装句、历史意义和代表大会的沸腾声响里，咕隆隆像在煮粥，日光灯下的同学白着一张张脸，白成被泡发的饭粒，"要像海绵那样吸取知识"。在知识的海洋里，他们肿胀发胖，知识点塞满周身的毛孔，塞出痒痛的青春痘，"要等成熟一点再挤出来"，没有成熟的只好暂且忍耐，等待那一刻的到来，那一刻被无数形容词的糖纸所包裹，"曙光""黎明""最后的战役"，而在此之前的日子，是卧薪尝胆，让苦味检视过每一粒舌苔，然后再将糖剥开放上去，于是，只能拖曳着沉重的身躯勉力浮游,以免在汗水灌注出的咸湿的知识海洋里窒息。可周苇却时常感到窒息,古人是头悬梁,她的绳索却挂在脖子上。只有小余从远方遥寄而来的浮木能让她暂时钻出水面,呼吸片刻,仿佛泰坦尼克号上的杰克和露丝,只是杰克已经乘坐另一艘大船扬帆远航了。但露丝仍旧选择等待,倒不是为了别的,仅仅是因为小余确实有着杰克一样的好模样,在这一点上,她完整地继承了陈香兰的基因。

说到底,周卫华还是个美男子,那张压在玻璃板下的照片可做凭证,另外还有一队证人的发言。

一号证人,三姨:"那谁当年第一次来咱们家,妈还说太俊了,看着靠不住。"

二号证人,外婆:"我说的没错吧?不听老人言,吃亏在眼前。"

三号证人,张阿姨——陈香兰多年好友,嗑着瓜子:"那时候长得确实俊啊,像哪个明星来着。"歪过头像是要把往事倒出来,耳蜗里慢悠悠爬出只记忆之虫,猛咬一口,张阿姨叫唤得大家都转头看她:"哎呀,黎明嘛!《甜蜜蜜》里的那个!"

四号证人,陈香兰自己,血泪的教训传给独生女:"以后找男朋友不能光看脸。"

高三寒假,漂泊在外的小姨终于回家,顺道还带回来一个准女婿。一家人去山里吃农家饭,饭后,几姐妹坐在烧火的堂屋里谈心。陈香兰作为负责任、有良心的姐姐毫无保留地交出了自己半生经历沤出的口头心经："你们年轻人找对象，不要老是看样子，首要要看的还是条件，要买得起房、买得起车，给的彩礼也不能少，少了叫人看轻，不会珍惜你，我当年就是……"

陈香兰的话在砂纸似的水泥墙上蹭来蹭去，蹭得周苇耳朵发痒，就揣手溜出房间，出门撞上坐在外间的准小姨夫。房间并不隔音，陈香兰断续的话火星子一样在冷空气中炸来炸去。准小姨夫只能尴尬地笑，一口口地往肚子里灌茶水，喝到一半灵乍现似的，眼睛朝一旁百无聊赖玩手指的周苇凑过来，终于攀上根话题的浮木，问："读高几了？"

"高三。"

"那压力很大啊。"

周苇乖巧地笑了笑，不接话，想把他从浮木上推下去。她很为陈香兰害臊，但她又希望陈香兰能把破罐子再摔得更响些，顺道把那些陈年的破烂都从这个家里的犄角旮旯里翻捡出来，把这个穿着亮头皮鞋的愣头青给吓退回去。她潇洒的哈雷彗星小姨也要嫁人了，扫把上很快会缀上丈夫、孩子和待洗的碗筷脏衣，他们会拖拽着她一头朝地面撞去，直到撞成一颗焦黑的丑陋陨石为止。

看看陈香兰就知道了，她甚至没有真的进入婚姻，却已经让生活焦土遍地了。喋喋不休的未亡人，让永不熄灭的憎恨之火燎尽一切话题，她不停地说，当年，当年，当年，听起来就像拿脑袋撞往事的钟,这是她数年如一日的清修、声声沉郁的苦行。

周苇从撞钟声中走出去,她喜欢冬天的风,有一种刮骨的寒意,仿佛把身上陈年的罪孽淤泥都刮干净了,只留下光秃秃的自己,树也光秃,山也光秃,被卷尽枯叶的道路洁白得像圣人的心肠。她不想做圣人,于是一脚接一脚地踩地。踩到没有人也没有声音的荒野里,她拿起小姨给她新买的粉红翻盖手机给小余打电话。

小余的声音听起来躲闪。

"我现在不太方便,在画室。"

"哦。"

本来想说"我想你"来着,周苇把没说出口的废话和脚下的枯枝一齐踩断,踩出电视剧里拧脖子的脆音。

"你在哪里呢?"

"我也不知道。"

"什么?"

"我也不知道。"

沉默和风呼啦啦地瞬间就灌满听筒,周苇的耳朵出现一阵若有似无的轰鸣,像溺水,又像升空。荒地里一只吸饱了风的塑料袋在半空中飘来飘去,她想起《美国丽人》里那对私奔的小年轻。"私奔",多古典的词,她想到就笑了。小余又问她笑什么。她说没什么。小余有些不高兴,说,有什么就说嘛。周苇说,真没什么。两人在电话两头玩起击鼓传花，传到后面都没了耐心。

"你为什么老是这样？"

"什么样？"

"算了算了，没事我就挂了。"

"嘟——"

周苇沿着原路返回，一路上捡了三个松果、两颗黑石子和一根掉落的鸟毛，也许是鸡毛，她把它们摆在一起，用手机拍了张照。如果小余没对她说那些话，大概她就会把这张照片传送给他，虽然她还没搞明白怎么传彩信。不知道怎么传彩信这件事又让她难过了一阵，不仅是彩信，还有长安街，还有那些所有的遥远的没有一丝现下生活气息的东西，她都一无所知。她的生活就是外婆家后面的那潭被绿苔闷死的绿水池，只有日复一日满灌的生活垃圾和永远不肯散去的苍蝇蚊蚁。陈香兰还在她的耳边嗡嗡旋绕，她永远拍不死那道声音。她终于想明白了小余说的"这样"是什么意思，"这样"就是，这里永远都一样，这一次，她十分难得地赞同了他的评语。

不然还能怎样呢？穿过大半片田野，喝了一肚子冷风，和男朋友小吵一架，再进行了长达半个小时的反思之后，周苇一踏进屋子就听到了陈香兰的声音：

"这么多年，我就当他死了。"

海的女儿

说起死亡，周苇算不上熟悉，但也与它打过照面。

那是一栋低矮的两层楼房，周卫华的父母——周苇的公和婆——的穴居之处，从半开的单人宽卷帘门钻进去，猫腰时有一种被押解的狼狈，房间也暗得像地牢，白天里是不开灯的，"电费流起来像水"，可水龙头也不常开，只微微地松一松，黢黑的水池里放一只桶，滴答滴答走一天，走得整栋楼都浸出岩洞的寒意，便足够晚上烧沸了温暖身体。一度，公怀疑邻居家搭线偷了他们的电，找上门去却被对方用木棍打青了腰，在与几个女学徒纠缠多年的桃色绯闻中，他早忘了自己已不是那个徒步几十公里山路的乡村医生。老男人总盼望着在年轻女人的身体上找回青春，然而青春的妙处之一恰好是冷酷，面对纠缠不休的老男人不耐烦了便一棍子打倒在地。至于婆，婆是无知无觉的肉身雕像，半坐在一张筋肉暴露的破皮沙发上，终年如一日地捻着一串檀木佛珠。

"一句阿弥陀佛是一个功德。"

泛黄的功德本上画满了正字，一笔代表一百句"阿弥陀佛"，婆不识字，写出来的"正"歪斜如佛语中的卍字法印，堆叠起无量功德的金山银山，捧到佛祖面前以期换粮换米似的换取阳寿。佛珠走到尽头便能走到一个看不见的阴阳黑市，在某一天，婆会踩着短暂裹过的小脚拿着那个破旧的记账本，等待着掌管寿数的神明割下一片寿命如割下一块猪肉，然后，小心翼翼地揣回来，烹煮给整个家庭分而食之。不过，猪肉婆是不吃的，就连夏天的蚊虫在她干枯的手臂上着陆时，她也只是轻轻挪动一下坐姿，动作缓慢有一种神明的慈悲，在餐桌上却也会把大块的肉排夹进周苇的碗中，于是便又从高高的无色界天中落回到欲界天，变成另一种柴米油盐的长者的慈悲。又或者是一个苹果，藏在一扇雕花红漆木柜门里，需要跨越堆积数十年的衣服、腐烂的废纸箱、一只老痰盂和折了天线的收音机才能抵达，婆不是走进去而是掉进去，掘墓一样掘出那只苹果，周苇将它握在手里时像握住了一颗软塌塌湿乎乎的心。

这样的场景屈指可数，每一次，陈香兰都只将周苇送到小楼前的巷道口，让她自己去敲响那道门。她是连接断桥仅剩的钢筋、敌国间多余残留的仇恨血脉，于是字正腔圆的爷爷和奶奶变成了含在喉咙间语焉不详的公和婆，古石碑上被磨掉一半的甲骨文、勉力强支的枯朽独木，以及陈香兰从未喊出口的公公和婆婆。传承千年的孝道衣钵是过大的冠冕，戴在周苇头上生疏而滑稽，陈香兰半蹲着替她整理衣冠。

"意思意思就行了，他们倒省事，白捡个便宜孙女。"

意思和意思撞在一起，撞得小周苇如堕云雾。唯一一次，周苇在婆家过夜，临睡前，婆端来一个用热水温着牛奶的碗，周苇不爱喝牛奶，可婆来不及知道，于是，她还是戳开吸管，在婆殷切的目光中将纸盒卖力喝到抽搐。半夜果然被尿意胀醒，蹑起手脚往卫生间走，中途却被一阵交谈绊住脚。

"你对她好，人家不一定感激你。"

啪嗒啪嗒的走路声，公的塑胶拖鞋向来大得像蒲扇。婆的声音小，蚊虫嗡嗡的，很快就被公的声音扇到一边去了。

"她妈这些年来看过你一次吗？逢年过节连只水果也没拿过。"

吃过的苹果在周苇的肚子里攥成拳头，开始报复着击打胃壁。婆继续蚊虫嗡嗡。

"你心善我知道，有些时候，意思意思就得了。"

意思意思，牙齿交错成木锯，前前后后拉扯着锯开周苇薄薄的面皮，露出里面羞怯的红肉，红得像红富士。她慌不择路地枕回到床上，牛奶顶得小腹的堤坝鼓胀变形，然后一股脑冲进床底落灰的搪瓷痰盂，淅淅沥沥又叮叮咚咚，黑夜里小耗子鬼鬼祟祟的小步舞曲，差点被主人抓住提起尾巴倒挂在门梁，末了，钻回被窝鼠洞里，咂摸着嘴里缠牙的酸腐味，还白眼狼地觉得果然不喜欢牛奶味。

多年后的某个雨天，十五岁的白眼狼周苇躲在陈香兰身后，被领进黑屋子里看一众人绕圈，唵嘛呢叭咪吽，六字大明咒烧成弯曲的蚊香烟，头顶一个声音的旋涡，下面一个人列的旋涡，旋涡中间盘腿坐着个和尚，右手敲木鱼，左手捻珠串，周伯通的功夫已臻化境。

"去吧。"

陈香兰推她出去，自己抱臂原地不动，即使到了敌营，也要分清汉界楚河。

"公。"

对面的老人是棋盘上稳坐如山的将军，直到二姑拍了拍他的肩，耷拉着的眼皮才醒过来，惺忪地动了动。公老成了年画里的寿星公，连眉毛都长过了界，白色芦苇穗一样垂下来，连着鬓角，和整片头颅铺成苍茫的芦苇荡，只有大开的鼻孔门口露出的几根毛发还阴郁地青黑着，或许是久不见光也不见人的缘故。

"是小苇，小苇记得吧？"

二姑凑到他耳边，声音大得盖过了诵经。

公戒备的目光在周苇身上上下地来回扫，像是紫外线在排除赝品的可能。如假不包换，周苇被脑子里冒出来的词语逗得想笑，却又意识到不是笑的场合，她应该哭，哭得越伤心才越合情合理。可从那一天电话打过来时就哭不出来，出殡的这天下了雨，又是风又是雷，王衷该奔进竹林里涕泗滂沱的天气，来的路上周苇坐在公交车里，玻璃窗全是斜挂的水痕，连天都哭得比她认真，只有她的眼睛还处在旱季。

老人啊啊两声，口水代替回答顺着嘴角流下来，一旁二姑手里拿着抽纸显然早有预料，被擦着嘴的公突然变成了婴儿，嘴里呜呜啊啊，徒剩手指在椅背上挥来挥去。听说是中风了，在一次分割家产的聚会上。擦完了嘴也还在挥手，二姑又扯着嗓子问他要什么，说不明白，两人像在泥淖里你拉我我拉你，最后一起在声音的泥浆里灭顶。

"都那样了？"

走了出来，陈香兰啧啧两声，脸上的表情跳台一样变了又变，却也没有再说什么。

婆的遗像放在大厅中间，棺木是多年前就做好的那具，原先停在小黑楼一层的里屋里，小时候，周苇以为里面真装了具尸体，可此刻却又觉得眼前的棺木是空的，而婆还端坐在那张软皮沙发上，像佛立在佛龛里。这一次，陈香兰终于没有甩开周苇，也跟在队伍后面，走上前去默哀鞠躬。

出门后，两人遇见正在张罗席面的大姑，对方一见到周苇就抓起她的手。"这么大了啊？"说完又拉过不远处的一个显怀的年轻孕妇。"这是你二堂姐，还记得吗？小时候带你去买过糖。"

是有那么一次，周家年节里突然要照全家福，周苇被小姑打电话叫过去，和一堆人生第一次见面的亲戚拍照。二三十个人煊煊赫赫地排开去，快赶上一次正式的毕业照，裹着一身厚重红棉袄的周苇站在第一排的最边上，像个点缀节日气氛的红灯笼道具。后来又去了展销会，除夕后过季的衣服堆成布料的尸山，不像是打折，而像是一棍子打死。海鲜市场的死鱼总是比活鱼价贱，可在姑姑婶婶的眼里，衣服只要穿上身就能活过来，你拽着我我拽着你一股脑豪放扑倒在绫罗的海洋里，挥舞着手臂抓捕。孩子们则从布料的边角溜出去，溜到卖水果糖、夹心酥、萨其马的甜蜜海域，海水泛着糖浆的光泽，白色结晶的不是盐粒而是糖霜。周苇吃得两只手黏糊得像长了蹼，二堂姐带她去展销会的河边洗手，冬天的水真凉，冰攥着骨头一样，拿出来就变成红彤彤两截萝卜，然后被仔细抹上一层软软的雪花膏，白茉莉的香气在冷冷的空气里散开，周苇和二堂姐拉着手走在路上，走成两截春天里新发的树枝。

散落在关于周家的记忆木匣里的吉光片羽，曝露在光线中后便一瞬间氧化，二堂姐笑得很客气，一下就变成熟练的大人，问陈香兰她在哪念书、上几年级了，没一会儿又开始聊起肚子里的孩子，预产期、妇科医院、奶粉和母乳，肚子尖尖生男孩，肚子圆圆生女孩，话题的毛线球一下子滚到周苇看不见的地方去。她盯着堂姐被棉被一样的羽绒服裹起来的肚子，看不出有什么形状的差异。

可一转头，陈香兰就开口："肯定是个女儿。"

"你怎么知道？"

"他们周家这两辈全生的是女儿，有一个儿子吗？说是祖坟埋得不好，还悄悄请人看了。"

陈香兰的语气里有一种看热闹的闲适快意，忽然便忘了自己也生的是个女孩。两人站的廊檐下支着灶台，师傅点了火，红辣椒滚进热油锅，家族的秘辛刺啦一声爆在空气里，又被骤然响起的一阵凄厉哭灵给盖回去了。

最后的片段是一个接近于真实的梦。

周苇沿着被房子排挤得只能一人侧身通过的小路往上，一直走到衣服上全是被粉墙刷蹭的白灰，正懊恼拍打着，一阵风却将她忽地吹上山腰。手中的塑料袋飘到坟头前拉开自己，里面红的是香烛，黄的是冥纸。一个灰扑扑的男人蹲在坟前，她知道那是周卫华。不过，就连梦里也没有出现什么孝子下跪的场面，只是平淡地蹲在搪瓷盆前，默默地烧纸，来自阴间的地狱之火伸长着舌头，像饿了好几天的野狗，很快就将圆饼似的冥纸舔食得只剩灰黑色残渣，但还是饿，男人又从腰后的一只黑包里掏出厚厚十几叠冥币，豪放如同乍富后的衣锦还乡。

"妈，到了下面别再省了，该吃吃，该喝喝。"

男人消失了，只剩下声音。

周苇的目光继续顺着火焰往上摇晃，眼前擦亮的墓碑褪去了灰，露出黢黑发亮的面孔，刻下的字是爬了满脸的皱纹，周苇的名字垂在下颌处的"贤孙"后面，前面的还有一排堂姐和侄女，周玲、周婷、周晓悦、周子薇，周家的女子军，走到最后才看见一个反串似的周程鹏吊在车尾，那是二堂姐的儿子，陈香兰看走了眼，周家大费周章迁墓祭祖的工程终于感天动地，引进阳气冲散了阴邪。

也许，周卫华曾在某个月黑风高的夜晚偷跑回来过，带着一只破包袱，同那些乘坐夜班车的疲惫返乡人一起，在改建了数次的月台上茫然四顾，发出贺知章式的恍惚感叹。当然，他也许早忘了那些陈年的诗句，变成一个沉默寡言的男人。这些周苇都无从得知，周家向来守口如瓶，陈香兰也曾歇斯底里地讨要过说法，在正月里上门去，破口大骂他们一家人都是骗子、帮凶，公气得把桌子拍得快吐出一肚子木屑，愤愤然扬言早就和周卫华断绝关系，婆流着泪握着陈香兰的手试图忏悔，"是我们周家对不起你"，说完就捶胸口，捶得周围一众人都胆战心惊。周卫华的好大哥，周家这一代的长子，这时出来做一家之主，先礼后兵，一开始表明"谁也不希望这样的事情发生，"接着来了句，"非要闹下去，对谁都没有好处"。

"我要他周家什么好处？我不过要的是一个说法。他们周家没一个好东西。"

陈香兰选择一竿子打死一船人，她忘了周苇多少也算在船沿上有一席之地。周苇被陈香兰的话头打翻，随着一群据说与她血脉相亲的陌生人浮游在冰凉刺骨的罪之长河里，只有陈香兰自己还在河上年复一年地玩着刻舟求剑的游戏。

在一些倾诉欲旺盛的夜里，周苇把这些泔水往事一瓢一瓢地舀进信筒里，它们散发出一种过度腐败后的陈年臭气。

"陌生人"对这个故事十分感兴趣，他在里面看到了婚姻制度的腐朽、个人意志的胜利以及小家庭里近似胡闹的魔幻现实主义。大词堆在大词上摇摇欲坠，拆开信封，轰隆隆地砸下来，砸得周苇眼冒金星。仿佛有一个棱镜，故事从一方进入，出来就南辕北辙地朝着吊诡的方向而去。手握棱镜的"陌生人"沉迷于展示自己分析、拆解和升华的能力："不要执着于现象，要透过现象看清本质。"顺着他的指引，周苇深入到那一片冰冷光明的晶莹之地，在那里，周卫华同陈香兰静静地躺在一起，躺成两具等待剖解的躯体。周苇无心做敬业的法医，只觉得就这样躺着也不失为一种解决途径，躺成一对生同衾死同穴的恩爱夫妻。

但陈香兰从来不肯那样老实躺着的，陈年的白色药片在短暂地发挥奇效后逐渐式微，这具向来有着强大意志的身体在经历了最初的溃不成军后痛定思痛，拿出新的方案应对化学药剂的狡猾攻势。陈香兰又开始起夜，在各个房间里恍惚梦游，拖鞋、饮水机、瓷杯、碗柜门、木床脚的声响缀成声势浩大的百鬼夜行队，而陈香兰是唯一威严的领头人。周苇的房间是队伍的必经之地，有时候是窗户上掀开的一条缝，陈香兰的眼睛在缝里滑来滑去，捕捉到还未入睡的周苇，就堂而皇之地推门进来，"以表关心"。偶尔，她会对着桌上的一两本书册若有所思，似乎在疑心那上面是否有她不可管控的蛛丝马迹，但也或许只是在回忆她的读书年代。确实有那样一个年代，对周苇而言是遥远得需要考古的某段历史。当周苇无意在知识上流露出一丝傲慢，譬如，讲出令陈香兰接不上话的英语，或者在算家庭账务时运用起多余的公式，陈香兰就会立马用另一种轻蔑将她压过："我当年要是有你这个条件，比你强不知多少倍。""要不是生了你，说不定现在我也是个主任了。"陈香兰暗示她，有什么东西把自己的人生偷去了，而周苇就是共犯之一，而她竟然还沾沾自喜地拿着偷盗的东西对受害者炫耀，简直罪加一等、罪无可赦。

唯一的赎罪方式是六月的考试，在那之前，还有无数场小考、月考、模拟考，没完没了的试卷，翻滚着白色波纹，侵蚀着时间的沙地，留下结晶的汗渍盐粒。风扇在头顶悬成恐怖的割头刑具，风把午间潮湿的梦扇动得一张一合，在漫长的高原期里，疲惫押解着所有人拖沓着沉重的脚步拼命走出埃及。

某个闷热又普通的初夏夜晚，小余回来了。

逃掉第二节晚自习，久别重逢的情侣在夜间操场重叙旧情。小余显得心不在焉，专心致志地踢脚下的一个易拉罐瓶子，瓶子受虐狂一样发出欢快的哐当声。他宁愿选择跟一个瓶子打闹，也不再像以前那样，趁着黑暗对周苇动手动脚。只有被太阳晒得疲软的橡胶跑道在纠缠着拉扯鞋底，不依不饶。周苇走在小余的侧后方，因为她疑心自己身上是否正飘出若有似无的汗味，就像那些擦肩而过的夜跑者一样，或许还会有狐臭，但她没好意思抬起胳膊去确认，几个月不见，她发现自己有些近乡情怯。有一阵，她还试图表现得矜持，挺直腰杆，步子迈得像一个真正的淑女。但很快，她就放弃了装腔作势，毕竟，那样的姿势对于久坐一天的人无疑是自讨苦吃。

"我累了，坐会儿吧。"

在周苇率先投降后，小余领着她翻过栏杆，坐到看台上。

操场蒙着打烊的黑布，看台上并无任何热闹可看，他们是多余的观众，只好自娱自乐。自娱是周苇，自乐也是周苇，此刻的场面在意料之外，她拿不出新东西，只好用几个老掉牙的课桌笑话应付过场，无非是班主任又用扫帚在课桌上画圆，又或者哪个同学在晚自习放了个惊天响屁啦，周苇尽量做到绘声绘色，可响屁的威力还是被转述的方式过滤得所剩无几，在短暂却足以让空气凝固的沉默后，小余的喉咙里终于老鼓风机一样鼓出了几声力不从心的笑。不想笑就别勉强了。周苇该把她的这句台词说出口，可她没有，她还在绞着脑汁试图绞出"轻松一刻"。小余离开这么久，现在回来也算客人了，他脚上的新球鞋还沾着首都的沙尘，多少会有些水土不服听不懂本地笑话，她能理解。周苇手指绞着校裤的抽线，脑干绞着笑话，绞到神经和皮肉都快要齐齐抽搐翻白眼了，一声叹息在耳边响起。

那叹息既无奈又无辜，侦破了自我绞缠的周苇，把她一点点解开。"听我说。"小余拉起线头，周苇抬着脸扭了扭背，"有件事我不想瞒你。"一个急转直下，线头原地转动一圈，引起一阵晕眩，迂回的障眼法，为接下来要出场的主角打起掩护。

"这次我遇到个女孩。"

一个女孩，周苇盯着自己露在凉鞋外的脚趾，这才发现自己忘了剪趾甲了，长趾甲带来的羞耻感无从解释，就像狐臭、腋毛和其他某些从躯体上延伸出来的东西。紧接着钻进周苇脑子里的念头是，那个女孩也会有这些东西吗？她应该都把它们处理掉了，至少在小余面前会这样。

一个趾甲干净的女孩，小余遇见了她。

故事两句话就能讲清了，比她的响屁故事还要没意思，小余还要画蛇添足给故事加个狗尾巴："反正我对她没什么意思，她对我，有点意思。"周苇只好也在这出狗血剧里再添上一笔了："那你是什么意思？"意思藏在小余汗津津的手里融化了，黏糊糊一团："我也说不好，但我不想骗你。"周苇把手从试图将她拉拽着往下的词语泥沼中抽出来，却又被小余一把拉住了，他大半个身体都陷进去了，徒留一双嘴唇还在一张一合地虔诚告白："你相信我，你对我不一样。"

操场的锥形灯光赋予这一刻一种过了头的戏剧性，塑胶椅顶着光泽度饱满的全妆一排排张着嘴在等着与他们合唱，爱之歌、恨之歌，又或者说是应该有圣洁白鸽飞过教堂拱顶的婚礼进行曲。临时搭建起的教堂里，她牵着小余，小余牵着女孩，三人两足的游戏里，周苇因为太关注脚上过长的趾甲而提前绊倒了。

周苇发现，自己对忠诚并无期待。

一截两头张开的彩色滑梯，满灌的誓言和证词呼啸着从中穿过，快乐是摩擦的过程，织物与织物的肌肤相亲，聚集在小腹酸胀的失重，被风吹开膨胀的大笑，头发紧张地拽住头皮和落地时一次完美震动。滑梯并不试图兜住什么，彻头彻尾的及时行乐主义者。小余还试图兜住什么，譬如自投罗网的鱼或者某种贪吃的小型猎物，即使是他自己率先将网扯破。周苇则致力于做一尾漏网之鱼，一连好多天，在走廊上路过也不曾打招呼。有时他穿印着黑色英文字母的白T恤，有时是蓝色天空衬衣，但大多数时候是条纹衫，工整严密，如一间移动的牢狱，他把自己封闭于内，禁止探视。他显然有怨气，怨气从紧抿的嘴角一路爬到了发黑的印堂上，他疾步如风地从周苇身边走过时，周身都笼罩着不祥的灰色云雾，夏季的第一场雨在他身上酝酿着。

然后，高考的前一天终于落了下来。

雨整整下了三天三夜，街道成了满灌的河床，河上漂浮起数不清的雨伞，五颜六色，一朵一朵，开成夏日花海，顺着水流缓缓流入被腾空的考场。雨伞也没能遮住学生和家长的愁容，汽车喇叭一声盖过一声，嫌人多，嫌人慢，走时还泄愤似的溅起一阵浪，伞下便又骂起来了。"一到高考就下雨，老天爷也要考验这群娃娃。"过来人站在街边发着有神论的感叹。陈香兰倒变得乐观："遇水则发，是好兆头。"民间谚语被她临时拿来做彩头。除此之外，还有被摆成"100"

的油条和包子，"门门都考一百分"，陈香兰说完，又捻着三根香去烧，对着去山里佛门请回来的一尊瓷菩萨念念有词地祷告。周苇忍住了告诉她满分是150的冲动，那太不吉利，会被陈香兰视为"凶兆"，触霉头的事最好别做。乖乖女周苇选择老老实实吃下那堆彩头。"水就别喝多了，省得要上厕所。"没了豆浆作陪的包子和油条嚼在嘴里干巴巴像吃香灰，仪式完整得菩萨都挑不出错。

出门后，一辆银灰色轿车停在楼道口。周苇正打算绕过去，陈香兰一把将人抓住。车窗摇下来一张男人的脸，周苇一眼就认出，马路对面的大肚佛。

"麻烦你了啊，老钟。"

"跟我客气这些，快上来，别耽误了，现在堵得厉害。"

母女俩你搡着我、我拉着你，一对笨手笨脚的溺水者，慌忙拽住那根粗粝的声音稻草就往里钻，坐进去前，折叠伞卡在最后一个骨节处，死活收不起来。

"别弄了，就这么拿进来吧。"

周苇还固执地想要收伞，陈香兰直接一把拽过伞，再一把拽过周苇，利落地关上车门，门外有鬼似的。

"这个天啊，是不好打车。"

"可不是嘛，唉，真的是没办法，不然也不会麻烦你。我大哥开车去外地出差，老小那边也安排不开。"

"小事一桩，我反正没事。"

……

太客气了，一来一回，严丝合缝得像是演练过不止一次。那么，是在什么时候、什么地方演练的？是否有一个秘密舞台，在周苇蒙被大睡或在学海不进则退的关口，紧张筹备着一出不为人知的戏码桥段？又或者，戏早就开演多时，只不过她没有被邀请做台下的观众，那现在为什么突然又被获准入场？"唉，真的是没办法。"几分钟前陈香兰的话就埋伏在那里，此刻跳出来扮演答案。"天要下雨，娘要嫁人。"古人早说得清楚明白，不是周苇一个人遭遇过这种情况。

那场雨真大，把世界冲得破破烂烂，看不清了。周苇只好看车内，看绷起如肌肉男的皮椅背，看后视镜上悬挂的"平安是福"金吊牌，看一张冒出半截的软抽纸随着车身轻浮晃荡，看男人等红绿灯时搭在方向盘上的手指——无名指上果不其然空空荡荡，看陈香兰裹着丝袜的腿，上面几滴半干的泥像时兴的波点，看她脚边倒扣的折叠伞，湿乎乎的伞面粘在一起了，伞边一摊暗黑的水渍还在不断扩大。周苇悄悄地将脚移了过去，轻轻地用鞋底摩擦，她以为这样能让水渍摊开，加速蒸发，结果没想到却只让脚底的泥与那摊水混在一起，变成一团更脏的污渍。

污渍在答题卡上晕开，像笔管落下的一滴墨，指甲盖大小的椭圆，周边一圈龇牙咧嘴的锯齿，锯齿慢慢啃咬周围的白卡纸，咬过一格一格答题框，四分之一的框已经涂黑了，它负责让剩下四分之三的框也一齐变黑。可全黑是没有意义的，全黑的考卷就等于白卷一张，辩证法不会不懂吧？或者更简单地说，物极必反，泰极否来，贪心不足蛇吞象。周苇急得团团转，想要用卫生纸来吸掉那不断扩张的墨团，可她找了一圈，桌子上除了一只扁扁的塑料文具袋，什么都没有了。纸去哪了？桌肚子里空荡荡，周围每一张桌子也空荡荡，教室里只剩下她一个人了。墨团已经占领了大半张答题卡，眼看着就要漫过考号和姓名……

一个梦的桥段，是否真的出现过，周苇也说不好，也许只是午夜闲来无聊的杜撰。杜撰和梦藏在镜子的黑膜后，对真的世界含沙射影。一种转移责任的说法，仅凭粗暴的镜像原理就试图轻松总结出真假世界的关系。周苇对此嗤之以鼻，至少，她认为这个"梦境"与后来发生的实际情况不存在任何因果关联，对于这一点，陈香兰持有不同意见。

出成绩的那天，周苇家的电话几乎响个不停。先是"以表关心"的大舅，然后是"听说出成绩了"的小舅妈，再是耳背的外婆，陈香兰几乎需要对着电话嘶吼，不过她的嘶吼也确实出自真心。"不理想，没有发挥出正常水平。""我不生气，都这样了，生气有什么用？"但还是生气，挂了电话，一屁股把沙发坐得快要呕吐，起身时桌子椅子都吓得避让，一阵故意为之的哗哗作响，只为响给卧室里的罪魁祸首听。一会儿，电话又打进来，不依不饶地响，陈香兰从厨房走出来，甩着手甩出满腔的不耐烦："又是哪个爱管闲事的，打打打，打了一上午了，有这个时间不知道关心一下自己孩子的期末成绩。"接起电话后，声音又恢复原样："是啊，出来了,一般,不怎么样。重本?那肯定还是过了,不过没超多少。我是不满意啊,按她平时的成绩,我也不是非说要她考个北大清华,但全国前十不算过分吧?一模、二模,哪次不是年级前几?排在她后面的都上了复旦!"不知对方说了什么,陈香兰从沙发上一跃而起,"这哪是失误?没发挥出正常水平?这是——这是——"

周苇明白陈香兰想在电话里说却又没说出来的这个词是什么,"报复",私底下,她早不止一次用它将周苇的所作所为定性。

"你就是在报复我,不让我痛快,拿自己的前途开玩笑。"

没多久,陈香兰又开始嚷着夜里睡不着了,有一次,周苇听见她躲在卧室里和人打电话,门锁成密室,只有声音碎片从扁门缝里递出来:"失望啊。""我一个人培养她。""学校我开始选了。""金融?我不了解,女孩子学点实用的。""是我不好,不该让你来接我们,是,我知道也是意外,但是她肯定还是受到了影响。我本来就打算高考后再跟她说的,现在,全毁了!"

有一个人代替了周苇去接收那些苦水,一瓢,一壶,哗——哗——倒进夜的黑桶里,黑得像一只圆圆的后脑勺,转过来时,露出司机先生熟悉的脸,如同上次在车里,司机先生耐心地对陈香兰的话好坏全收,脾气好得像是做慈善。这位半路杀出的圆肚弥勒佛,不普度众生只普度一位失意的中年单身女人,在夜里忍住沉沉困意去听那些苦水潮汐，一浪接一浪，一浪与下一浪也没什么不同，一样咸湿发苦。失望的海的女儿已到中年，纷飞的白沫就是她的声声控诉，而周苇躺在失败的沙滩上，是一尾被白沫冲刷上岸的发干咸鱼。

寻人启事

火车穿过森林、群山、大河、平原、稻田，穿过斜刮的雨和阴沉的雾，穿过两个白日中的夹心黑夜，一口气穿行了将近二十个小时，穿到一座龙脊般拱起的钢筋大桥时才渐渐和缓下来。久坐的人起身在走廊里来回，取行李、拿包裹，把吃剩的零食装回塑料袋，穿上中途脱下的鞋和外套，仔细检查有无东西遗落。列车清洁员拿着黑色塑料袋在做最后的巡检，一支三角蛇头扫帚在林立的腿间摇头晃脑地寻找瓜子壳、汽水瓶、塑料盒。陈香兰还在与对面床的中年女人聊天，滨城的天气啊，要穿的衣服啊，等着接女人的小儿子啊，两人在十几个小时里曾一度亲如姐妹，甚至相互吐露过某些家庭隐情，此时却都被哐当哐当慢下来的火车声搅扰得有些漫不经心。一个四五岁吵闹不休的孩子也终于安静下来，趴在灰扑扑的车窗上，眼睛不眨地等着巨舰泊岸时最终的那一声撞击。

然而，新世界没有高昂的自由女神像和璀璨的灯火港湾，只有灰扑扑的人的蚁群在月台上流成细沙河，陈香兰和周苇是两只手忙脚乱的母女蚁，半弓的背上驮着十来斤的黑色尼龙包，里面放着舅妈们托付的腊肠、干货、蜂蜜，手里扶着一只17寸瘸脚行李箱，箱子继承自大姨家的后方仓库，被拖拽出来时瘪着一张脸，十分不耐烦已退休多年却又被强制重聘。陈香兰坚持认为它还能再发挥些余热，就像她塞进箱子里的保温壶、不锈钢饭盒、一床夏薄被和无数旧衣，它们把瘪瘪的箱子撑得鼓胀变形，为了拉上拉链，周苇不得不把半边身体都压上去。谁都明白，想发挥余热的是陈香兰自己，尽管她在出发前就表明过态度："我也不想去，这么热，还不是为了你，好歹要看看你接下来四年待的地方怎么样吧。"然后，她叠衣服、看天气预报、向去过的亲戚打听滨城的情况、把头发烫卷又染成栗色，还从弥勒佛司机先生那里借回家一台昂贵的单反相机。

温度计上的红线已越过四十的刻度，整座城市发起了高烧，可没人管。一根黑色尼龙绳缠绕着脖颈，被胸前相机压得直不起腰的周苇如同犯下大错的流放犯，苦刑是拖着灌铅双足和一背黏稠汗水跟在陈香兰、小姨、小姨夫的小型旅行团后，游览海滨造型假山、赝品博物馆、仿古一条街和套娃百货商场。陈香兰的意气风发更衬托出她的灰头土脸，洗出来的照片上，她穿着皱巴巴苦咸菜似的T恤和短裤，打绺的刘海在额头上岔成两条软趴趴的触角,高耸的颧骨被晒得红黑发亮,站在身穿连衣裙、头戴遮阳帽和太阳镜的陈香兰旁边,活生生一个被好心救济的难民女孩,还不得不生疏尴尬地对着镜头挤出腼腆笑容。陈香兰的笑容看上去却无比真心,她似乎完全忘了半个月前的冷眼和争执,在得知周苇没有选择本省的院校而是选择去离家千里之遥的某座滨海城市后,整整三天,陈香兰都没有开口讲话,每日只铁着一张脸做饭、洗衣,把浴室里的杯盆撞得哐哐作响,坐在沙发上捂着肚子长吁短叹。一度她疑心自己患上了不治的胃疾,在周苇让她"大失所望"后,本已消失的胃疾又卷土重来,让她饱受胀气、反酸和拳头一样从喉咙里冒出来的腐嗝的困扰。如果不是小姨的那通电话,冷战或许会持续地进行下去,但小姨或苦口婆心或一针见血地说服了她。具体说了什么周苇无从得知,她只知道,在挂断电话的那晚,陈香兰终于主动开口,声称"我想通了",虽然后面还跟着"儿女都是债""女大不由娘"等等意有所指的泛着酸气的民间谚语。她将浸泡在满坛的悲情酸水里,而没良心的周苇则趁机像厌氧菌挤出的气泡一样溜出去,变成一朵晶莹的浪,投身进夏日汹涌的、温暖的、咸湿的电子海水中。

她把这片海水一路带去了滨城,在棺材似的火车卧铺顶层隔板里,陈香兰在她的下方睡得如同永眠,她则撑着双臂用一部翻盖手机检索着滨城大学的信息。最先出现的是一些图片,颇具海滨风情,椰树、轮船、南洋老楼、穿着短裙的长发少女，夕阳是红色的幔帐，挂在海面的天空上。校友群里消息不断，他们聊滨城的天气，回南天里墙上的"瀑布"，打开衣柜时会飞出的巨型变异蟑螂，还有灯火通明的夜市，那是校园情侣们乘着晚风散步谈心的好去处。当小姨和小姨夫带着远道而来的陈香兰母女俩去夜市感受"地道风味"时，周苇的眼睛总忍不住一次次飘到那些过路的青春男女身上。滨城的男孩有一种相似的模样，女孩则是另一种相似的模样，那是一种被太阳长时间灼晒后才能获得的坚硬、黝黑又精干的异域风情，与周苇和小余的绵软、苍白和瘦弱形成反差。当她在暗地里打量、品味那些让她目眩神迷的异乡感时，陈香兰则在小姨的热心劝说下半嫌弃半试探地皱着眉吞下光滑如眼球的生蚝、皮壳坚硬的濑尿虾、橡皮筋鱿鱼圈，最后在一只张牙舞爪的海蟹前终于推开筷子，抚着肚子谎称吃不下了。她当然还吃得下，一连两天夜里，她都在宾馆里烧水泡面。"真不知道你小姨这些年怎么过来的"，"我真是一天都不想再待了，不是喝汤就是白灼，嘴都淡得发苦了"，又念起老家的好，这里热得人心慌，话头最后还是不可避免地往周苇身上转，"你说说你，在老家省城读有什么不好？非要选这么个地方，旧社会只有被流放的犯人才会来"。就连烟瘴之地的历史也被她掘地三尺翻出来，仿佛那些高楼、阔街、霓虹和声色犬马都是日光折射出来的海市蜃楼的障眼法，她通通看不见，或者选择看不见。在选择这件事上，陈香兰从来都是出奇地固执，如今顺风顺水的小姨在她看来也总有"背地里多少辛酸",她总要绕过正面去看背面,她"眼睛里揉不得沙"。

　　但这些都不重要了,陈香兰离开的日子节节逼近,在接近热带的倦怠海风的吹拂下,周苇的身心都变得软趴趴,软得像是一摊凤梨味的奶油冰激凌,任由那些坚硬的固态化成液态,她无限宽容地聆听着陈香兰坐在床头时的喋喋不休,目光随着台灯下几只昏头飞蛾游弋漫游,深夜里窗外不时飘落的一阵雨让耳膜酥酥麻麻,穿插着远处幻觉般漂游而来的悠长汽笛,她想到海、槟榔树、折叠纸条一样的滨江道,还有那些睁着红眼睛不眠不休的夜市,她想到将她的手放进自己口袋里的小余,想到那些冬天里恍如隔世的吻,冰凉得像雨滴落下来,然后在南方的夜晚,通通蒸发得毫无痕迹,还有那些日光灯、电风扇、夜晚的脚步声和窗户缝里的眼睛,那些柜子里的陈年遗迹,那些往事和比往事更远的过去。而她,一只蛰伏的金蝉,正趴在南方的艳阳里,静待脱壳的时机。

　　或许,陈香兰对这些全都知悉,所以才会在夜里背对着周苇长长地叹息,像是忍受不了房间的溽热,于是只好在黑暗中撒气似的把空调遥控板按出嘀嘀的尖叫,没有一个温度能够让她觉得适宜,什么都不适宜。倒数第三天,一行人开车去海边,周末的车龙堵成长长的钢铁链条,拴住宽阔的海滨大道,前行变得艰涩,仿佛拉着纤绳,每往前一步都得咬得额头绷起青筋。窗外的每一株叶片都反着光,车顶也反着光,阳光浓成滴落下来将他们包裹的蜜,一个光明得毫无荫翳的世界,车厢成了唯一的掩藏之地。陈香兰戴着巨大的遮阳帽蜷缩在窗边,不断探头去看前面的路况,在颠簸不停的砂石路上堵住时,她甚至一度要下车去"瞧瞧到底是怎么一回事"。小姨颇费了些口舌才将她留在车内,小姨夫则安抚似的代替她下车去询问前面的司机。

"我说不要来嘛,海有什么好看的?"

"姐,出来一趟,总要玩玩看看嘛,小苇不也没看过海?"

"她以后有的是机会看。"

小姨对亲姐姐的孩子气露出一个幼师般宽容的笑,然后开始摇起往事的拨浪鼓,试图转移她的注意。

"我记得你当年是不是也来这边考察过?"

"你说电厂?"

"对啊,我记得那时候我才上初中吧,那谁还给我带了一盒巧克力。"

周苇立马意识到"那谁"指的就是那谁,陈年的箱匣子被小姨骤然掀开,车厢里静了一静,扑面的往事粉尘呛得众人不得不暂时屏住呼吸,不幸中的万幸,此时外面忽然响起一阵轮胎摩擦砂石的沙哑声,车流睡醒一般开始惺忪地动起来。"通了通了,赶紧走",小姨夫拉开车门,一屁股坐回驾驶座,然后迅速地拧钥匙、换挡、踩油门,跟上缓缓蠕动的车流继续朝着海边驶去,没人再提起之前的话题。

但话题一直哽在那里,噎成喉间不上不下的鱼刺,陈香兰生命里的南柯一梦,顺着漫长海岸线搭建起来的嗅觉锁链就能将她瞬间抓捕回去,周苇很难不认为她此前的抗拒与那谁有所联系。然而,接下来的整段路程陈香兰都一言不发、神色严肃,只关心到达的时间和夜晚的住宿。日暮时分,顶着红色头灯的车队就像鼓眼蚂蚁阵,到了度假区才终于被迎面的海风吹散,吹进丛丛整齐灌木围绕的小径,再接着吹进一幢幢白色的海边宾馆前的小院就再无踪迹。尽兴而归的度假游客提着旅行袋、冰盒、烧烤架,缀在后面的小尾巴孩童则拎着塑料桶、玩具水枪、游泳圈,海水和细沙缠缠绵绵跟了一路,形迹可疑地消失在楼道的拐角处。电梯哐当地摇晃两下将她们吐进五楼,过道厚重的吸音毯吸去了她们最后一丝力气,一行人拖拽着因久坐而肿胀的双腿跌进房间,迎接她们的是从墙根冒出的霉味蛛丝、两张铺着硬挺浆洗白布如同停尸台的单人床,陈香兰半靠在床边,一如往常抱怨起头疼、腰酸和积郁在胸的闷气。无事可做的周苇站在那里审视一圈,先是掀开鬼鬼祟祟摇晃着的厚重窗帘布,接着又与干涩的玻璃窗较劲,费了全身力气才迫使它不情不愿地呻吟着敞开心扉。可惜,外面并不是大海,她们订的是相对廉价的园景房,园子里只有一排蔫头耷脑的热带树和仿佛遗弃多年的老旧游玩设施。这个度假区在上个世纪就已经建成,房间里处处都是遗迹,淋浴器的孔眼溢出白色水垢,本该瓷白的马桶则熬成了怨怼的黄脸,坐在上面可以透过水渍斑斑的毛玻璃看见陈香兰侧卧在床上的剪影,一种半遮半掩的情趣设施，此时却显得尴尬而多余。

尽管半天的车程已经让陈香兰腰酸背痛、疲惫不堪，但她还是没有抵挡住"来都来了"的诱惑，还没等到天光完全散尽，便又精神抖擞如同百折不挠的女战士一样出现在海滩上，与换上新连衣裙的小姨合影留念。闪光灯把她们的脸照得发亮，在记忆的黑匣子里燃成一簇簇白色焰火，又迅速被四面八方的流沙给悉数掩埋。当晚，在海鲜烧烤摊痛饮下三杯口吐白沫的工业啤酒后，陈香兰变得步履踉跄、面色潮红、眼睛发亮，整个人在一种异样的兴奋和突然停下来的忧郁中来回摆动，话语被打转的舌头绊倒，出口就变成了破碎的词汇，但她仍旧不死心地要把那些掉在地上的词渣捡起来，塞进小姨的怀里。小姨揽着她的肩在沙滩上散步吹风，周苇只听见断断续续的话语像烧尽的炭灰一样从前往后飘过来："我知道……她大了……不容易……谁能理解？"小姨拍打着她，如同拍打一个衰老的婴儿，潮汐在月光下翻滚成曲调反复的摇篮曲。也曾有过温柔的时刻，童年的夏夜，母女俩躺在阳台的凉席上，陈香兰手执一把散发竹叶清香的蒲扇哄她入睡，嘴里常哼一首叶倩文的老歌，低沉的声音也如海浪，卷着细沙一样温柔冲刷她的耳蜗，使那只耳朵变成一只埋藏记忆的海螺，周苇不常拿出来听，她害怕它们会像古墓里的文物一样氧化消失。

周苇本以为这一晚的陈香兰会就着酒意早早睡下，没想到洗完澡从浴室出来后，陈香兰还保持着之前的姿势坐在床头。

"我过两天就要走了,有些当说的也要跟你说说了。"

周苇一心扑在手机上,那是她的兔子洞,钻进去就可以延续之前未完成的仙境梦游。

"你听没听见?"

陈香兰用拔高的音量扯起周苇的耳朵,周苇不得不暂时将脑袋伸到洞外:"妈,我知道了,要好好学习,不要跟人学坏对吧?有小姨看着,你还有什么不放心?"

陈香兰愣了愣,差点被她的话带偏,这些确实是要说的,可现在她要说的是一些"另外的事"。

"我和你钟叔叔在谈朋友,他人你也见过了,老实、厚道、又细心,在单位也算是个领导,以后养老、生病都有保障,虽然离过一次婚,但是孩子也成家立业了,不用多操心,我的情况人家也都了解,我们准备就安顿下来。这事我之前没跟你讲,也是考虑到你要考学的问题,你妈我年纪大了,总要提前为自己打算打算,你如果有什么想法,就说出来。"

万事万物都有预兆,如果你把预兆理解为一种回忆,它总是在事后才找上门来,懒洋洋地敲击着那块绵软的海马体,侦探一样地要向你"透露些许实情",于是你终于后知后觉、恍然大悟、醍醐灌顶。被真相淋了满头满脸的周苇在一分钟之后才来了句:"什么时候的事?"

"我和你钟叔叔早就认识,年轻时他追求过我,只不过那时候没有缘分。前段时间又碰上了，他刚好也离婚了。"

那只鞋船又走了出来，就在她的眼皮子底下，一桩暗度陈仓的旧情再度浮出水面。陈香兰却试图搅浑池水，掩护它顺利抵达彼岸。

"这些年，为了你，我没想过这方面的事。"

"我从来没有——"

"你嘴上不说，心里能乐意？"

还没说出口的"反对"被陈香兰的反问直接按回肚子里，它叽叽咕咕，不敢怒，也不敢再言。

"以后你见了他还是要亲热一点，不要总是垮着一张脸，说不定到时候你也要叫他一声爸爸。"

"爸爸"两个字突然被陈香兰硬塞进周苇的手里，仓促得像是生怕她会一把推开。从天而降的一个"爸爸"，就那么堂而皇之地在那张半握的手掌椅上坐了下来。长久以来，那张椅子上都空空荡荡，无论是在家长会、游乐园、儿童病房，还是客厅、厨房……椅子空了太久，只有椅背上始终贴着一张印有姓名的名牌，白纸黑字，寻人启事一般无声地反复呼喊。

在这个家中，关于寻人启事的故事由来已久。

在人们将寻人启事贴上卡车货箱、快递箱、外卖盒和朋友圈之前，寻人启事大都出现在电线杆或者带着陈年尿渍的墙壁上，夹在招摇的喷漆手机号、治疗性病或者通下水管道与开锁广告之间，袒露着一张遗照般的黑白油墨脸满世界地宣告着某人的消失，顺便还附带着理由加以说明：老年痴呆、离家出走、不慎走失、被人拐带甚至是略带悬疑色彩的人间蒸发……像是六合彩不断滚动的抽奖机，在偶然的瞬间卡口张开，然后人们就像被选中的彩球顺势跌入。周卫华曾经也是这样的彩球，只不过陈香兰选择了低调，将中奖的纸条吞入腹中而不是张贴到大街，接受来往行人的瞩目。周苇就曾是那些行人中的一个，有一段时间，她痴迷于阅读每一张电线杆或者墙壁上的寻人启事，其热情不亚于痴迷于某种类型的侦探小说，尽管它们情节雷同——心急如焚的家人寻找不知所终的家属，语言粗糙——"急寻！重酬！万分感谢！"，配图单调——一张平平无奇的半身或全身肖像照，但周苇还是不可自拔地被其中潜藏的某种东西吸引住了，具体是什么东西她说不清楚，像是闭上眼睛时会出现的模糊光斑，等到她想要睁眼看个清楚时，那东西就消失了，然后，在与下一张启事偶遇时就又再度出现。一种简单的吊胃口招数，周苇却没能抵御住它的诱引，她利用起互联网这条捷径，尽管明目张胆的偷窥行为也会让她感到一丝羞愧，尤其是在面对一张张对她的探访感到茫然的脸时，她穿梭在切换的图片之间犹如一个心虚的盗墓贼，鼠标被她鬼鬼祟祟的脚步踩得咔咔作响，仿佛墓园的枯枝断裂，贴切复制出一幅惊悚电影的画面。然而，真正惊悚的一幕是，她看见周卫华的名字堂而皇之出现在了其中某一张寻人启事上。其正文如下：周卫华，男，三十六岁，身高一米七五，某城口音，某某市某某区人，于某年某月某日至今无法联系，走时身穿白色短袖立领针织衫（与照片上一致）、黑色长裤、棕色皮鞋，妻已怀孕在家等待，心急如焚，盼速回家中，如有知情人请与我联系！右上方照例一张黑白照片，照片上，男人侧身立于路边，表情闪躲，不像是等待被人找到，倒像是在躲避追踪。

通常，对于这一情况，一则简短申明即可解释：如有雷同，纯属巧合。这个世界上有的是这样的事啦，两片相同的树叶、不谋而合的想法、异口同声的答案，不必大惊小怪，不必揪着那些疑点不放，不必认为自己的经历独一无二。世界上有一个周卫华，就一定有另外一个周卫华，这是陈香兰没有想明白的事情，周苇作为思想前卫的新一代不应该也想不明白。然而，一种冲动使她在三四次快速的扫视之后就默记下了那个电话，也许她写在了纸上，但那张纸大概也早就被她毁尸灭迹了。十一位数字在她脑子里踢起了单边足球，绕着好奇心疯长的草坪满场乱跑，脚下的足球被一脚一脚地踢成越滚越大的雪球，直到最终突破那道虚设的防守。她打了那个电话。出于心虚，她甚至走了几条街只为找到一个可以撇清嫌疑的公用电话，然而路过的每一个电话亭都让她失望了，在小灵通和移动机的合力绞杀下，它们早已成为一具具直立在城市的风干僵尸，顺道带着过路人的告解和秘密一起死去。于是，周苇只好退而求其次求助于一息尚存的报刊亭，站在一堆穿着比基尼的女模特前面拨出那串号码。老板的目光不断飘来，也许在看女模特，但周苇总疑心是在看她，这让她觉得自己比她们更加一丝不挂。机械的通讯声毫无起伏像监测不到心跳的心电监护仪，然后，在几乎觉得这通电话已经可以宣告死亡时，一个男人的声音诈尸翻起。

"喂？哪位啊？"

周苇被猝不及防的粗粝北方口音当场吹僵，只听见男人又连环拳一样击出好几记"喂、喂、喂"，一记狠过一记。

"你是周卫华吗？"

快要被打死在地的周苇在垂死之际仍不甘心，咬着牙捂着嘴含混不清地问出这句。

"喂？"信号也从中作梗，男人失去耐心，从听筒的左侧挥出直拳速战速决，"他妈的，有病吧？"耳边的心电监护仪再次传出代表死亡的"嘀——嘀——"，书报亭老板面前的报纸翻开成讣告，上面的黑白照片像极了周卫华的遗照。

或许，有一种义正词严的道德会谴责周苇置垂死父亲于不顾的行为，这种道德基于一种哲学观点，即，认同死亡附带的最高豁免权，其中又夹带着些许含混的东方哲学——"死者为大"，一种活人给将死之人的补偿机制，一种回光返照期间的通货膨胀：大量地发行赎罪券，上亿的冥币与之共享相同的逻辑。可对此，周苇的辩词是，她确实亲临过周卫华死去的现场，在那群比基尼模特前，一位陌生人——书报亭老板——也以长达三分钟的注视表达了哀思。虽然，她不得不承认，在电话被挂掉的那一刻，一阵奇异的轻松从她体内升起，整个人都变得轻盈而空旷，那些过往堆积下来的寻人启事的无头尸山被夏日午后的阳光焚烧得干干净净，当然，包括印有周卫华三个字的那一份。

现在，那张寻人启事又乍现在那张空椅背上，一角已被撕起，摇摇欲坠。那里即将被贴上新的告示，一则简短的接任通知。可事与愿违，尽管陈香兰想要干净利落地将它整块剥下，末了还是有一条条残体粘连于上。

"爸爸。"蒙上被子，周苇在棉织物的掩护下小心翼翼地练习，低沉古怪的音调，听上去像是某种不祥的咒语，即将招来连她自己也不知道的东西。

后来的那几天，一直在开车，在点彩晚霞下开车，在回旋的水泥肚肠中开车，在肋骨伸展的巨型跨海桥上开车，周苇趴在车窗上，看墨滴行人、鬼眼霓虹，看树枝耷拉着腰杆撩拨灌木丛，看红肿太阳被晚风吹落，吹出一个水银气泡，在浑浊浓稠的夜之海中浮荡成无人拾捡的救生圈。她试图将这些风景塞进眼中脑中，以挤掉那些芜杂情绪，可最终每一个都毫不意外地沿着干涩的眼眶滑落。陈香兰端坐在眼眶的边缘，打盹、发呆、说话、打电话，她变得兴致勃勃，像是终于甩脱了此前的包袱，她欣赏每一处一闪而过的风景，灵山、海滩、石像、落日、怪石、奇云、牌楼……她从不厚此薄彼，在每个地方都留下一声惊呼，再用"漂亮""壮观"

"热闹"等等旅游手册通用词汇留下短评数句,她拍了足够挤满好几本相册的照片,姿势无一例外是斜倚着比出剪刀手,剪落一片快乐的夏日时光,留作"纪念",再剪落大包小包的纪念品、土特产。然后,所有的这些连带着一片海腥气被压进行李箱里,而母女俩则被一阵夏日热浪冲进颠簸的出租车里,连带着仆仆风尘、少许焦急、一连串呼啦作响的重复废话和半肚子还未完全消化的昨夜海鲜,涌向人来人往的火车站,在检票口再彼此对望、拍肩,掸一掸衣服上不存在的灰尘,做最后的嘱咐,挥挥手道别。

"注意安全。"

"别送了,回去吧。"

"听你小姨的话。"

"妈,你别担心了。"

干巴巴的话掉在地上,被来往的脚"啪"地踩过,周苇看见陈香兰转头挤进狭窄的安检通道,起伏的人海一瞬间就将她淹没。

那之后,海面隔三岔五就会送来一只漂流瓶,里面斜躺着的是陈香兰遥寄的家书纸条。它们无一例外以简短的问题开头:"吃了什么""怎么还不回宿舍""和舍友相处得怎么样",还有"别乱花钱"……正文夹杂着冗长又繁杂的家族简报,譬如,家乐又在学校打架,三姨夫欠了赌债,或者外婆对几兄弟的赡养费颇有微词。末了,又总会毫无意外地落回到"你不在家我一个人随便吃吃""你当初就应该跟你表姐一样，在本省读，周末还能回家"的旧日抱怨中。一开始，周苇以为这些抱怨只是陈香兰不新鲜的老调重弹，直到那位弥勒佛先生的名字一而再再而三地出现，她才明白，陈香兰是在欲扬先抑地铺垫着年末的见面。这些日子，陈香兰对那位的称呼已经从"你钟叔叔"变成了"老钟"，老钟长，老钟短，老钟蜷着身体钻进周苇的耳蜗，变成一只嗡嗡蝇虫高频地输出恼人音波，像是欢腾的喜乐，又像宴席上的喧闹交谈，而陈香兰站在台上，被一束钟形灯光罩住，周苇听不见她到底说了什么，只能听见嘈杂的喜悦、兴奋，夹杂着点缀般的粉红羞涩，热热闹闹地在海面的中央响起。于是，周苇开始用洗澡、上自习、逛街、吃饭堆砌出借口的长堤，任那些被北风吹来的漂流瓶在海波中上下浮荡成无人收养的弃婴。

神秘房间

　　那是一片欢乐之岛，岛上长满名为"时间"的植物，它们无人打理，缺乏天敌，于是漫山遍野地繁殖，直到终于将这片小岛彻底占据。一群面孔崭新、口音各异的年轻男女是初来乍到的登岛者，拨开蔓生的时间荒草，小心翼翼又兴致勃勃地踏出一条小径。他们时而张望，时而停驻，为巨型鹅卵石游泳馆惊呼，流连于饭盒状食堂飘出的混沌香气，在小岛史纪念馆里对着一排合影争相伸长脖子，像是想要伸进那些照片里，与合照者们站在一起。在每一个蜿蜒的拐角处都有人低声默记，那是高考的记忆还残留在他们发酸的肌肉里，当然，还有别的记忆，与还没来得及校正的乡音搅拌混合，凝固成做墙的水泥，轻易就将这帮无头苍蝇般乱撞的散兵收营，一团热闹的西南帮，一团更热闹的东北帮，还有一团不那么紧密的东南帮。周苇被扫进其中一团，缀在队伍的侧翼,身边一个邻城的圆脸姑娘试图与她攀谈,交换关于家乡、分数以及初来乍到的兴奋与忧虑,但周苇并不兴奋,也无忧虑,她很快就厌倦了这种拓荒游戏,落到队伍的末尾,悄悄溜进丛生的时间杂草中,无人注意。

她躺在草堆上,变成一只紊乱的指针,失去精准,失去刻度,失去了嘀嗒的运行节奏。表盘的右侧不再代表睡眠,她在相反的区域睡得太多。印有叮当猫的蓝色布帘将昼与夜重新分配,夜被浓缩成不足一平米的单人床板,周苇挤在单薄夏被、折角书本、轮转播放的MP3以及那只哑巴手机之间,睡了醒,醒了睡。睡眠像是报复军团,成群结队地涌进她的身体,它们计划缜密,来势汹汹,在发现隐藏在大学课堂里的考勤漏洞之后就马不停蹄地趁虚而入,将她牢牢捆绑在木板床上,一把推进梦的黑河里,以夺回此前几年里被功课、游戏、闲聊和争吵占据的领地。于是,她就在一个梦与另一个梦中奔跑,穿过怪奇营地、童年旧景、雾中荒野,撞上赤身裸体的表姐、校园里独行的白衣何方、指控她心怀鬼胎的谢依然,还有那穿着一袭白婚纱的陈香兰,脸和脸在黑河里漂浮成粗糙的面具,上面的油彩融化流进河里变作同流合污的墨汁。那段时间,周苇醒来时也像没醒来,一只挣不脱的潮湿渔网罩住她,网眼外,人影追逐着脚步,室友以划门桨为乐,桨声忽近忽远,无人将她打捞,她在梦与梦之间的浅滩打捞起她们洒落的声音碎片,拼凑成大学生活新鲜出炉、人手一份的宣传单:书本是占座利器,抢课时鼠标要像战争片里的冲锋枪那样不停射击，百团大战硝烟已起，选择队伍在好几天里都是新兵蛋子们的热门话题，新兵蛋子从老兵那里打听来可靠消息，西门那条街是此地的西门町——"乐子圣地"。当然了，除了官方报道，也有小道消息，某某副教授新婚妻子的双重身份——学姐和师母——给学弟学妹们带来了称谓困境，新一届的校花、校草已在军训期间以论坛照片的手段崭露头角，等待着唾沫的滋养，以便长成可供兵丁们操练间隙乘凉闲聊的大树，诸如此类，不一而足。宣传单内容翔实、选择多多，他们有了数不清的新鲜事可做、要做，新鲜得仿佛刚刚出生的婴儿，张开双臂焦急寻求新世界的拥抱，沉迷于睡梦而错失宣传单的周苇则只能原地逡巡。

等到睡眠也变得乏善可陈，周苇这才动身决定出去看看有没有什么乐子的残羹冷炙，可她没有指南，只能在校园里无头苍蝇一样游荡来去，抱着两三本书装模作样地进出于自习室、图书馆、小密林，一扇又一扇的门在她面前发出吱呀的抱怨，那让她觉得亲切。自习室和图书馆的日光灯里堆满了发呆的头颅，密林的阴郁里则藏匿着寻欢作乐的风景，她装作一个偶然的观光客从他们身边走过，眼睛却暗地里顺走一些碎片呢喃、低声耳语、靡靡气味和忘情震颤。她将它们放进脑中的杂物箱，听它们来回撞击的哐当声响，直到声响汇聚成高低起伏的和谐乐音，周苇将其命名为《早秋夜爱之曲》。这些单调的风景很快使周苇感到加倍的乏味，直到某一个晚上，她误打误撞闯进一个正在吟诵 T. S. 艾略特的神秘房间。

"在那暮色苍茫的时刻，眼与背脊从桌边向上抬时。"她看见一顶软呢帽飞在黑色的幕布前，一只天外飞碟载着一位不速之客缓缓降落，他有着瘦削的脸庞、一对塑料珠眼球，鼻管是柔和狭长的奔宁山脉，孤僻独居的"英国绅士"缓缓开口，字句在浓重的鼻音之雾中飘浮成灰色尘埃，往雾的深处继续前行，华兹华斯立在湖畔，带着痨病相的济慈面色潮红，而小恶魔乔治·拜伦正初遇伊丽莎白，但周苇只想回过头再去寻找茫茫荒原上的艾略特。那本衣柜里的樟脑丸诗集被重新翻找出来，在白炽灯管下曝晒，一群仓皇飞蛾对着光无头乱撞。在睡意蔓延的第一节晚课上，软呢帽先生驱散了在周苇身上盘亘了多日的困倦，将她带入一种全新的梦境，她的目光也成了回旋的飞蛾，在几十平米的教室中随着他游走的身影来去——思考原因和解释。

软呢帽先生被困在课表框里的东南方向，一间小小的四方格，周苇用红色的笔将其标注、锁定，然后，又满世界地搜寻有关这位神秘帽子教授的讯息。满世界就装在她那台可以随身携带的笔记本电脑里，并未花费太大的工夫，她就轻易获取了一堆图文详尽的历史。一张照片向我们展示他北欧访学的光荣事迹——诗人站在海边悬崖被风吹乱围巾，风度翩翩也许是这张照片要表现的主题，因为风看上去确实大，而他柔和淡定的笑容却和无风无雨的课堂上的出自同一个模子。除此之外,可供参详的史料还有采访片段、两本滞销诗集、一堆关于艾略特的冗长文论以及评师网上的几句佚名赞美。"诗人在校园"——一篇活动通稿如是写道,文章附赠的图片上,他穿一身西服,于一堆牛犊脸学生前正襟危坐,为他们讲解艾略特的早期诗歌。一张标准的象牙塔师者肖像画很快被勾勒出来,鼠标画笔继续滑动,周苇用大把的闲暇时光在细枝末节上为它修饰、润色。其间,她还成了每周四的限定好学生,风雨无阻地怀揣着一本从图书馆借来的《艾略特诗选》,"在那暮色苍茫的时刻",鬼影一般地从教学二楼三层最东边教室的后门潜入,静静等待着软呢帽先生从前门缓步登场,然后将"眼与背脊从桌边向上抬",以便观看他那长达一个半小时的独幕剧。人群中不乏同类,一个双马尾女孩总在课间休息时抱一本诗集尾随软呢帽先生去楼道的窗边——他总在那里抽烟,女孩不抽烟,她想要汲取其他东西。女孩有许多问题,提问时头天真无邪地往一边歪斜,却又在软呢帽先生开口时羞涩垂首,她的眼睛寻找着脚尖,耳朵却留守下来窥探软呢帽先生的一举一动。还有一些没那么明目张胆的向日葵头颅,只是远远地跟随着他的脚步和声音摆动,而软呢帽先生则下颌微扬、眼目半阖,以一种死海浮游的姿势沉浸在韵脚、词句和隐喻之中。他的脸被诗歌的盐水泡出一层恰好的轻浮,如薄雾,如波光,又随着朗诵的结束在沉默中消散。十几年的经验使他对这些微妙的起承转合驾轻就熟,最后组成一部重复播放的电影,而周苇只是恰好在中途误入的看客。软呢帽先生自然是有他的魅力的，在堆挤着微观经济、商务谈判、马克思主义历史、大学英语口语等等乏味名目的课表上，他轻易就用韵脚和比喻的把戏蛊惑了人心。十几年前，深谙此道的周卫华早已用一桩热恋来现身说法，受害者数日前才终于得到解救。周苇明白自己并非着迷于那些轻浮、优雅、似是而非的音节和意象，而只是被那片叫荒原的故土吸引，旧日的世界在眼前豁开裂口，一条密径对她发出邀请。

最先投递出去的是一封邮件，名为"关于《荒原》的几处疑惑"。在某节弥漫着昏沉睡意的早间计算机课上，周苇鬼鬼祟祟将它敲击，一段加密代码，等待知情人的解答。她怀疑这位"英国绅士"也许知道些什么，关于那些将她困扰已久的问题。毕竟，他也是诗人，他也踏入过荒原，且没有离奇消失。回信比预想要快，不过两日，一封长达五百字的耐心论述就悄无声息地落进了被广告邮件占领了的收件箱，有一种太过老实的郑重。于是，再问，再答。课上的诗歌理论变成了课下的无奖竞答，软呢帽先生确实做到了不厌其烦。如果不是那个他突然在课堂上发起的"故事计划"，故事也许就会停留在一段桃李春风的教育佳话上，可周苇没能禁得住诱惑，在"每个人都有自己的文学"的口号鼓动下，文学门外汉也试着投石问路，在某一封邮件中精雕细琢又轻描淡写地加上了一个本土艾略特故事，情节如有雷同，绝非虚构。

关于这个故事的回信却意外的简洁，它不再延续往日长篇大论的严肃风格，而是轻盈登场，摇身一变，化成一次出乎意料的邀请："你的故事很有趣，我们可以在 Angel 咖啡详细聊一聊，这周五下午五点可以吗？"

周五下午五点，软呢帽先生准时出现在了咖啡厅的角落，一本书摊开在桌上，水母形台灯光中的侧脸显得十分坦荡。倒是周苇，绊着腿老半天才深一脚浅一脚地走过去，接头间谍似的迟疑。间谍抱着目的和秘密，周苇有秘密，却不知道目的是什么，她是新手，老老实实遵守着开场白的规矩，先自我介绍再等待进一步的讯息。进一步的讯息却出乎了意料，老手软呢帽先生似乎无心顾忌规矩，把寒暄和椅子一起推开，目光从豁开的口子中滑过去，滑到周苇慌张甫定的裙摆上，笑着来了句："你的裙子很特别。"周苇被这句意外的台词弄得一时接不上话，只好用肢体去补充反应。她用手去抓裙摆，顺道也用目光，一种奇怪的感觉在心中升起：她并不因为这句夸奖而开心，反倒觉得这条裙子忽然就多余。她想把它从这场见面中扯走，却又想到这样自己就属于在公共场合赤身裸体。还没拿定主意，软呢帽先生却早熟练地换了语气，礼貌请她落座，补上迟到却准确的寒暄。这让周苇觉得，刚刚那句话仿佛是自己的幻听，而接下来的才是软呢帽先生真正会说的东西：年级、专业、籍贯、爱好、对课程的意见和建议……软呢帽先生游刃有余，顺着谈话逻辑的纹理庖丁一样拆解开她并不复杂的生平，只是似乎忘了那个将他们召唤至此的故事，只字未提。他也偶尔谈及自己，接下来的讲课计划、明年的出游计划、这些年从未间断的出版计划，全是计划和未来，过去和现在则不在场。两人说话的期间，邻桌讨论课题的学生不断发出哄笑，听上去根本无关课题。不知是不是被这种不端的学术态度惹怒，在又一次哄笑声响起后，软呢帽先生终于忍不住似的将身体朝着周苇倾斜一段，用只有两个人听得见的声音说："要么出去走走？"周苇便跟着他在还未散去的笑声中起身，推椅子时，软呢帽先生从衣兜里掏出一个铁盒，打开，递给周苇。铁盒里是一粒粒的白，周苇看清铁盒上印的"清口糖"三个字，接过，放进了嘴里。看着她放进嘴里之后，软呢帽先生露出副打量的神情："你就不怕这是什么不好的东西？"

清口糖在周苇的舌头上还未化开就毫无预料地染上嫌疑，周苇最先想到的不是别的东西，而是陈香兰的白色兵丁。它们看上去确实相似，她也随后想到一些电视桥段、新闻报道，软呢帽先生的言外之意并不难推理。难的是如何理解这句话出现的场景、对象和时机，周苇被难倒，滞在原地。直到她抬起眼捕捉到软呢帽先生嘴角的戏谑笑意才明白这是个玩笑，玩笑意味着不必当真，即使这是个危险的玩笑。周苇最善于对付玩笑，四个字，"将错就错"。她拿出初生牛犊不怕虎的精神让自己显得有底气："那现在已经吃了，也没办法后悔了。"软呢帽先生哈哈一笑，拿起挂在椅背上的衣服，抖了抖，抖掉方才忽然聚起的疑云，"逗你的，走吧。"

他说走,却没说走去哪。起初,只是在昏昏然的校园里散步,两只脚掌接替着把路灯一盏一盏地捻灭,像捻烟头。软呢帽先生确实也抽起了烟,烟雾在脸庞边缘散开,使他面目越发不清了。面目不清的他讲起年代不详的往事:"以前也有几个学生,大你几届,我们关系很好,那时候晚上经常一块出来散步。"周苇不发一言,她对软呢帽先生的杏坛往事兴趣缺缺,做追随师者的弟子不是她的志向,她只想向他探听一些荒原的踪迹。软呢帽先生却忽然变得絮叨而抒情:"他们那时候晚上经常一起跑出来,我就开着车载他们沿着滨海大道兜风,兜到凌晨,再找个地方一起聊诗歌、喝酒,现在一个个都毕业了,改天等他们回来可以叫上你一起聚聚,我喜欢和年轻人待在一起。"被点到的年轻人抬头,正好对上油黄灯光下一双向她发出邀约的眼睛:"也许我们可以开着车逛逛,你见过夜晚的海吗?"

夜晚的海,周苇只在陈香兰压在衣柜中的诗集里见过,一片过了保质期的海,翻开后便泛起霉味的潮汐。那是最初的荒原,此时她头顶的旧月亮也曾为它漫不经心地照明。这就是荒原的入口吗?周苇不确定,不远处宿舍的窗亮着光,她看见熟悉的床板、床罩和不知哪位女同学挂在窗边的毛绒玩具。她想她该回去了,退堂鼓代替潮汐声在她脑子里响起。

"没事,放轻松一点。"软呢帽先生从沉默中听出她的犹豫，要去衣兜里找车钥匙的手改换路径，落到她肩上，"不是还有你的故事没聊吗？刚刚太吵，找个安静的地方。"

说完，他走到一辆黑色的三厢轿车前，继续发扬英伦风格，绅士地替她打开车门，皮革的味道似曾相识，周苇坐上副驾驶，皮座椅瞬间环上来，将她锁牢。

滨海大道有种乏味的美，海其实是看不清的，像某些荣誉教授，仅仅知道他在，就足够招揽门徒了。真正的教授坐在周苇的左侧，在一段中场休息似的沉默之后，他按下周苇膝盖前上方的某个按钮，放起一首齐豫的老歌，绵延的声浪填补了海浪腾出的空旷，在车厢里来回涌动。当然，涌动的还有另外一些东西，周苇维持着半侧的姿势，让目光代替自己逃到窗外的茫茫夜色之中，以躲过狭窄车厢的威逼。她希望软呢帽先生能说点什么，譬如，他刚刚提到的故事。但软呢帽先生始终沉默，只用目光代替言语，在她褶皱臃肿的衣料间扫来扫去地织网，她既是僵硬的房梁，又是待捕的飞虫。行到中途，车窗猛然被摇下来，扑面的夜风灌了周苇一头一脸，她慌忙间试图按住自己轻浮地飞舞着的长发，却感觉一只手趁乱轻轻地在她发间偷走了某样东西。那当然不是错觉。那是熟悉的感觉，发生过，又再次发生了。"你的头发很好看"，像是最开始说她的衣服特别一样，软呢帽先生显然熟悉这样的表达，同时也熟悉一个女孩的窘迫和紧张。周苇后知后觉想起问他们要去哪，但问题一从嘴里飘出来就被呼呼的夜风刮走了。软呢帽先生只是微笑，穿过两条无人马路，一路幸运地绿灯，车停在了一幢老民房前。一串叮当作响的钥匙率先从软呢帽先生的外套口袋里跳出来，蓝色门禁卡撞开楼下的铁闸门，遍布牛皮癣的病恹恹电梯不耐烦地将二人拉扯上八楼，入睡的楼道被一连串鬼鬼祟祟的脚步声惊醒，还没等周苇看清四周，软呢帽先生就推开左手第一道防盗门，将她请进屋内。

不过两三秒，全部家具就都被骤然亮起的灯光吵醒，目光从四面八方而来，警惕地盯向这位冒失的不速之客。在不算友善的注视中，周苇笨拙地脱下搭扣皮鞋，将穿着白色棉袜的脚伸进一双过大的蓝色塑胶拖鞋里，在拖鞋懒洋洋的节奏中，狼狈地朝正对面那间客厅走去。

"抱歉，不合脚是吧？今天太仓促了，下次提前准备一双。"他拉上窗帘，回程顺手又捞起两件挂在沙发背上的衣服，"坐，我去倒点喝的。"

软呢帽先生转身折进隔壁的房间，剩下周苇与一台大头电视面面相觑，透过没有点亮的屏幕，她看见了自己，就好像现在正播放着她出演的剧。她往左晃动一下，"她"也往左晃动一下，她点一点头，"她"也点一点头。看来电视是直播，比她身处的现实慢一点儿忽略不计的时间而已。周苇没头没脑地想着这些，以缓解心头那点儿逐渐浮现的焦虑。一路上，也许是天太黑，焦虑无法曝光便也无法显影，此刻被客厅明亮的灯光一照，便有了无所遁形的意思。她闹不明白自己为什么会来到了这里，她本应该在 Angel 咖啡馆里，至少邮件里是这样说的。可后来发生了什么，一段笑声、一片海、一首老歌，声波和水波推着她一路浮荡，这才搁浅般地停在了这儿，一张坐下去就流沙般下陷着将她包裹的软皮沙发里。

再次出现时，软呢帽先生手持半瓶红酒、两只酒杯。"喝点没关系的吧？这个不醉人。"不醉人的酒在杯壁轻微摇晃，软呢帽先生则在一旁的半躺靠椅上轻微摇晃，他用手击打着木质扶手，欣赏着周苇初尝红酒的表情。"诗人和酒是天生一对，"他微笑着开口，"你的父亲应该也喝酒吧？"周苇举着酒杯，生疏提前带来滑稽的头重脚轻。"我不知道。"说完又似乎不好意思似的，抿了抿唇。"你在信里写了你父亲的故事。"话题终于转到周苇的故事上，可想要开口时她才发现自己等待了许多天的倾诉欲不知何时干瘪在了肚中，变成根瘦巴巴的木刺，要被提出来的时候卡在了喉咙里，最后只简短化为一句："对，他和您一样，也写诗。"

周苇发现自己也说不出来更多了，关于那个被写在日记本中的男人，她素未谋面的父亲，世界上最善于制造悬念的诗人，用大片的留白代替句号，让叙事断在不成章的位置。

"流浪是诗人的宿命，每个诗人都是这个世界的异乡人。"

刚好，软呢帽先生似乎也无意再继续那个陌生父亲的故事，在听到"诗人"两个字时就把话题转回到自己这里。也许他不满意这间屋子里除了他还有其他的诗人，皇冠只有一个，有两个就失去了意义。他讲起年轻时的故事，八十年代背着一把吉他从南到北，从东到西，在地图上画下他信仰的十字，一路唱歌、写诗、偶遇姑娘，对于最后一点，他并不避讳，这是他诗性生活的三位一体。"那段日子是属灵的日子，一种纯粹的精神生活，如今有太多俗务占据了我的时间。在你这个年纪，最应该做的事就是叛逆，逆行是感受水流的最好方式。"

不等周苇回答，软呢帽先生就起身蹲到电视柜旁的音箱旁捣弄一阵，钢琴声随之响起，他踩着琴键声一路走到周苇的身旁坐下，再度端起酒杯。

"你需要更多地解放天性。在世俗的眼光里，你的父亲是不负责任，但能在那样的年代做出那样的选择，至少可以说是勇气可嘉，而责任，责任是借口的代名词，是庸俗的保护伞，你应该学习他而不是痛恨他。你要明白，这个世界并非只有道德体系，道德都是人为的工具。"

软呢帽先生的面容和记忆中的黑白周卫华开始重叠，在周苇还来不及辨认其中区别时，就被他再度举起酒杯的动作打断。"来，不说这些了，先为今晚干一杯。"周苇不知道今晚有什么值得干杯的，但还是老老实实喝了下去，她扮演好学生的惯性在遇到老师时就格外固执。惯性代替了她举杯、碰杯，她自己那没用的手则躲在沙发缝隙里抠着一块碎皮料子避世。腿也跟着不听使唤，周苇原本想，既然故事讲不下去，那她就该起身告辞，可它们却越来越重，好像那些酒都穿过肚子直接一路往下而去，两条腿先她一步醉倒了。至于她自己是什么时候醉倒的，周苇已记不清，喝了几杯也记不清，数字在酒杯里被摇晃得晕头转向，全程她都没见杯子空过，也许来来回回就只有一杯。虽然软呢帽先生说过"不醉人"，可真醉了就没法再计较这些事。周苇不懂这一点，也不懂所谓的一生二，二会生三，统计在这时变成费力不讨好的行为，前功尽弃的周苇最终靠倒在沙发上，而软呢帽先生则不知何时靠到了她身旁。

"你看起来有点醉了，要不要去阳台吹吹风？"

阳台在卧室，和小余那间温馨男孩玩具房不同，这里是成年男性的幽谧殿堂，挂在落地衣架上的西装外套沉默地将周苇接待，一张拉开的双人床是备赛的拳击场蓄势待发。

"从这边能看到对面的海。"

软呢帽先生扶着她的肩走到窗前——像是挟持，一只手从身后伸出来哗地拉开纱窗干涩的眼皮，它被迫同他们一块看海。海真的就在远处，银色月光照出它不安涌动的轮廓。周苇撑着醉眼想要进一步辨认海与沙的界限时，一双手臂将界限打破。手臂化作涨潮的海水涌上来，从身后猝不及防地抱住了她，或者说锁住了她，一双对扣的男人之手，连带胸墙倒在她的背上，下巴扮演起拳头对她的后脑勺指点迷津。

一条晾挂在阳台的宽松肥大的灰色睡裤被吹进周苇的视野。

倒下的一瞬间，她想起了干燥的童年午后，外婆晾晒在院子里的衣裳随风摇动，空气里聒噪的蝉鸣将饱满的夏日树叶揉出浓郁的香气。周苇倒在不复存在的香气中，她还想起了绑着石头坠入河里的伍尔夫，也许是因为压在身上的东西太重了，负责记忆的脑部区域就像不太聪明的人工智能条件反射地给她弹出了一堆毫无意义的参考。除了最开始的那几分钟，她曾出于惊恐、怀疑、惶惑等等原因，大张着眼睛和嘴巴，像忽然被拎起扔出池子里的鱼，鱼上了案板，挣扎得鳞片都尖叫着四散逃离，直到不再挣扎，变成死鱼，才闭上眼睛，即使鱼根本闭不上眼睛。但闭上眼睛的本领她早已熟悉，过去，她也不止一次这样闭上眼睛。

闭上眼前的最后画面是：软呢帽先生倒下来时帽子也一并落了下来。原来那顶英国式的帽子里藏的也是英国式的秃头。此刻不是荒原了，而是徐志摩软绵绵的柔波和水草。周苇终于记起了他的名字，徐从越，就连诗人的姓氏都继承了。他俯身时认真的表情既像入殓师又像考古家，手却如同初出茅庐的窃贼，着急从她身上偷走些什么。可惜，除了那一堆散发着淡淡腐朽气味的二手衣物，她再也没有什么了。她听见那些衣服软趴趴地离她而去，落地时发出虚假的惨叫，一群没骨气的墙头草、雇佣兵，在对方尚未动用武力时就已经缴械投降了，二手的东西果然没忠诚可言。只有后背的锁扣还负隅顽抗了片刻，城门被拉开的瞬间，她听见诗人在她头顶发出了一声轻叹。

他看见了什么？

不算少女的少女脊背拱起如同古代巨鲸的骨骼化石，一颗颗脊骨珠串一样地首尾相连着，那是夜晚漆黑海平面上亮起的渔船之灯，现在，他见到一路上都没有见到的海了。于是，小孩子一样欣喜惊叹，手舞足蹈地蛮横闯入。女孩的身体是荒废的巨型游乐园，入口处蔓生的杂草被粗暴拨开，他挥舞着闪光玩具手枪在里面横冲直撞，弃置的掉漆特洛伊木马重新旋转，他骑乘着她飞向云端，顺带炫耀地对着虚空鸣枪，连发几弹。一位特聘的声音特效师躲在床板幕布背后，尽职尽责地模拟老旧器材不堪重负的嘎吱声响，熊猫头过山车从臀的高坡俯冲而下，撞得生锈的轨道晃晃悠悠如老者松动的牙。但不是乐园老了，是他老了，他叹息着、抖动着，在快要昏厥过去的那一刹那恢复了青春，然后，又迅速失去它。他重重地跌回到轻柔的席梦思海面上，张开四肢如一只被扯断的风筝，瘪下来的脆弱腹腔里还残留着强风吹拂的轻微酥麻，酥麻顺着神经末梢一圈圈地散成涟漪，他变成了涟漪中的一叶扁舟以及舟上的蓑翁，而鱼竿只是假象，鱼已经躺在岸上了，鱼的身边堆积着退潮后被一并冲上来的废弃拳头纸团、不明橡胶薄膜和几根与亲友失散的溺水蜷曲毛发，昭示着刚刚发生的一场海难。

如果需要的话，要怎么去描述这个段落？它应该被整齐地从时间轴上剪切下来，反复观看、认真研习，如同老刑警对着一卷陈年悬案录像带，毕竟它总是卡壳、呲音，画面还会像恐怖片劣质特效一样，从中间没头没尾地撕裂开。连带着周苇那件开衫的下摆也被撕裂，波形的花纹松垮得张开成脱臼的下颌，说不出话来，也许它也在对刚刚过去的一切表示惊讶，但也许只是因为二手的东西到底质量太差。谁知道它曾经历过什么？就像也没人知道周苇正在经历什么。

你弯腰如一株晚熟的稻
低头时有秋天落下来
……

侧起的肉身化作一片淤积的围栏，用占有的姿态将正低头制服纽扣的周苇圈禁其内，软呢帽先生变成心满意足的田园诗人，以她为灵感吟诵。诗歌唤醒了记忆，周苇想起来她来这里的目的。目的地姗姗来迟地显现，不是荒原，而是田园，围着铝合金栅栏，玻璃把海风声挡去。这下确实够安静了，安静得再不可能遗漏耳旁那个低吟浅诵的声音。软呢帽先生每念出一个字，周苇扣上的纽扣就会解开一格，于是，她不停扣，他不停念，一场微妙的拔河，直到软呢帽先生笑着松开了手，因为他突然想起来，她的纽扣早就被解开过了。就像掰开松脆的木筷、撕掉书体轻薄的塑封、拧开螺纹如顺畅滑梯的塑料瓶盖，他洞悉了现代文明的一次性发明里所蕴含的某种古典永恒，一就是多，就是生生不息、永恒往复，而晚近的环保主义者永远不懂这种美。

"你应该读读老庄，西方的东西到底没有我们好。"

穿回衬衣的软呢帽先生一下子又变回三尺讲坛上的高师，他还意犹未尽，点上根烟延续起侃侃而谈的架势。

周苇想要反驳，末了却只是垂着头，答非所问："我该回去了，宿舍门禁要关了。"

软呢帽先生只看见女孩的乌黑头颅如同一方油亮砚台，长发回旋成晕开的徽墨，手里的那管万宝龙香烟也变作毛锥，他有挥毫的欲望。就像每每站在讲台上时，整个世界都是这样对他低头，横平竖直如摆好的黑棋，等待着被他轻轻地拿起又放下。此刻，他还不打算放下周苇。于是，手指代替香烟落在了周苇的头上，他让她稍等片刻。软呢帽先生穿上衣服，带她走出卧室，来到一扇红木门前。门后藏着一个书林溶洞，成摞的书从墙壁、地板、天花板上长出来，长成扭曲的灰白岩柱，周苇必须侧过身体才能勉强从中穿过，而软呢帽先生却驾轻就熟，灵巧鼹鼠一般很快钻到窗边的书桌后去了。

"来。"他冲她招招手，"送给你的见面礼。"

一本光滑的软皮诗集滑进手中，周苇一眼就认了出来，网页刊登的照片上，软呢帽先生手捧着它，旁注这样写道："诗人十年苦心之作"。苦心如今凝作发软的黑苦胆摞在硬木桌上，摞成高高的克隆书山，周苇意识到，也许还有不少克隆学生，也曾和她一样站在这里，低眉敛目如等待领取定额救济粮的荒民。端坐书山后的软呢帽先生脸上挂着慈善家的笑容，这是他的希望工程、爱心捐赠活动。

"每个人都有吗？"

"什么？"

"来这里的每个学生。"

软呢帽先生的慈善笑容消失了，目光变成骤然亮起的手电筒，临检一样地在周苇的脸上快速扫过。"当然了，都会有。"一边说一边绕过书的包围走过来，轻轻揽过周苇的肩头。"不过你和他们不同。"然后，一个吻落到周苇的头顶，轻轻的，像在点化她的冥顽不灵。

"你和他们不同。"

周苇想起小余，他也曾在路灯下说出这句剖白之词，一句双手举过头顶的话，听起来像是在求饶，可软呢帽先生有什么好对她求饶的呢，明明她才是被按倒捕获的那一个。

于是，只好翻检着书皮，随口吐出一句："确实，你也和我想象的不同。"

软呢帽先生挑一挑眉，把她的抱怨和讽刺轻巧地挑到一边，他熟谙语言的迷阵，从不轻易掉入任何一个文字的陷阱，他只负责设置陷阱。

陷阱就摆在眼前，周苇早该看清。陷阱是被目光挑起的裙子，是铁盒里叮咚作响急于跳出的糖片，是车厢里女歌手的欲言又止，是一片心焦翻滚着却上不了岸的海，可她却一而再再而三地忽视，选择做一个盲人。或者，她以为事情不会如此，以为想象总是很难成真，但她忘了只有好事不容易成真。坏的则往往是预言，恐惧里应外合地把它们装点，以便偷袭前不被理智的守卫发现。预言被倒下来的软呢帽先生一字一句拓印成事实，每一笔横撇竖钩都不出意料，就写在那张铺开的白床单上，惟妙惟肖的象形文字：一个双臂举过头顶不知呼号还是投降的身影。

仿佛童年的捉迷藏游戏，周苇被一块手帕蒙住眼睛，伙伴们躲在暗处，她摸索着迈过夏日蔓生的灌木丛，一根挑事的枝条抽打了她的脸颊，接着又被风的湿热手掌轻抚，她一直走，踏过碎石、穿过蛛网，撞上粗粝的皲裂树干，失去方向使她焦灼不安，她开始呼喊同伴们的名字，一声接着一声，回答的却只有如浪的汹涌蝉鸣，她挥舞着高举的双手，溺水挣扎一样掉进迷藏的旋涡，而旁观者则在沉默的注视里收获游戏的乐趣。

走到门口，周苇又被叫住，原来是忘了临别赠品。软呢帽先生专程折返一趟将它取回，塞进她手心："不喜欢我给你的礼物？"语气调侃，或是狎昵，周苇已分辨不清，半开的门在她身上造出晨昏交合的光景，暗的是出路，亮的是什么，她不知道。至于礼物，礼物被接过来，慌忙就要塞进包里，像见不得人，可包口太小，礼物太大，刚刚进入就在中途卡住，于是她感觉自己也被卡住，卡在软呢帽先生的网格目光中，越是挣扎越是收紧。之前塞进包里的手机、钥匙圈、门禁卡、薄荷味润唇膏发出抗议："塞不下了！"她还妄想能突出重围，又不是能劈开红海的摩西。她的红海是密布的脆弱毛细血管，在仍旧能轻易感到羞耻的年轻脸庞上连片爆破，应该在庆典高潮时刻放出的焰火在此刻不应景地出现了。焰火过后的夜空是最黑的，如沉积、深埋在地底上亿年的古植物演化而成的煤层，软皮诗集是其中的一枚仿制的化石标本，用纹路清晰刻录着昏沉旋转的长夜中的低声细语。

"装不下的话我下次给你也行。"

软呢帽先生终于伸出了摇摇晃晃的救援梯，周苇却只听到了细缝一样裂开的"下次"，但她还是鬼使神差地顺着爬了上去，似乎一时忘了背后是悬崖渊薮，忘了人受制于重力。当然，除了周卫华。他轻轻一跳就离开了脚下的星球，消失在了茫茫宇宙里，而周苇还试图从些许宇宙的星辰遗迹中辨认出他的踪迹。

送周苇回去的路上，为了避免酒驾，软呢帽先生叫了出租，这时候他又变得理智清醒、奉公守法，在狭窄的后座，他们端坐如两座板正桥墩，中间由叠放的手掌相连成危险的索桥，软呢帽先生足够小心，在确认好衣摆有足够遮住手掌的宽度后，才越过膝盖爬上周苇的手背，然后，在她手腕上套成一圈肉的手铐，整个过程是不能声张的抓捕游戏，可仍旧没有逃过经验老到的司机藏在反光镜中的眼睛。那眼睛瞄准着周苇开枪，对着额头、鼻梁、胸口，还有被遮住的戴罪之手，开一枪她就死去一次。软呢帽先生正襟危坐，浑然忘我，仿佛真的拥有了抓捕者的正义。

直到逃脱了那辆审判囚车,周苇才鬼使神差地像双马尾女孩一样歪着头故作天真问出一句:"司机会不会觉得我们像一对父女?"

软呢帽先生笑了,捏了捏还攥在袖口里的柔软虎口:"下次可以玩这个游戏。"

周苇最先听懂的不是软呢帽先生的话,而是他的笑,尾注一样地缀在话的后面,充当过分热情的解释。她被他的毫不掩饰的坦荡震惊,似乎只要这样直白地讲出口,那就真的只是一次游戏。

"你知道我不是这个意思。"

软呢帽先生不再笑了,他松开她的手,仔细地看着眼前这张额角还冒着一颗青春期红痘的脸:"你确实还太年轻。"

周苇发现软呢帽先生的说话习惯是只说一半,砸在跷跷板的一侧,空空的另一侧则将她高高地吊起来,在半空中不能落地。她想起周卫华留下的那些残章,蛮横地压在陈香兰前半段生命里,也曾让她不上不下、如堕迷津,在这一点上,眼前这个男人确实很像她那擅长留白的父亲。

周苇掉进了相似的空白里,一连几天,她都盯着手机的空白对话框发呆,期待那里面能够跳出字或者句。她认为总有人该对不久前发生的事情说些什么,不管是谁,软呢帽或者老天爷,然而她等到的只有话费账单、推销广告、学院通知,就连疑神疑鬼的陈香兰也销声匿迹。于是,空白变成沙沙的白噪音,耳朵里爬满了正在孵化的虫卵,它们排列整齐，如同深夜育婴室里的保温箱，所有的孩子都睡着了，呼吸变成无数只毛刷子，刷去生命最初那一批残次记忆。哎，只有那么一次，陈香兰提起过，周卫华曾经隔着肚皮亲吻过还未成形的周苇。

"宝贝。"

他说，就像软呢帽先生进入乐园时随口而出的寒暄。

荒原宇宙

曾经出现过一个弃婴，所有人都叫她妞妞。妞妞不是从某个女人的腿间或者肚皮里出来的，而是来自一个塞着旧棉被的竹编篮子。篮子被搁在周苇家小区的楼道，一个早起去买菜的女人发现了她，后来女人再提起这件事时总会说的一句话是："我看又圆又胖的一坨，还以为是谁家不要的冬瓜。"缀在冬瓜后的是一串脐带般长长的打着卷的笑声，妞妞就那样被接生出来。住在三楼的教师夫妇领走了妞妞，他们"正好"缺一个孩子，老天爷就送来一个孩子，不是谁都有这样的运气。他们一度是世界上最知恩图报的信徒，给妞妞买蝴蝶领的碎花裙，买长耳朵粉红兔玩偶，买亮晶晶的糖水罐头和酒心巧克力，在妞妞还只会发出呜哇的动物鸣叫时，就开始迫不及待地教她"床前明月光""牧童骑黄牛"，他们对着心脏泵入期待如同将氢气不停打入气球，直到那天，在第九十九次教导妞妞像个正常孩子那样摆动四肢走路失败后，气球爆炸了。

整栋楼都被炸得摇晃起来，流言的碳酸气泡在摇晃中疯狂上涌，只要拨开任何一扇忘了锁上的窗户，气泡便会耐不住地奔涌进因好奇而干涸的耳朵："怪不得！""我说呢！""就知道！"……感叹句的碎片随着米饭残渣和瓜子一同在舌尖翻滚，再被吞进肚中。一支流窜在楼板间的咏叹调，击鼓传花一样击打着每一簇八卦的神经末梢，一时间大家变成了最亲密的邻里，只需一个歪嘴或斜眼就能将关于妞妞的暗语传递出去，外面则统一包裹着怜悯、叹息、同情的晶亮糖衣，等妞妞再长大一些，她就开始歪着头、破木偶一样挥着手臂将糖果一一接过。

当然，所谓的九十九次只是周苇的胡诌。之所以是九十九，大概是因为，在一次街头偶遇时，教师夫妇中的妻子曾以勉励的口吻对她说："成功是百分之九十九的汗水加百分之一的天才。"那一天，她穿着一件挺括衬衣，肩背一只棱角分明的方格皮包，鼻梁上架一副金边眼镜，看上去是一整套严丝合缝的成功。陈香兰羡慕那些戴眼镜的女人，眼镜意味着稳定和知识，只有坐在有着宽大办公桌后的人才配享用。"事业型女人"，陈香兰将这个吹足了冷气的高级办公楼词汇放到邻居女教师的头上，一轮圣像上的金边光圈，圈住的是陈香兰错失的某种生活。直到妞妞出现，挥舞着不太灵活的手掌将光圈打落，周苇和陈香兰曾在街边目睹，素来一丝不苟的邻居女教师不得不杂耍一般，一手搂着破木偶妞妞，一手化作吊臂去够掉在人行道上的金丝眼镜。最后还是陈香兰手疾眼快，奥运飞人一样连跨几条人行道横杠，抢在迎面驶来的一辆三轮小货车前，将它从粉身碎骨的厄运中拯救。

但镜片还是碎了，即使有金边护身，即使陈香兰已经奋不顾身，它还是令人失望地从中间一分为二，再从二延伸出更加促狭的三和四，也许还有更多肉眼捕捉不到的五六七八。陈香兰握着它，仿佛握着一件裂缝的前朝古瓷，嘴里不断发出清脆的"啧啧"，以表达不知是对女教师还是对自己的遗憾。高度近视的女教师则鼓着一对鱼泡眼，盲女一样地执着看向半空中的某个点，妞妞还在不歇气地扭动，歪斜的眼珠和挣扎的四肢吵闹着想要各奔东西。为了结束这片刻的闹剧，女教师还是重新戴上了碎掉的眼镜，留下三五个手忙脚乱的"谢谢"就拉着摇摇晃晃的妞妞疾步离去。身后的陈香兰则用三步一回头、五步一回首来表达她尚未完全发挥出来的热心。

"以后可怎么办啊？"

"这孩子能治吗？"

陈香兰抛出的问题在等到答案前就肥皂泡一样在空中自爆了，周苇无意救援，因为她知道那不是货真价实的问句，而是迂回的叹句，一个接一个的感叹号从天而降，就像人们通常理解的命运——"老天爷给的东西"，包括但不仅限于冰雪雷暴、斜眼妞妞以及不请自来的拖油瓶周苇。

　　陈香兰开始物伤其类，开始同病相怜，开始在饭桌上装作不经意地提起妞妞，就像提起一筷子滴汁如滴泪的空心菜，然后用牙齿、唾液和翻转不停的舌头去试图咀嚼、分解、品尝隔着几层楼板的另一个女人的生活。那一整套动作蕴含着某种潦草的乡愁，以至于当周苇听到"妞妞"这个粘牙的麦芽糖叠音词时，心脏或者什么其他隐秘腔室开始产生一种低沉的共振，汩汩如波动的羊水，或者是宇宙里土星的轰鸣，又或者是一切理论上不存在的声音。但周苇确信自己听见了，尤其是当她在日记本里写下"确信"这个豆腐卤水一样的词时，一切的游移不定都似乎立刻凝结成了确定的固体。妞妞和她，身处于固体之中，如一对失散的异卵双生子，终于在当事人不慎泄露的蛛丝马迹中彼此相认。

　　不过，说彼此是不公正的，妞妞从来都只是独来独往，小区里的跛脚独行侠、过度沉浸的独幕剧演员。到了同龄孩子都开始上学的年纪，妞妞依旧穿着一条开裆裤，跌跌撞撞地从街角出现时，舔着软塌塌绿舌头冰棒或者趴在地上玩玻璃弹球的邻居小伙伴们便会自发站成一排，用注目礼、尖嘴口哨以及争先恐后从嘴巴里冒出的"哈哈哈哈"护送她经过。"傻子"，肉铺档老朱的独生子，不请自封的"孩子王"，总会第一个喊出这个词，"傻子"，"哈哈"，"傻子"，"哈哈"，欢乐的二重奏顺着高低错落的琴键队伍传送，妞妞就也跟着笑起来，嘴里吐出的却是"咯咯"，不合群的"咯咯"，老鹰抓小鸡游戏里，小鸡会发出的"咯咯"，没有母鸡双臂遮挡的小鸡，轻而易举就被气势汹汹的雏鹰们捕获。最开始，只是一根冰棍木棒，渐渐地，是一颗在半空中碎裂的沙球，是从手里抛出的弹珠，是石子、口香糖、纸飞机，是一切近在手边的恶作剧，而妞妞仍旧不停地发出"咯咯"。于是，二重奏变成了："傻子"，"咯咯"，"傻子"……像是某支久不可考的单调童谣，顺着街道边老树干深凿的裂纹，攀上错落起伏的旧电线，在路灯上轻微地一晃后便分头跃进那些或开或合的玻璃窗报讯。"哎呀"，有时候，玻璃窗后面会传来几声短促的惊叹，然后探出一颗慌张的头，仿佛对着望远镜第一次发现新大陆的哥伦布，即使两天前这幅场景才刚出现过。

妞妞活在一种同义反复中，一部独幕剧演了又演，没有别的情节可播，就连头颅倾斜的角度也一成不变，更别提那介于神秘和愚蠢之间的奇怪笑容。她不会大笑，不会轻笑，只会那一种刻板的出厂式笑容。没过几年，当孩子们已经学会了加减乘除、ABCD，学会了背地里而不是当面说坏话，妞妞还是坚持挂着那个笑容以及半条要掉不掉的鼻涕，从街角慢吞吞地经过，就好像，她一生要做的全部事情只是出现在那条街道，然后经过。

率先觉察到这一点的是邻居男教师，他反应迅速，没多久就借由一起桃色绯闻成功出逃，通过楼道和街角的窃窃私语，不难将整个故事拼凑：一位好心的白衣天使与故事的男主角——那时他正遭受着痔疮的折磨——在病床前偶遇,也许是身体器官的开诚布公解锁了心灵的开诚布公,也许是细菌分解的吲哚、粪臭素、硫醇以及四处挥发的硫化氢的糅杂气味激发了两人荷尔蒙的某种毫无道理的动荡,又或许是浸润了碘伏的棉球在摩擦皮肤时意外地摩擦出了爱情的火花,就像忘了盖盖子就能发现青霉素的科学巧合,总之,在切割掉那块私处的增生肉球后不久,邻居男老师就下定决心要将眼下生活的某些赘余也一并切除。只需要一个薄雾朦胧的早晨、一只黑色尼龙旅行袋,以及一个心若磐石的男人,切割就轻易地完成了。他宣称不要房子、不要财产,当然,顺带着连那个"野孩子"妞妞也一并不要了,然后就钻进一辆出租车消失在了街口,也就是妞妞每日闲荡的街口。

街口如今已不复存在,在新世纪头十年的城市规划中,它被铅笔重画,被铁锤和机械臂凿出深洞,复又被甩进去的一袋袋水泥无头尸塞满填平。街边一排排房屋在漫长的抵抗后终究还是以倾倒和粉碎的方式接二连三地倒下,身边是同样壮烈的粗壮樟木、生锈路牌、铅灰电杆战友。那些所谓的主人却一个个潜逃了,拿着成捆如砖石的货币,几乎是一夜之间就消失无踪。街口被扔在了那里,就像当年男教师扔下女教师和妞妞。"谁管她们死活,男人没一个好东西,"陈香兰也曾义愤填膺,可后来也只顾得上懊悔自己当初搬家的决定,"要有那笔赔偿款,下半辈子也不用愁了。"这直接导致她再度偶遇女教师后,昔日的同情尽数演化成嫉妒。"她现在胖了，脖子上戴的金项链有这么粗。"陈香兰对着周苇翘起一根小拇指，指尖瞬间生出辉煌的金甲，一直延伸成一只光滑圆润的项圈，挂上中年发福的女教师的脖颈，喜庆如万事无忧的年画娃娃。不过，稍等，如果轻轻撕开那张老年画因胶水干裂而翘起的一角，你会看见一间尘封的密室，一个从莫迪里阿尼笔下出逃的女人，端坐在密室角落的长桌边，脸上是油彩重叠出的阴影，更接近于一尊在洞窟里历经了洗劫、风化、沙暴的陶土泥塑，而非光洁匀净让阴影无处立脚的白瓷报喜童子。也许她也的确曾是那样，当周苇还是个会到处串门的孩子时，曾见过女教师家里挂着的一幅婚纱照，照片上的女人陷在一片白纱汪洋里，连脸也雪白一片，白成中秋的银台、诗人童年的玉盘，唯有两团过分喜庆的红晕鼓起在白中间，是尚未经历过痛苦和惊厥的心脏。只不过人类越轨的本性在婚姻里也并无两样，等到阿姆斯特朗走出那一步，碎石粒和浮土延绵的荒原上，久远的撞击坑和更加久远的环形山终于显形，而想象中的白玉盘上其实满布了裂纹衰老的阴影。

有时候，你会装模作样地试图"理解"一些现象，譬如月球为什么远看皎皎而近观冥冥，又譬如，"为什么好好的婚姻会走不下去"——情感栏目的经典问题。当然，"好"在此处的意思约等于仍在进行的、尚未瓦解的、可持续的、量变还没来得及突破成质变的，经由许多民间智慧的解读，"好"在婚姻中得到了一种人们喜闻乐见的通俗含义：存在即等于好。与此相对的是破裂的、失败的、中道崩殂的、此恨绵绵无绝期的婚姻。基于又偏又倚的逻辑、未加论证的规律、气势汹汹的道德以及浮游在脑脊液之海上的记忆残片，你读取、判断、剖析，对着现象苦苦追问，像极了魔镜前的恶王后。你期待一些声音开口，同时期待另一些声音及时闭嘴，你需要一个"说法"，以免被问题的锚钩拉入无边的苦海。你可以把它理解为，一种下意识的精神膝跳反应，或者溺水者慌不择路的自救，一种直觉盖过理性的自我保护，从石器时代就已经深植的生存本能。因此，当女教师将婚姻积木崩塌的主要原因归于妞妞这个摇摇晃晃的木块时，大多数人都认为这种想法也无可厚非、情有可原，"确实……""没有人……"。肯定词和否定句和谐共存，声音来来回回地打着太极，打出割据两端的是非和黑白，却忽略白中的黑、黑中的白，它们不可避免地被统一归纳进"次要原因"。

"谁家没有点小吵小闹？牙齿和舌头还打架呢！可谁能接受那样一个孩子？养孩子可不是养个猫猫狗狗。"二楼养狗的向阿姨选择直言不讳，说这话时，那条叫欢欢的卷毛哈巴犬吠个不停，以示抗议。

无足轻重的牙齿和舌头跳完热身的开场舞就羞涩地鞠个躬下去，妞妞扭扭捏捏被众人拉上场，聚光灯打在她的头顶，拉成一顶中世纪的锥形女巫帽。这不是装点着塑料花、纸板山、蛋糕裙、花苞头的六一儿童节汇报表演，但妞妞仍旧足够卖力，她学着开口唱一首童谣，声音滑出舌梯就变了形——"呜呜……嗯嗯……啊",她自己把自己逗笑,笑得磕出的下牙豁口弹出一条崩落的银丝唾液琴弦,与其一同断裂的还有女教师脑子里某根紧绷发直的弦。

尽管女教师熟谙勘误和修补的技巧——上千根被掏空的红笔可为此做证,数也数不过来的夜晚,她将自己囚困于一把半抱藤椅上,握一根红笞帚,顺着油墨横阶,一阶一阶清扫过去,又或者,化身执红烛的苦行僧,攀在凿出田字格的白纸崖壁上,世事两忘地纠正那些"一犯再犯"的错误,夜叠着夜,叠成作业簿之山,在一次又一次的山中巡猎中,女教师变得熟练、精准,对企图从眼皮子底下溜走的错误总能一击即中,但是,她击不中妞妞,所有的红箭在抵达时就会被扭动着的妞妞天真地避开,如同一只毫无破绽的光滑球体,但另一方面又全是破绽,一个悖论迷宫,时间也弯曲成球体,起点和终点在几年后又再度重逢。站在原点,女教师终于顿悟一般想起了那个初衷,那颗被压在每个无眠之夜软枕下、让她辗转反侧的豆子,一个小小的梦想胚胎,仅仅是想起那个形状就足以让她幸福,同时痛苦。"幸福",幸福此时变成一根天降长梯,她手脚并用地爬上去,试图摆脱身后的无间泥犁。

在一次精心策划的返乡之旅后,妞妞被"实在没办法了"的女教师留在了一座名为"老家"的荒岛之上,那里,两位好心的隐世老者将她收留,并决心在暮年重走一遍当年的育儿之旅。几十年前他们就是这样,将女教师从满地滚爬的婴儿养成走出乡村的中专生，只是这一次，不是为了将妞妞送出那片山岭重叠的村庄，而是为了让她留在那里，从此与另一个世界隔绝。

只需要一个山坳的转身，妞妞便消失在了女教师视野所能管辖的范围，如同蒲公英天真又轻浮的种子，跟着素未谋面的疾风就踏上了私奔的旅途。故事自此下落不明，只剩落在脚边的一截无头梗还在散布着走形的传说。

传说的开篇如此写道：幸福的家庭个个相似，不幸的家庭各有不同。陈香兰对幸福或不幸都嗤之以鼻，她相信的是"家家都有本难念的经"，除此之外，她还相信："父母都是爱孩子的，就算是收养，也有感情。可惜……"关于可惜，她没有多说，而是忙着起身找遥控器去了，时针快要指向八点，地方台的热播家庭剧就要上演，忠实观众陈香兰没工夫再管别的家庭狗血戏。

未竣工的"可惜"就被丢在原地，一幢来不及装上门窗的烂尾楼，周苇有事没事就会去故地重游。她想要搞明白"可惜"之后的东西，搞明白让爱和感情遭遇横祸变成残疾的肇事者究竟长成什么样子。但肇事者不在烂尾楼，烂尾楼人去楼空，只有终年的风声穿过门洞和窗洞呜咽作响，听上去像是妞妞会发出的声音。

时隔多年，烂尾楼又蜃景一般再度显形，在软呢帽先生某次心血来潮忽然说出"爱"这个词时。他说了"爱"，还说了"爱你",离完整的"我爱你"就缺一个"我"字。烂尾楼里突然多出的一具无头畸形儿,来历可疑、面目不清,比烂尾楼更无从查起,它看上去连横祸都未曾遭遇,残缺于它更像是天赋一类的东西。天赋异禀的无头婴在烂尾楼里上蹿下跳、自由来去,以为是游乐场而嬉闹放肆,谁也不能怪它,它没有眼睛。妞妞有眼睛,可睁着也总像失明,仿佛烂尾楼的空窗,没有一户人家会住进去。所谓残缺就是这个意思,缺乏实用性,变成装饰。即便是装饰,软呢帽先生也算是赠予了周苇一点儿什么,她需要还礼,她打定了主意做好学生,好学生最懂投桃报李。可周苇翻遍了口袋,也只翻出一个妞妞的故事可以与他的断头爱匹敌。于是,她破天荒地、自顾自地开始扮演起软呢帽先生通常会扮演的角色——讲故事的人。

然而,故事还没有开篇,软呢帽先生就背过了身,在夜的梦河上很快凝固成半座阴冷沉默的冰山,只间或发出轰隆隆像要倒塌的声音。可他始终也没有倒塌,而是坚挺地屹立,屹立成风景、风景画,等着河边人观赏、辨析。周苇隔着不足半米的距离遥看许久,这才后知后觉或者不再一叶障目地发现这位"英国绅士"并不如印象中那样清瘦。在此之前,高耸颧骨和凹陷颊涡合力故布疑阵,宽大风衣则上演起障眼法,为一旦有点风吹草动就会暴露无遗的脂肪伏兵充作掩护,以待出其不意的突袭,扬起连天的肉色沙尘,让惯会纸上谈兵的周苇还未举刃就变作降兵。有那么一些片段,她也确实像个俘虏，双手高举过头，或者反弓狼狈地跪立，屈伏的胳膊肘被随意丢弃的锯齿状塑料膜刑具没完没了地拖拽，直至拽进某个未知之地。未知之地，一小撮看守的脂肪卫兵待到主人都睡去，还时不时地抖动着给予她这个俘虏些许警示。它们尽忠职守，对周苇自顾自讲出的烂尾楼故事无动于衷，因此也不会对她施与仁慈。可周苇想要的也并不是仁慈，她只是感觉那些黏黏糊糊的话如同瘀积的内出血一样需要通过呕吐般的叙述从嘴里溢出，以证明她也有所触动，再证明她并非铁石心肠。层层递进的蹩脚三段论，周苇在喋喋不休的自辩中化作狡黠的音符滑出黑白分明的道德音阶。要知道，主动意味着责任的苦刑，而被动者则永远扬着一张天真的脸，在历史的夹页中做一只贪吃的蠹虫，哼唧着"既要……又要……"的布鲁斯。

周苇也打定主意这样摇头晃脑，在国产波尔多摇晃出的温馨布尔乔亚氛围中忽略船体缓缓下沉的事实。大把的时间在她手里风干成咽不下去的硬面包，每过去一天就掰下一块，然后，渐渐变成半块、指甲大小的碎块，变成一颗一颗的面包沙砾，落到脚边，却没有鸟兽来啄取。图书馆后的小树林也空了，树荫下的小情侣一夜之间全都劳燕分飞、无迹可寻，只有敷衍铺就的轻薄枯叶毛毯，那让她想起软呢帽先生脱在一边的褐色外套，赤裸的树干则是被层层剥尽的自己，而另一个自己坐在一旁的长椅上事不关己又心无旁骛地等待着一个奇迹——如果"奇迹"可以这样拿来使用的话。

但她想不出别的词了，她的脑子连同身体都被那一个夜晚塞得满满当当，过去和未来都得暂时让位，于是只好躺在那里，和软呢帽先生一块，在夜的巨型黑塑料袋里，躺成一对相携窒息的殉情爱侣。

成片成片的寄生虫将在她的尸身里进入汹涌的发情期，躲在温暖潮湿的肺腑间勾勾搭搭、吐露真情、一头栽进蜜月期、热热闹闹地组建家庭，它们搭建起部落、村庄和城市，还有连绵的亮着路灯的高速公路以及暗地里的无尽沟渠，漫长、辉煌又残酷的文明史，丝毫不顾及宿主脆弱的承受力。它们迎来一轮接一轮的爆炸式增长，势要冲破眼前皮肉的封禁，抵达新的肉身星系。周苇将这种冲动简称为一种事后的倾诉欲，一种因为自身过载而试图将负荷一劳永逸转移的取巧行径。但寄生虫们无疑要失望了，尽管整个计划已在腹腔中筹备良久，尽管身负重任的宇航员大使经过了精挑细选，而舌形飞行器在口腔舱里也准备就绪，但也无法改变并无另一个适宜的星球可以着陆的简单事实。

遥远的母星如今已来了新移民，他正信心满满地带领着落单的颓唐王后致力于让那片被苦水浸泡了十几年的土地再度焕发生机，为此，他们甚至决意要开始重建某种古老的传统和秩序。"你钟叔叔和我也都不小了，准备腊月就把事办了。"喜讯踩着摇摇晃晃的电话钢索跨越几千里为周苇上演了一幕惊险奇迹：坚信"天下没一个男人可信"的陈香兰突然摇身一变选择了其中一个去皈依。像是神迹显灵，又像是一种仓促的中年危机，总之，这个消息确实让她在电话这头有那么片刻如同被魔术表演震住的台下观众一样忘了要有所反应，然后才是稀稀拉拉的掌声，愈演愈烈的掌声，或许还应该来点口哨和尖叫去填满之前那段塌陷的空隙。周苇忘了自己说了什么，只记得陈香兰在确认她一定会过年回家这个信息之后就扔给她一段嘟嘟嘟的忙音，仿佛那才是她打来这通电话的唯一目的。

眼睁睁看着话筒里断点的声波救援绳一截一截被拉回去，周苇躺在塌方的废墟里，后知后觉地想起，说起来她也有一些爆炸性近况可以与之匹敌。譬如，她是如何鬼鬼祟祟地通过复刻陈香兰当年的手段——写下几百字抒情长信——勾搭了一个道貌岸然的中年教师，或者说怀才不遇的民间诗人；又是如何故作无知地踏入一个男人的秘密基地：一张临时搭建的蛛网，遍布黏稠的词语胶粒，穿着廉价印花裙的周苇，四肢张开挂在上面，像一只轻浮莽撞的飞虫。又譬如，那张蛛网是如何随着软呢帽吐出的韵脚和节奏反复地震颤，过程中，她有多少次以为自己下一秒就将坠落，实际上却又被对方抛向更高的半空，以至于那种腹腔因腾空而积聚的酸胀感一连几天都没有消散，让她如同怀揣了一件烫手的礼物，顺带着脸颊也开始发烫。"陌生人的东西不能要。"陈香兰的家教箴言拍打着她背对软呢帽先生时弯折起来的脊梁，可她不仅要了，还要了更多，要了一对紧箍在手腕上的指痕红手镯，成色好得经久不退，当然，还要了那本临别赠予的诗集,被压在枕头下,夜夜踩着滑稽的韵脚在她梦里堂而皇之地进出。或许,还有什么其他不起眼的小东西、小心意,被软呢帽先生趁着夜黑一股脑塞了过来,就算没有,现在这些也已经足够了,足够炸裂陈香兰和弥勒佛先生好不容易建得初具规模的地基。断断续续的电波声听起来宛如炸弹引爆前挑衅的倒数提示音,周苇思前想后最终还是好心肠按下挂断键选择放弃。就让这对新人在温馨欢快的进行曲中走上红毯或者火海,就让他们手挽着手如同连体婴,就让她充作超龄花童在身后为他们铺撒出一个假的春日,而不是行走的人肉炸弹非要炸得好好的黄道吉日鸡犬不宁,毕竟,这是陈香兰的第一场婚礼。

于是,只好打包好秘密和心情,避开母星,继续接受独自游荡的命运,在被命名为荒原的宇宙里。

荒原的冰河上,软呢帽先生翻了个身,仿佛从梦的裸体上抽身而出一样,银白的月光使他的表情看上去冷漠而可疑。就像前一天,周苇推开那扇厚重的木门时所看见的那样,门后的软呢帽先生一改夜晚的随意,显得古怪而严肃,目光紧紧盯着面前的纸堆,纸堆像是下一秒就会因为过度的聚焦而燃起火来。在发现周苇之后,火苗摇摇晃晃地钻到她身后闪动了几下,确认好没有可疑的尾随之徒后就十分有眼色地熄灭了。然后,他镇定地换上温和的神情如同换上一件挂在椅背上的备用外套,那外套也曾将周苇兜头套住再层层剥开，他偶尔也喜欢一些俄罗斯人的幽默。

"这里有点拘束，你先待一会儿，等下再带你去另一个地方。"

"这里"指的是软呢帽先生位于教师办公楼九层的拐角办公室，一间十平米的单身汉房间，狡兔三窟中最严肃的那一个，漆木书柜戴一副宽大方形玻璃眼镜，镜片背后挺括的精装书脊闪烁着知识的烫金光泽，一丛威赫的阔叶植被为勤勉的师者辟出一方悟道的浓荫，挂在墙上的除了不知年月的合影照片外，还有铺贴成牛皮癣广告的证书和奖章，软呢帽先生先是将其称为"无足轻重的身外名"，在周苇目光好奇停驻时又开始充当不失热情的讲解员，细数每一个身外名的来历。过去的金箔碎屑被轻轻地抖落，在下午五点的阳光里，整间屋子都飘浮起荣誉的灰尘。他一时孩子气的炫耀就像毛手毛脚地脱下金身，立时就露出一具肉体泥胎，周苇想的是，这样的话，她和软呢帽先生也算扯平。

在荣誉浮动的尘埃中，周苇被软呢帽先生的话带到正对门的那张沙发上，一杯伯爵红茶吞云吐雾着暂时顶替作陪，杯子倒不是颧骨高耸的傲慢英国骨瓷，而是晒得肉色均匀的温厚泥陶，握在手里如同握住一截赤裸脖颈，一颗凸起的陶粒充当扰人的瘊子，它就这么在周苇的指间被来回地抚摸如同调情。不过，除了这个暗地里的手指游戏，她从头到尾都坐得背脊端正，似乎又变回那个等待传唤的好好学生，毕竟那条突然而至的召唤简讯也面无表情地维持着师者的威严：

下午五点来我办公室。多余的情绪枝叶被剪得干干净净，只剩下光秃秃的枝干做一根严厉的教鞭，指向一行陌生的地址。在逆着下课洪流往教学区的内部突围中，周苇扶着被连撞三次的肩膀想，是否就算那个地址写着地狱她也会照常收拾好包袱再收拾好心情跳下去。奇怪的地方在于她几乎是下意识地就坚信那个动作是"跳下去"，仿佛地狱必定是在脚下的某个区域，可软呢帽先生的办公室却高耸入云，镶一圈日暮金光，是万神殿而非修罗场的样子。菩提世界的颠倒梦想，坐着不断攀升的云之电梯却让周苇的腹腔积攒起坠落般的失重，只有不断跳转的数字还在勉为其难地维持着一种科学式的清醒。

她等啊，等到手中的水吸饱了凉意，温度都被手掌偷去，等到最后一片火红光斑也被中世纪的黑疗法治愈，等到她的脊柱周围的肌肉开始尖酸抱怨，软呢帽先生才终于揉了揉手腕，"等久了吧？"周苇听见皮质座椅在他起身时发出一声痛苦的叹息，这让她觉得自己仿佛插足的第三者，坏心肠地硬要将他们分离。其实也没那么久，分针不过跑了一个饱满的扇形，可一种体感的时间取代了精准的二十四小时计时，有那么一刻她甚至觉得软呢帽先生看上去猛增了不少年纪。他确实也不年轻了，四十岁或者五十岁？有人声称："到了一定时候，年龄就会变成数字。"周苇想不出有什么比数字更能让人坐立不安的了，考卷上的分数、电梯间变换的层数、体育课八百米测验的及格线、过年的倒计时、她和软呢帽先生之间以二十开头的年龄差……现代人却试图用这种说法来抚平焦虑。差异凿出鸿沟，于是那些漫灌的不安洪水才得以疏导。是的，意识到差异的存在让周苇放松，她憎恨统一，统一意味着没有例外。但她必须成为那个例外，否则该如何解释那些已经发生和正在发生的事情，如何解释在软呢帽先生走过来时，她没有敏捷如一只受惊的豹子一样窜逃，如何解释妥协并非无药可救。

"这些天我一直在想你。"

软呢帽先生降落如一团厚重积雨云，温热的吻砸落在额头，周苇的脸却烧成落日前患了肺痨的天空，她喘不过来气。很明显，他们处在不同的天气。从未料到过的单刀直入，刀锋划破砧上鱼腹，露出害羞的粉色肠和肉，而还在轻颤的是那些苟延残喘的神经。

"你想我了吗？"

额头抵着额头角力，粘连的皮肤有种连体婴的痛苦的亲密，周苇被他的麦芽糖语气裹住，在浓得搅不开的甜蜜中不知如何回应。甜味区是她味蕾中发育最迟缓的部位，一种隐秘的残疾，在与小余的相处中就已初见端倪。较之会分泌多巴胺爱情幻觉的甜，她更熟悉皮肤摩擦后的辣、汗水结晶出的苦。可软呢帽先生却执意要先奉上甜点，在已经吃腻了的正餐被摆上来之前。他的眼睛软成榛子味的夹心太妃糖，带着薄茧的手结满粗糙的糖粒，他化身巧克力工厂，试图引诱周苇一头扎进那汩汩冒着热气的朱古力之池，毕竟，全世界都热衷于向女孩子推销批量生产的甜。至于软呢帽先生的甜是不是批量生产，周苇无从得知，不过，即使它是贴着编号以做区别的珍贵限量品，对上她不辨优劣的味蕾也无济于事。她期待他的报复而不是爱，期待一把刀子坚决地捅进那个早就破开的洞口，她甚至可以听见那里因为等待太久而被风贯穿的呜呜哀鸣。软呢帽先生却用她鼓胀的心脏之石磨刀，让结果在一来一回中悬而不决地摇摆。原来，这不是一场行刑，而是行刑之前的审判。

于是，周苇只好坐在被手臂半圈起来的被告席上，发出认罪的蚊蚋之声："我也是。"

期待的判罪锤音并没有落下，猛涨的寂静瞬间将四周填得满满当当，只有急促而欢乐的下课铃声从远处飘荡而来，像岸上闪烁摇曳的舞会灯火，事不关己地目睹着她此时顺从的溺亡。

事实上，关于妞妞的故事还有一截断尾。

很久之后的某一天，久到日子已经变成老两口嘴里稀疏错落的牙，发现了这一点的妞妞便毫无预警地从其中一处豁缝里溜走了。没有人知道妞妞溜去哪了，但或许也没有人想知道她去哪了，只有一个在田里闲逛的大爷曾无意间透露过一点讯息："她一个人在田埂上，嘴里还喊着什么……"大爷冥思苦想却迟迟没有下文，只好把当时在场的另一位目击者——一杆油光发亮经验老到的旱烟——在田埂上一磕，这才又获取了一条线索："妈妈，好像在喊妈妈。"喊着妈妈的妞妞穿一身鹅黄夹袄，胸脯鼓起如一只待飞的春日黄鹂，她扑动着两只不灵活的翅膀，一眨眼就消失在重叠的树林之间。

"咯咯。"

据称，树林里曾传来过这样的声音。

芭比娃娃

那夜之后，还有许许多多的夜，汇成无数条细小支流从一颗颗鹅卵石枕头上流过去，绕过丛丛神经密林，淌过灰质皮层的黯淡平原，还有那些群居的细胞体，每一个都被过度泛滥的夜河浸泡得肿胀不已。肿胀挤压着颅骨想要冲破薄薄的头皮，但最后只冲破了薄纸一层的梦境。周苇醒来，天花板以慈爱的目光注视着她，一位面色平静的看护者，沉默着安抚她被梦之潮汐几近冲毁的神经。梦缓缓从她身体里退了出去，先是头部，再是脊骨，一路退至被婴儿睡姿挤压的右侧手臂。黑色手机船静静停泊在被褥隆起的休眠港里，偶尔，失眠的老船民周苇会点起渔灯，下到船舱去检查一下旧物是否还在，譬如，一次次抛出的"在干吗"之锚，塞了几塑料筐的名为"想你""吻""喜欢"的渔获，它们已经死去却依旧新鲜，在月光下闪着粼粼光泽，还有那些纠缠一团的渔网，上面布满了试探的钩，"今天来我家吗？""你在生气？""为什么不回消息？"钩子有时候软绵绵像是摇摆的水草，有时候又是淬过火的精钢，有时候只使她感到一阵嬉戏的轻痒，或者轻轻地刮破一些皮肉，有时候却又将她连根拔起，在缺氧和失重的双重折磨中又被再度放生，花样百出，像极了爱侣之间的打情骂俏。也有风平浪静的时候，钩子一连好几天也不出现，活水变成了死水，疯长出来路不明的入侵绿藻，周苇只能利用一些自救活动来缓解氧气被大量消耗后带来的窒息：在图书馆进行长达八小时的心灵鸡汤水浴治疗，辅以夜间冷光操场的一小时全身肌肉复健，或是灌下室友用方言陈米煲出的软烂电话粥以作食补。她们经常会忘记她的存在，或者基于一些客观事实——独来独往、沉默寡言——以及天然优势——防窥的方言隐身衣——认定她不具备任何传播上的威胁。然而，事实上，那些从软布帘后抖落下来的陈芝麻烂谷子全被周苇不加选择地狼吞虎咽进腹中，至于味道好坏，没工夫管了，她饿得像一匹两眼放光的野狼，只要有东西源源不断塞进那个翻滚着灼热酸性溶液的无底黑洞就好了。就像一种献祭，或者临时抓来什么作为挡箭牌，应付掉没完没了的被记忆和眼下前后夹击的时间，应付掉那些铁钩消失后留下的窟窿。于是，她往身体里塞进窗边右床江南女孩周媛对母亲撒娇的一箩筐吴侬软语，塞进靠门边下床东北姑娘李琳琳与留守东北男友和新一届学生会暧昧学长之间的两段艳闻逸事，塞进高考发挥失常与北大失之交臂的下床眼镜妹陈晨的深夜低泣，塞进那些来自五湖四海的可靠乡音，塞得自己满满当当再无一丝空隙，如同一个餍足又忧愁的胖子，藏身于温暖、丰盈又累赘的八卦脂肪里。

她并没有什么可说的，她发现当她听得越多，沉默就蓄得越深。满载的水库常常发出充盈而沉静的回响，温柔地警告着随时有溃坝的风险。有时候，当软呢帽先生开始解纽扣时——他总穿有纽扣的衣服，它们圆圆地整齐地排成一排在夜间亮起的路灯，手指每经过一颗，就熄灭一盏——那些蓄水就开始按捺不住了，在她一方方牙齿筑起的白堤坝后跃跃欲试。也许这种奇怪的倾诉欲应该被归结为某种尚未被发现的"性癖"，正如有些人喜欢在过程中加入粗话作为兴奋剂，让平日里被小心掩藏在衣服下、双腿间的词语从嘴里堂而皇之地走出来并登堂入室当然能产生足够冒犯又足够下流的乐趣，一种发生在卧室里的社会解放，哲学家会为此一连写下三卷本巨著来为那些赤裸的男女荒民提供赤裸时的暂居之地。可周苇遍翻群书，也没有找到和自己那种独特"性癖"匹配的一字一句，看起来，她涉入的是一片还未被开采的性文明处女地。

在这片处女地上，她打滚、尖叫、翻起肚皮又扮作拱桥，在晚风的抚摸中泛起一层麦浪鸡皮，她恍如一头刚出生的牛犊，不知疲倦地空耗体力。她不知道怎样才能摆脱那些新生的、惶惑的、尚未被命名的东西，那些东西只是不停地从她身体里滚滚涌出，温热的血液一样，可她早就在第一次的时候流出了所有的血。她姑且将它们称为一种临场反应式的液体分泌，就像乌贼会喷溅出的墨汁、海参会呕吐出的脏器。只是那些液体并不会离她而去，而是结成一层薄膜，她屈身于内，变成一只等待时间过去的蚕。她可以假装没有感受到地壳的躁动和堤坝的颤抖，没有看见漫天的皮屑在软呢帽先生不断加速的震动中落了满地，也没有发现身后被月光出卖的阴影大厦在时间的推挤下缓缓倒塌，她可以假装这世界被分割成了黄白分明的蛋，温馨洋溢的蛋黄里，记忆留存下来的材料临时搭建起分身：在那里，周媛的圆鼻头正对着最新款翻盖音乐手机叮咛出一声甜糯米的尾音，李琳琳一波盖过一波的嘶喊声冲破大门，撞上走廊的发霉的绿墙又弹回宿舍，一只茶杯盖被弹离杯身，撞出铜锣脆响，陈晨捂住耳朵，将这些连续剧噪音隔绝在外，专心致志地研究一本厚达三百页的考研辅导手册，把它用作敲门砖敲醒把守命运之门的保安。世界热闹得像每一个普通的周末夜晚，她可以假装此刻就是那样的夜晚，假装每一个女大学生都坐在自己的那张飞毯床上，为无关紧要的事情快乐、发愁、生气、哀叹，假装确实有那样一个完美如同透明圣诞玻璃球的夜晚：纷飞的人造雪飘飘洒洒，长鼻头雪人再也不用担心融化，装饰着金色铃铛和彩色飘带的圣诞树常绿常青，一幢红顶木屋充当世间最后的寄居所。直到有人打破它。

打破它的倒不是一双手，也不是铁榔头，而是软呢帽先生随着烟圈吐出来的一句话："你刚刚走神了。"

还在走神的周苇被当场抓获，罪证停留在她飘忽不定的双眼上，她没来得及将它藏好，像不撞南墙不回头的被捕逃犯一样，她也选择用装聋作哑来自证清白。但显然，软呢帽先生在审讯方面很有一套，他在很多方面都很有一套，不止一套，甚至有许许多多的套，周苇被自己脑子里冒出的这个黄色笑话给逗乐，但她不能笑，那样就显得太无可救药啦，于是，她只是轻轻咬住嘴唇以防笑声被泄露出去，虽然在另一双眼睛里，这看上去近似勾引。

"在想什么？"

软呢帽先生继续追击，没夹烟的手夹住了周苇落下来的那绺头发，绕在中指上，绕成一枚漆黑戒指。周苇想起来，有人说过，戒指戴在中指上意味着正在热恋。于是，嘴巴快过脑袋，抢先开口了："我们这是在谈恋爱吗？"

这个问题让软呢帽先生搅动的手指停下来，他抽开手，戒指滑落散开，变成一缕丧气黑烟，软呢帽先生的脸浮在黑烟中，看不分明。然后，在他嘴唇轻轻分开，快要吐出下一句话时，周苇率先扑上去，用一场吻的及时雨将对话的火星扑灭得干干净净，她害怕他说是，也害怕他说不是，她害怕那张嘴里说的任何一个字，她全情投入，连头发丝都在助力，它们淋了软呢帽先生满脸，他几乎睁不开眼睛。一场雨下了半个钟头，停下时，空气都透出湿意，他们各自喘息，靠在床头都不开口，像两个偶然跑到同一屋檐下躲雨的陌路人，气氛尴尬中带有一丝临时的亲密。

"这次你很专心。"

末了,软呢帽先生微笑着扔出一句事后评语,就像扔下一把事先准备好的现金。这是否表明他满意了?

然后,他起身去冲澡,在亚麻床单上留下一块凹陷的人体版画,供周苇欣赏留恋。正对面的浴室门耷起一张黄脸,周苇只好心虚地转过身,面向阳台,那条水泥灰睡裤还在半空高悬,像永不落下的殖民帝国的战旗,她没见过软呢帽先生穿上它的样子,他总是从衣冠楚楚的英国绅士直接变身为赤身裸体的丛林萨蒂尔,没有闲笔,没有仅供观赏的悠长空镜头,没有缓缓挪移的被熏成温馨橘黄色的落日时分,从白到黑,只需要轻轻地按灭天花板上那盏节能灯。

有时,通常是在软呢帽先生的那件东西耷拉下脑袋之后,周苇也会借用上厕所或者喝杯水之类的托词去进行一些短暂的房间漫游,地点主要是客厅,它听上去就天然地好客,虽然身为一个来客,大多数时间周苇都只在卧室度过,但这也并不影响她对客厅的亲近。这间上个世纪分配来的客厅在面积上充分体现了房地产经济爆发起来前的阔绰,它格外宽敞,大多数时候明亮,一张大得足以容下三个胖子或者五个瘦子——而非双人床的限定两座——的共产主义风格沙发代替主人呼朋唤友,茶色玻璃茶几像老摇滚歌手的眼镜片,目睹过许多热闹和疯狂的场面,但现在,那上面杯盘狼藉,半干的果核聚成京观尸塔,鱼的残肢搁浅在凝固的白粥沼泽里,一只还未收殓的螃蟹腿半吊在蓝瓷盘的边缘做最后的挣扎，绿得发黑的茶叶干在缺水的紫砂壶里，一副遗恨未了的样子，当然，还有总在杯底抹着一点朱砂的透明高脚杯，透着冷气俯视周遭，不屑于参与进这片狼藉，与它做伴的往往是一本被迫俯趴的旧书，显然，它对那个姿势并不感到舒服，每当周苇轻轻地将它拿起，它就迅速地、泄愤似的在她指间"啪"地合拢。其实，周苇对软呢帽先生的书早就不再感兴趣，尤其是在某段插曲之后。

某日，软呢帽先生心血来潮站在书柜前提议："要不我们在这里试试？"他充当了一回愚公，在她眼前平移走两座书山，再慌乱清理掉文稿杂草和笔墨石子，书桌转眼间就变成简朴实用的行军床。一本遗漏的昆虫学图鉴偷袭了她弯折的腰背，留下虫蚁啃咬的淡粉色痕迹。"这也是一种野趣。"软呢帽先生挥汗如雨，同她分享初次探险的愉悦，书桌渐渐变得局限，橡木书柜残留的原始气味发出野生的邀请，诱引他们转移阵地，一阵颇为刺激的摇晃之后，精装封皮的金斯堡不堪其扰，愤怒坠落，在这对纵情男女的脚边发出号叫，严肃的白发康德在玻璃格后移开目光，以避免道德的追击，一旁，比亚兹莱的莎乐美手捧约翰的英俊头颅，而周苇正手捧着软呢帽先生。然后，所有的书都转过身去，尊严、道德、美、伦理、十四行诗、忧郁热带和神秘金枝都一并转过身去，整个世界都转过身去，留给两人一排挺直的不屈脊背。脊背划开一道狭长的几乎不能跨越的分水岭，往日泡在被晒得刚好的文字海水里的温暖舒适一去不返，它们变成阴晴不定地翻涌着的漆黑墨汁，交错的横线与折钩在海水下埋成连片的荆棘，尖锐地拒绝着周苇的继续涉足和探寻。但她还是时常装出一副"泡"在图书馆里的样子，虽然事实上浸泡着她的不过是从巨大落地窗涌进来的阳光，以及阳光发酵出的昏沉睡意，厚重的地毯海绵吸光了所有声音，模拟出幽谧的海洋情境。大多数时间，周苇只是无所事事地游走在知识之海的休闲沙滩，那里人头浮动、设施完备，有着精准符合睡眠需求的皮质沙发、装有饮水机和连体情侣的休息室、自动冲洗掉排泄物和摸鱼时间的厕所隔间，以及落满废弃烟头和电话声的昏暗楼梯拐角，品类繁多的它们足以让周苇打发掉一个又一个白天。偶尔，她也会散步到海边，远望一层层拱起的书海脊背，它们整齐、磅礴、肃穆，全都对她转身而向，一如软呢帽先生家的那片。也许，它们正是从那里一路奔涌过来，把那些秘密夜晚的残骸废片再度冲刷上岸，无数个赤裸周苇夹杂其中，好似批量制造出来的塑胶娃娃。

也确实出现过那样一个娃娃，她有着棕金色蜷曲的塑料长发，赤条条卡在塑料凹槽里，随着礼盒附赠的还有一套天蓝色蕾丝边伞形公主裙，一件粉红色夏日吊带套装，以及一个指甲盖大小的珍珠王冠。夸张的蓝眼影和似乎随时会吐出一串烟圈的饱满红唇使她看上去像是那种陈香兰会避而远之并在背后对其指指点点的"坏女人"，可陈香兰却将她当作礼物送给了六岁的小寿星周苇。周苇将她称作"宝宝"，一个长着成年女人高耸胸脯的宝宝，她日日夜夜悉心照料着她，为她来回脱下又穿上那两套衣裳，用一把迷你梳小心翼翼地梳理她的金色头发，喂她吃不存在的饭，让她和不存在的朋友说话，也为了不存在的错误学着陈香兰的语调责备她。但其实，错误是存在的，只不过犯错误的人往往是周苇而非无辜娃娃，陈香兰骂完周苇一轮后，周苇就原封不动地把那些斥责一并打包转给娃娃。直到有一天，陈香兰发现本该乖乖挨骂的周苇还在对着娃娃低声嘀咕，出于被忽略或者被冒犯的愤怒，她先是用一个响亮巴掌拍灭了那恼人的蚊子声，然后一把扯过那把金色头发将娃娃抛向半空。"你听见没有？长耳朵了吗？"耳朵被揪起来的瞬间，滑过周苇脑子里的却是，她对娃娃说了这么多，却忘了看看她究竟有没有耳朵。娃娃的确没有耳朵，金色头发的掩盖下，一道粗糙的缝合线试图瞒天过海，但终究还是被陈香兰的无心之举撞破。没有耳朵的娃娃躺在墙角，一只腿被撞得高高翘起，一只手在拉扯中不幸掉落，脸上依旧挂着甜美笑容，正如出厂包装上注明的——"拥有天使笑容的芭比娃娃"，即使被咒骂、撕扯、扔到墙角、剥光衣服也依旧笑得像个天使。

软呢帽先生的诗歌中，天使也是常驻嘉宾，只不过它们无一例外都是忧郁的、悲伤的、断翅的、坠落的，贪心少年伊卡洛斯的替身，逐光者的唯一下场是被光烧死。"文学不应该带来快乐，文学与痛苦是双生子。"某个抒情的夜晚，读完一篇关于他作品的措辞激烈的诗歌批评后，软呢帽先生忍不住对周苇谈起自己的诗歌理念。"伟大的东西都必然与痛苦有关，快乐是浅薄的，吹一吹就散，痛苦又密又实，而写诗是碳元素高压结晶的过程，完美的诗歌应该是钻石，结构稳定，牢不可破，又纯净无瑕。"周苇对软呢帽先生来说必然不是那颗钻石，也必然与伟大无关，他曾不止一次说过，和她在一起让他快乐，所谓的浅薄的、轻飘飘的、一吹就散的快乐，如同一根香烟在指间燃成几分钟的焰火。与此同时，周苇感到的却常常是一种灼烧和正在死去的痛苦，那么，是否可以说，有什么伟大的东西也同时产生了？这样一来，他们似乎都各有所得，周苇甚至是得到更多的那个。但周苇依旧觉得，某种东西正在一点一点从她的身体里流走，软呢帽先生每造访一次，它就更少一点，如今，她已经能听见半罐子才能晃出的叮当响动。他在她的身上开矿，因为没有所属，于是格外放纵，通通都挖走，早晚有一天，那里会只剩下一个荒废的贫瘠矿坑，布满大大小小的坑洞和挖凿留下的锋利伤口，而软呢帽先生则会重新戴上那顶礼帽，回到文明社会里去继续充当绅士，仿佛从未涉足过荒野。

他试图装出一副不知情的样子，有时，他也提到"未来"。"未来"这个词自带一种幻想的色彩，提出一个假设，"如果……会怎么样……"，假设句式的骨架摇摇晃晃，拿不定主意，像是随时会被太空的流石击倒，可太空本身又缺乏倒下需要的重力。于是，它只是飘浮着，飘浮在轻盈的、空旷的、漆黑的虚无之中，如同一架所有飞行员都中途死去的飞船，目的地不再存在，飞行仅仅是因为燃料尚未耗尽。

当他开口说未来时，飞船就从他深深的喉管里飘游而出，一架过去，还有一架，诗人最擅长制造无用的东西。有一段时间，周苇迷上了折纸飞机，那本赠品诗集被她撕得所剩无几，在图书馆的无人天台，许多架载着诗句的飞机乘风起航，没一会儿就晃晃悠悠地坠落在不远处的小树林里。也许会有野鸳鸯将它们捡去，当作上天对他们爱情的祝福，但更可能它们只是给环卫工带来了一些清晨的困扰，并让他们愤怒于这反复发生的恶作剧，就像生活，或者其他什么东西。

说回未来，软呢帽先生提起它时常常以问句开始："你想过……？""你今后……？"一种投石问路的语言艺术，小心翼翼以免前方突然蹿出猛虎。打头阵的"你"字使这些谈话从起点就蒙上几分关心的迷雾，至于究竟是几分，不好说，也许是七分，也许只有六分，卡在及格线上，微妙而安全地保持着刚好的距离，而距离让周苇时常感觉那个"你"是他们之间突然冒出的第三个人，他们谈论着她，像随口谈论起某个熟人。"我"和"我们"都默契地选择了隐身，于是，周苇明白过来，那些谈话不过是用语言在预演真实的、必将发生的未来。奇怪的是，软呢帽先生竟然会一而再再而三地进行这样的演习，甚至将每一个细节都考虑到，论文、毕业、工作、房屋以及年轻人的必需品"理想"，他太过周到，反观真正的当事人却一副事不关己的轻松，耸耸肩就可以把未来拱手相奉。软呢帽先生对于可预见灾变的敏感，可以被理解为一种过来人的谨慎，譬如，经历过大饥荒的人很难再染上浪费的恶习，溺过水的人在经过河边时会更注意脚步；譬如，人很容易用自己的过去做标尺，来度量他者的生活。当他赤裸地躺在那里谈起未来时，那些刻度就显现了，它们从软呢帽先生的额头、鼻尖、喉结、胸腹一路往下，到达那个疲软之地，有些刻度因为年岁过久，已经磨花了，因而显出一种模糊的柔和。大多数时候，周苇都只是沉默地听，感受软呢帽的声线在她的时间表上轻轻地来回划过，那是他在她身体上留下的刻度，而那些所谓的未来并非在什么遥远的别处，它就在当下，在一来一回中成为散落四周的木屑，他只是在刻舟求剑，或者说，刻舟弃剑，知道船不可避免地会离开，剑则会被遗弃在原地，但出于一些愧疚、掩饰、自我安慰或者任何其他可以被心理学解释和宽宥的因素，刻度仍旧被需要和使用。

就像女教师，在妞妞消失后的一段日子里，她也曾满大街地张贴寻人启事，妞妞的脸笑上电线杆，笑进布告栏，笑夹在五金店的卷帘门间被折断，风把那些笑刮到半空，又被雨淋淡，冲进下水道只引起一阵吞咽的呻吟。她也曾让那个笑出现在报纸上，附赠个加粗加急的黑体标题：**急寻爱女！**她也曾变成喋喋不休的祥林嫂，见缝插针地将妞妞塞进她与街坊邻居之间产生的所有对话里。她也哭，也闹，将沉沉的深夜搅得不得安宁，她把人们从睡眠里拉出来，拉进她的夜间独幕剧里。她让所有人成为观众，以制造一种道德的不在场证明，一种清晰可见的标记。

这不足为奇。当事情发生或者将要发生时，你总得做点什么，不是做点这个，就是做点那个，你不能无动于衷，像欣赏晚霞一样欣赏拔地而起的蘑菇云。你或许是被社会或者某种更大更神秘的建制造出的涡轮机挤压催逼，也或许仅仅是被心脏泵出的不明酸苦液体腐蚀了主导行为的神经，总之，都不足为奇。奇怪的是，本该有所触动的周苇自始至终都无动于衷，她发现，当她明明白白地听出了软呢帽先生话里话外的暗示时，她只觉得理所当然。但她厌恶理所当然，"理"挣脱了摩擦力就这样轻轻松松地滑过去，畅通无阻，一路绿灯，没有垂直而下的拦路压力，一个只属于理想平滑面才能诞生的奇迹。可奇迹来得太过稀松平常，在诞生的一刻就急剧贬值，尤其是在这样的情景里，一些更为日常温馨的举动似乎才能符合那个被模糊命名为"爱"的主题。爱是毛茸茸的、试图兜住一切的物体，浑身长满贪婪的触角、拒绝一切皆空的千手观音，它什么都想要抓取、攥在手里，它无可救药地依赖于摩擦力来成全那些满溢的占有欲。效仿爱的逻辑，周苇也手脚并用地现学现造出一个网，去网住自顾自沉迷于时空穿梭的软呢帽先生，她用拥抱捆绑他的身体，再用嘴做封条封住声音，"别聊这些了，时间还早呢，我不想现在就考虑这些。"时间确实还早，这倒提醒了软呢帽先生，不知想起什么，他微微一笑。"唉，"一个叹号倒下来，连带着把周苇也推倒，"真是拿你没办法，你果然还是个孩子。"孩子很快哼唧着嘟囔着像是在要糖，挺起的胸部鼓鼓，一如早熟的芭比娃娃。

发旧的芭比娃娃躺在墙角,四分五裂,又被一双手捡起来。女娲是七八岁孩子的模样,她用力将断肢按进空空的孔眼,完好无损的新娃娃就又在手中诞生,带着天使的笑容,一如既往。

月球往事

先是一只堆满粉尖圆寿桃的蛋糕，再是一只铺满九十九朵奶油玫瑰的蛋糕，新家庭成员，四岁的小表妹佳佳，每次都趴在桌沿边，等待着第一块乘着众人的哄闹声驾着七彩祥云边的塑料纸盘降落在她眼前。她看颤巍巍一朵奶油花如看意中人，但她还不懂什么是意中人，她尚且只学会了甜，从味蕾蹿上来的新年礼花一样爆炸开的甜，与此同时，小舅提着一卷鞭炮在门外点响，噼噼啪啪炸出客厅里的满堂彩，所有人的脸上都高高挂起辞旧迎新的笑容。那笑容在周苇的眼前晃来晃去，晃成九十九朵你挨着我我挨着你的南国玫瑰，应和着空气亚热带似的潮湿闷热。陈香兰穿一身镶着金边的朱红旗袍，全程绷直的脖颈和后背使她成了所有玫瑰中花茎最笔直的那一朵，而其他玫瑰则在早起拜年、准备晚宴、嗑瓜子闲聊、逗弄幼童的一系列新年仪式中多少沾染上了一点疲惫。

等到最热闹的一刻过去，染上腰椎病的二舅率先离席，窝进沙发，立起一面请勿打扰的香烟屏风。三姨和三姨夫面色铁青，像是患上了同一种传染病，乌云罩在他们头顶，眼看着就要刮起这个家族新年里的第一场雷雨。已经不算新人的大舅妈僵在一针年前刚注入的玻尿酸里，扮演着风干在美丽中的高贵法老木乃伊。"瞎折腾！大过年的也得绷着一张脸。"大舅的眉头皱得重，责备却轻飘飘，瞬间就被周遭的吵闹声盖过去，大舅妈却终于有了点动静，鼻端哼一声，眼睛嗔一眼，不必理会自己的多事老公，她的眼睛只顾着黏在满场乱窜的乖宝贝小佳佳那里，另一个乖宝贝小家伟早被送去了国外，参加只与常青藤有一字之别的"小青藤"冬令营。大姨不再是那尊不苟言笑的金佛，趁着晚会还没开始，揽着一旁的外婆与去年远嫁的表姐视频。手机在饭桌上击鼓传花，不过三分钟就传到了周苇面前，表姐先开口说起新年快乐，几句吉祥话之后，镜头带着剧本调转朝下，表姐望着肚子，手指却朝向周苇，"这是你的小表姨"。大姨在她身后笑眯眯附和："对，你小表姨，等明年，咱家就得再多一口人了。"大舅也凑过来，顶着一张喜庆的红灯笼脸，拍一拍坐在一堆的三兄妹："家宁都要当妈妈了，你们这些小崽子如今一个个也都成人了。"飘忽的眼神在三人脸上转一圈，为他们的毕业礼笑吟吟拨穗。

"长成人"的家和和家乐确实也不再乱窜了，老老实实地在饭桌上坐成一对好哥俩,家和装橙汁的长条玻璃杯被换成大拇指白酒杯,二十岁酒桌上的初试啼音,才一口下去就涨红了脸,家和对周苇挤挤眼,挤破绷了大半日的假面,毕竟,他十五岁就带着家乐和周苇在二舅的酒柜里做过偷酒贼。"装得还挺像,呵,呵。"家乐咧着嘴,悄悄把这句话快速地塞进周苇的耳朵眼,还没等周苇回以同样的"呵,呵",家乐又调转矛头,这次是朝着周苇:"你倒好,去大学逍遥了,就我一个人还在高三熬。"他扭起青春期灵活的面部肌肉,为她现场表演一个下油锅。趁此机会,周苇终于把在喉咙里等候已久的那两个"呵"吐到餐桌,却没料到,阴差阳错,变成了对他后一句话的回答。

"那谁还挺能喝。"

家乐用筷尖隔空戳了戳对桌那个正在满场敬酒的男人,又用筷头戳了戳正埋头对付一只螃蟹断腿的周苇。

"谁?"

"你的新爸爸。"

"新爸爸"三个字掉进盘子里,发出清脆的哐当声,像新铸的锃亮钱币,通身闪着逼人的喜气。年夜饭的饺子要包硬币,外婆担心噎住那群狼吞虎咽的毛孩子,于是换成了枣粒,可周苇还是无可避免地吃到了这枚钱币,硬邦邦地磕在齿间,尝起来有一种铁锈的腥气。这是陈香兰在这个新年偷偷塞给她的利是,从大早上就开始。"你钟叔叔要来接我们,快换衣服!"站在镜前的陈香兰左顾右盼,摆弄着自己,顺道再用后脑勺摆弄周苇。"等下见了面要叫人，别不懂礼貌。"随着刚出口的"钟叔叔"一同到来的是一个鼓胀得咧嘴笑大红包。"你钟叔叔对你还是很大方的。"耳边飘来的丝丝唇语，一秒就被不近人情的冬日冷风刮出车窗去。周苇假装听不见陈香兰隔几分钟就会响起的笑声，假装看不见后视镜那一双偶尔会与她狭路相逢的眼睛，假装那一身西服和旗袍只是某种过头的节日变装，假装所谓的团圆饭就是一群人团坐成一个圆吃饭的意思。但"新爸爸"还是就这么毫无预警地砸进了她的盘子，砸出单单只能让她听到的动静。

"新爸爸"连干三杯，右座的陈香兰用一个飞眼拍了拍他的肩，"少喝点，注意身体。""这就管上了？"酒杯举到一半的大舅话音一落，四周都响起笑的掌声，每一掌都拍在周苇的脸上，于是，她的脸也泛起微醺的红。笑声从四面八方凑上来，你争我抢地想要加入这场宴席，周苇从笑与笑的空隙中挤出去，无人注意，只有一串撞晕了头的笑尾随着她穿过客厅，晃进门廊，却没想，在玄关处遭遇成片鞋船的伏击，周苇认出了那一双通体漆黑的巡航舰，她曾侦破它们的夜袭。如今，它们停在那里，已被招安，挂上了"陈"字旌旗。三分无意，四分有心，周苇在跨过去时不慎踢中巡航舰的一只，船体在一阵摇晃后倾覆到鞋柜礁石边，出于心虚，作案者慌不择路地将自己塞进门边的某对简易白船里，选择了肇事逃逸。

然而，没有人追捕她，街道空成一截被遗弃的肠衣，软趴趴地躺在逐渐冷下去的夜里，发干变硬，蜿蜒向上的焦黑树枝毛细血管显得狰狞。黑袍黑帽黑面的周苇是没有被刮干净的那一点残余，一截黑掉的病变体。所有的窗户都亮起温馨的一豆橘灯，一幢接一幢大楼变成列队等待十二点准时起航飞往崭新星球的飞船舰艇，然后，沉寂了一晚的夜空终于按捺不住提前绽出一束金色烟花，距离零点还差不到半个钟头，一束烟花后尾随着一支烟花的部队：打头的是精神抖擞的锦菊方队，它们气势昂扬、雄姿勃发，为新年带来第一声响亮的祝福；接着是热闹欢快的旋转花环，它们正身披霞彩、形容优美地向我们转来，环绕的舞步象征着日子红红火火、滚滚向前；紧随其后的是具有南方风情的椰树、瀑布，不拘一格的形态代表着开拓和创新的精神……烟花越来越多、此起而彼不伏，从有序的阅兵队变成了纵情的狂欢节，就连左侧衣兜里的手机也跃跃欲试，噗噗噗跳起蹩脚的桑巴舞，一长串祝福踢踏着脚步从正前方向周苇走来——某某通讯商："尊敬的客户，新年的钟声敲响了，在此佳节之际……"某某银行："礼炮声声，洋溢着新年的快乐；美酒杯杯，勾兑着生活的甜蜜……"某位五年没联系的朋友："新年到，想想什么送给你，又不打算太多，就只给你五十分：十分快乐！十分健康！十分有钱！十分幸运！十分幸福！春节快乐！"……手机接连呕吐了长达三四分钟，伴随着抽搐，就在周苇觉得它撑不住快要在手里溘然长逝时，它才终于恢复了平静。拨开疯长的祝福杂草，周苇试图从中寻找一些可用之材，谢依然自然没有缺席："干吗呢？明天出来唱歌。带你见见我新男友。"眼镜妹室友也发来了讯息，祝她新的一年"长足进步"。小余的四字简讯夹在家族群的礼炮声声和班级群的欢度佳节中间，显得不起眼了，"新年快乐"，过了五分钟，才又试探着弹出一句："回来了吗？"软呢帽先生一如既往，杳无音信，从回家列车发动的那一天，他就随着那座漂浮在海上的南方城市一同在周苇的身后沉没。

公正地说，他也曾透露过一点年节计划："我要去上海一趟，看看孩子。"周苇没空接过话头，她的右手忙着撕左手食指上的死皮取乐。"这段时间先不联系了，你也和家里人好好聚聚。"倒刺被软呢帽接下来的这一句话拉出一条锥形伤口，血一瞬间就冒出了头。反复、持续、停不下来地撕死皮或者啃指甲在现代被认定为一种精神疾病，一方面，这让这些小动作突然变得严重，另一方面，却又使精神疾病听起来多少有些轻松了，毕竟，比起妄想、幻觉、狂躁、多重人格或者胡言乱语，这种甚至很难引起旁人注意的轻微自残行为显得实在温和，几乎可以看作一种手指游戏，啮齿动物闲暇时光里的自娱自乐。从不知道什么时候起，周苇便不知不觉染上了此种恶习，秋冬的到来更是加剧了它出现的频率。十指变成了她的最佳玩伴，每当与软呢帽先生独处无话可说时，它们就从衣兜或者腿边冒出，拯救她于窒息和焦躁的水火。它们具有可再生的献身精神，每撕去一层过上一段时间就会奇迹般地再长出替代的一层，如此循环往复，以完全溺爱的态度纵容着周苇心血来潮的冲动，就像她纵容软呢帽先生一次又一次撕开她，然后，她再自动将那些剥除的衣服按照原本的顺序一件件归位，除了几处可以忽略不计的褶皱，一切看上去几乎完好如初。在周苇看来，这种近乎盲目的、机械式的、宽宏大量的，或者说不知廉耻的自愈能力是造物主最伟大的发明，一种求生的本能，甚至都不需要问求生的目的。

按照这一逻辑，她早该对那位"新爸爸"笑脸相迎。旧爸爸跟着旧年死去，"新爸爸"在除夕交替之际降临，一次家庭的换血疗愈，顶替者也算师出有名：陈香兰这么多年一个人也不容易。可自愈功能这次却选择装傻充愣，在本该济济一堂合家欢的新年夜仍旧发炎、红肿、流脓、渗血，以至于周苇不得不离开温暖的室内，逃到零下的街头，从而避免细菌的加速滋生。她需要冷静，需要风兜头泼她一盆冷水，需要将自己从那锅熬煮了一整天的家庭杂粮粥中抽身出来，需要在被十几张不断张合的嘴抢夺光氧气之前另寻出路。出路是一条长长的响尾蛇，甩动着冰冷的黑尾在夜的起点埋伏已久，它吞吐着红信，营造出危险的紧迫感，一辆轰鸣作响的救护车白幽灵一样横穿过去。原来新年夜并不是只有好事发生，并不是只有没完没了的笑和车轱辘漂亮话，也有四处游荡的死神幽灵，也有离家出走的不孝女，也有火灾、爆炸、凶杀，也有一把屎一把尿，一把眼泪一把鼻涕。

譬如新年接到的第一个电话。

"你去哪了?"

"在外面走走。"

"大半夜的走什么走,发神经?一家人都在这儿,你又给我要什么大小姐脾气?从早上就不对劲,垮着一张臭脸给谁看?我知道你对我有意见,心里有气,但我告诉你,这么多年,我不欠你的,说起来,你倒欠我不少,一把屎一把尿把你拉扯大,你小时候打针都是我背着你去,我那时候腰也不好,没一个人照应,我容易吗?我把你喂到现在,成了大学生,你就这么回报我?早知道我还不如就把你拉到厕所里,良心都被狗吃了!赶紧给我滚回来,不回来就永远别回来了!"

"嘟——"

唉,卡在喉咙里的"我马上就回去"到最后一刻也没来得及吐出去,变成穿肠的鱼刺哽在半途,让她想要呕吐,再加上还未消化的红烧肘子和酸菜饺子的双重夹击,她也就真的吐了出来,扶着路边一根好心树干,恍如夜半找不到回家路的醉汉。醉汉的体内是不安分的酒精在乱窜,而在她体内乱窜的想必是其他一些东西,它们比酒精更成分复杂、来势汹汹,它们抗住了胃酸的灼烧,一路杀出喉管,现在,它们是黏黏糊糊颜色不明的一团,挂在深冬犹绿的路边野草上,而野草本不该遭此横祸。

吐空了曲曲绕绕的肚肠,又复被新年夜还没来得及暖起来的春风灌饱，被良心抓捕回来的脱逃者周苇终于踉踉跄跄划着那两只白破船回到了东湖苑——大姨家将近两百平的新居所、团圆宴的举办地。楼下，每一棵鬼影幢幢的树都化作宵小之徒冲她招手，两盏倒霉守夜路灯则晃着巡检的手电装模作样，一扇发疯的窗户对着夜空哐当砸出一只酒瓶，被惊扰的野猫一跃而出，将寂静划出尖利狭长的裂口一道，然后，一切又恢复寂静，寂静凝成一块新铸的铁板从身后缓缓压过来，将周苇压成薄薄一片，从五楼半掩的金黄门缝中飘进去。

刚推门，周苇就遭到热情小舅妈的围堵："小苇，你回来啦？你妈找你半天了，怎么一个人走了也不说一声？"小舅妈穿好外套，正把一条鲜红围巾重新围回脖子上。"我们先走了，明天去我家吃饭。"然后是笑眯眯的二舅妈，一左一右围绕着两位英姿勃发的青年兄弟护法，他们已不再是稚气未脱的年画娃娃，穿一身烟灰夹克的瘦削二舅尾随在后面，像是一根快要燃尽的香。满脸红光的大舅挺着一肚子的佳酿晃过来了，他照例拍了拍周苇，却没说话，他的舌头大概已经被酒精泡得无力，大舅妈据说早就走了，因为佳佳九点钟之前必须睡觉。家人们一个个离她而去，最后只剩下光杆周苇，她只好灰溜溜地晃着两条犹犹豫豫的腿慢慢挪进客厅。挂墙的液晶电视机开始重播之前晚会的盛况，一群身披绿色荧光衣的"植物人"正在手舞足蹈，场面狂乱，仿佛一场致幻热病正在蔓延。那一头有多热，这一头就有多冷，一度拥挤的客厅此时变作一只豁口塑料袋，装满谷堆果壳、泥泞餐盘、被捅破的糖纸、原封未动的馓子、仙贝、花生糖，它们太旧了，旧成一种只具纪念意义的节日装饰品，到点就该撤下。还没来得及撤下的新爸爸正靠在巨大的真皮沙发上仰脖打盹，厨房里传来滴水声和藏在水下的人语。

一只耳朵探子扒在门框上开始偷听。

"这还是好的，我放冰箱吧。"三姨的声音伴随冰箱门被拉开的声音响起。"这个也放里边吧，都没动，"陈香兰接过话，"现在怎么都没以前能吃了，这么好的肘子，小时候，大哥一个人就能吃两只。"一阵笑的季风吹起。"他现在又是高血压又是高血脂，哪还能吃这些？"不用想，周苇也能在脑子里勾勒出大姨此时脸上的表情。"那他还喝酒？""喝了几十年，一时半会哪能戒得掉？再说了，男人嘛，一高兴就爱来两杯，也不知道酒到底有什么好喝。"也许三姨想起了同样贪杯的三姨夫，声音里荡起赌气和埋怨的涟漪："钟哥今天也喝了不少吧？""不少！喝得都在沙发上睡着了。不过，他平时倒是不喝。"一说起那位新爸爸，陈香兰就开始滔滔不绝。"有应酬也不喝，这点还不错，今天估计也是高兴了，第一次来家里过年。""可不得高兴？他现在可是双喜临门。""可不是，之前那个生的不跟他亲吧？""一年也见不上几面。""那现在高兴坏了吧？""高兴啊，成天啰啰唆唆，比我还紧张。"又是一阵笑的季风，只不过这次夹杂了一些毛乎乎的柳絮，钻进周苇的耳朵眼里，将薄薄的一层耳膜划成花玻璃，里面的情形再看不分明。周苇只好拉开假惺惺关上一半的落地玻璃门走进去。

最先迎接她的不是劈头盖脸的骂，而是一把磨了一晚上锋利无比的眼刀子，扔完刀子的陈香兰把半卷保鲜膜也一并扔到一边去，三步并作两步，但也许只有一步，周苇还没来得及看清，脸就先被巴掌扇到一边去。三姨先惊呼了一声，被踩到尾巴似的，整个人都弹离原地，"你这是在干什么？"陈香兰二度要落下来的手被眼疾手快的姐妹俩拦在中途，"好好的，怎么打起来了？小苇都这么大了，有什么话不能好好说？""是啊！"姐妹俩分工合作，一个揽过不孝女，一个拉住愤怒老妈。愤怒老妈率先抗议："有她这么不听话的吗？家里这些孩子哪个像她？人家家乐比你小也比你懂事！"不孝女刚想回击，就被三姨掐一掐胳膊制止，"别气你妈了，去客厅待一会儿，让你大姨劝劝她。"于是，半拉半推，周苇被再度移出厨房，再顺道移出客厅，三姨一反常态地将她拉到阳台，而沙发上新爸爸还睡得一脸天真。

"是这样，"在长达将近一分钟的沉默后，三姨终于叹了口气，她花费了不少心力，才磨磨蹭蹭地在语气的兵器库中拣选出了最称手的一把，"你妈妈有些事不方便告诉你，她不是故意要瞒着你，说到底，谁也没想到……"原来她选的是钝刀子，石质刀口在周苇绷紧的神经上反复切割，"大家确实都挺意外的……"她的目光先是逼视过来又闪躲开，像刚入行的杀手，在刀落下之前还有几分犹豫，但牙一咬心一横还是刺了进去,"也就是几周前吧,你妈妈发现她有了。"

"有了"之后是一条长长的横线,三姨停下了笔不去填涂,把那片空白交给周苇,让她自己面对考题冥思苦想、抓耳挠腮。照理说,先是上帝说要有光,于是有了光。有了光,于是有了暗,有了黑夜与白昼的交替,有了光合作用,有了菌群、细胞,有了孕育在海水中的早期生命。也有其他的说法,譬如外星陨石、一个爱玩泥巴的女神仙,譬如更为摸不着头脑的无,答案不止 ABCD,可供填充的选项多得超过了 26 个限定字母。直到有个声音终于看不下去,开口指点迷津:"并不需要将事情想得复杂。"穿过虚晃不止一次的文字枪眼,你会看到被掩护在后方简单的加减乘除,甚至没有乘除,只有加和减,最基础的运算法则。一位温柔可亲的男士加上一位孤苦无依的女士,经过简单的运算,得出的结果无外乎几种,爱情、婚姻、一个崭新的孩子,前面都已配备完毕,只剩最后一项就大功告成。孩子尚还停留在胚胎的形式,也许有了四肢的雏形,心跳微弱得需要上下楼梯时的小心翼翼,当然,也需要平和的心境,那正是为什么三姨会煞费苦心地将她一路从厨房拉到气温零下的露天阳台——最敞亮的地方最安全,风会负责把秘密清扫干净:"她现在还在头三个月,不能生气。"

也许不止三个月,只从肚子的起伏实在很难判定,宽松的粗棒针织毛衣替陈香兰打了掩护,更不要提那件及膝长款面包羽绒服。她从头到脚地裹在里面,不像个孕妇,倒像个婴儿。不过，也有一些马后炮应景地响起，比如，信奉养生之道日日早起的陈香兰一反常态变得嗜睡，这倒让周苇度过了一段少有的轻松假日时光——再没有早上八点准时响起的人形闹铃或者从天而降的衣架雨。又比如，发生在厨房的一两次轻微呕吐，陈香兰将其解释为"肠胃问题"。再比如，新爸爸来家里时提着的罐装燕窝、虫形海参和以 ABCDE 命名的维生素补剂，周苇一度认为，那只是一种人到中年温情又实用的爱意——"爱她就要给她最好的"。然而，此刻，这些记忆碎片开始在周苇的脑子里自动拼合，拼成一幅渐趋清晰的观音送子图，眼前阳台上悬挂的两盏电子灯笼正好为其充当完美点缀。其实，但凡稍加留意，这些细节就不可能被如此轻易地放过，可周苇却几乎是刻意放任似的，让它们在她眼前大摇大摆地晃过去了，甚至没有引起丝毫多余的揣测，因为她也无心揣测。整个寒假，她都沉迷于某部热播宫廷剧，以或卧或趴的姿势瘫在沙发上进行穿越之旅，要么就蒙被大睡，直到陈香兰忍无可忍，隔着一道门让她在夕阳彻底被吞没前滚出被窝，不过，随后她就又拿着半包薯片或者一篮子果干继续与沙发、电视进行稳定又缠绵的三角热恋。她对那些女人之间的诡计投以前所未有的热情，对每一句台词潜藏的暗语反复咂摸分析，她研究银针、发簪、麝香，研究二字命名的位份排名，研究网络上长篇累牍的解读说明。这些着实耗费了她不少精力，以至于她无暇顾及周遭发生的种种事情，像是新爸爸与陈香兰热火朝天地商量着来年就搬入他们购置的新居，像是高中同学群不分昼夜弹出的几百条讯息，又像是手机上属于软呢帽先生的号码几乎没有发出过任何动静，她把它们统统都放到一边，心无旁骛地躲进一群女人的长裙摆里，直到热心的三姨将她拉出来，拉到这个四面透风、无可回避的豪华加宽露台上，铺满大理石的地面做出一条碎石田园小径，环绕的挂壁吊兰和半俗半雅的装饰画营造出一种廉价的戏剧性，一盏宫廷吊灯将暖黄的光打在她们脸上，催促着接下来的剧情。

可惜没有什么更跌宕起伏的剧情了，只有三姨的大段独白还在无波无澜地继续："本来她这个年纪已经不太合适了，但你也知道，你钟叔叔之前的孩子很早就判给了前妻，对于这个孩子，他还是很期待的，你妈妈考虑再三，还是决定留着。你现在也去外边念书了，以后说不定也会在外地发展，到了年纪还会结婚有自己的家庭，你妈妈他们在家，要是能有个孩子陪着，多少也是个安慰……"

也许三姨还说了什么，但那些声音和她都渐渐被夜色给卷进去，夜的波涛呈锯齿的叶片形状，层层叠叠，介于深蓝和墨黑之间，翻滚过来，将房间里还没有及时撤去的受孕母亲、昏睡父亲、金佛大姨、成套的红木家具以及正在腐变的剩菜剩饭都一并卷进去。它是神话里的饕餮，无节制地贪食，奉行一视同仁又兼容并包的共产主义，它让参差不齐都融进浓厚的夜的胃酸之中，腐蚀掉那些包膜、结构、棱角，将一切都变成黏糊糊的灰黑色的梦的原汁。

陈香兰总说周苇忘了小时候背她去打针的事情，其实周苇是记得的。它是一页无头无尾的残章，挂在她凌乱的记忆簿中不肯掉落，以插图的形式呈现：一个身板瘦削的女人背着一个被裹成棉球的孩子，在灰布条样的冬日街头快步前行，孩子呼出的白气在女人鬈黑的头发丛林上漫成氤氲的大雾，整个色调沿袭了塔可夫斯基的惯用风格，而结尾则带有希区柯克的惊悚——刷着惨绿色油漆的医院长廊里突然响起了幼童长达几分钟的尖叫和嚎泣。只是这页残片被时间柳叶刀切除了前额叶脑白质，不再提供任何可供怀念和深究的情绪，它无牵无挂地钉在那儿，仅在对质时被控诉方轻松提取。如今，周苇已经在为自己未出生的妹妹或者弟弟——或者皆是——祈祷，祈祷他身体康健、无灾无病，不必在记忆簿里添上与她相似的灰扑扑的一笔。遗憾的是，所有人都先入为主地认为周苇会对这个意外之子抱有敌意，以至于大半个寒假过去都对此只字不提，可事实恰恰相反，对这个新生命，周苇几乎第一时间就想表示欢迎，即使无人相信，但她确实真心实意。

　　最后的最后，周苇听见三姨说了这样一句："你应该为你妈妈能找到幸福高兴。"

　　找啊，找，幸福是卡在床头缝的一只旧袜子，多少年来，陈香兰在她的屋子里翻箱倒柜、寻寻觅觅，翻起一堆往事的尘埃，呛了她满脸满鼻，呛出眼泪，呛出不甘，呛得她视野总是模糊不清。一只狡猾透顶的旧袜子，以永远缺失的另一半作为诱引，左心房和右心室，在找到彼此、再度重逢的那一刻，心脏才会忽然长出双腿一下下地跳起幸福的踢踏舞。然而，其实周苇并不真正明白幸福究竟是什么，它太神秘，神秘到像神，有起死回生的魔力，被夹在书页里的干枯兰花摇身一变成了新年饭桌上的新鲜玫瑰，甚至不需要等到春天来临。但她真心希望陈香兰幸福，如果幸福就是她一直在寻找的旧袜子。她希望幸福最好像是一座坟，把陈香兰从头到尾、永永远远地埋进去，坚固、牢靠，杜绝任何别的可能和侥幸。可"幸福"到了嘴边就会消失，一个发不出声音的词。又或者是，她们之间已经说过了太多与幸福相悖的词语，以至于舌头都长成了那些词语的形状，再无法说出与之相反的东西。所谓的诅咒，大概就是这个意思。狼来了，狼来了，狼就再也不走了。谎话说多了不会长出长鼻子，谎话说多了会长成谎话本身的样子。

一连几天，周苇都保持平静尽量避免与陈香兰正面相遇，因为后者的出现总能让她意识到这个屋子里还有第三个人存在，尤其是当她的眼睛不小心撇过对方的腹部区域时，尽管它还不能言语，可周苇还是感到了与陌生人共处一室的局促。陈香兰则一改之前的谨慎，在事情挑明之后，她就开始正大光明地沉迷起熬汤煮粥——为那个还没长出嘴巴的孩子，孩子并不领情，陈香兰只好在吃下去后又将它们一五一十地吐进马桶里，床成为她的第二伴侣，而第一伴侣则承担起一切新家的装修事宜——贴砖、刷漆、水电改造、定做一体家具——步骤烦琐得如同在筹备登月飞行器。

一定是月亮了，金黄的、十五的月亮，即使有二十九天的残缺，人们也会因为那一天的圆满而对它谅解，继续希冀。没完没了的关于等待的游戏，周苇却不想再等下去。新年过后是元宵，大团圆的硝烟将将散去，小团圆就要被包裹在黏糊糊扯不断的糯米浆里，捏紧。孕期的心血来潮，陈香兰在某天晚饭后突然提议去照全家福，潮水打得所有人都措手不及，新爸爸清了清喉咙委婉表示："不如等孩子出生再照，现在照是不是太早了？"周苇不说话，只顾着一颗接一颗地吃砂糖橘，金黄的糖分会变成金黄的脂肪，让她变成一个金黄的胖子，当红都不足以表达喜庆时，就只剩下耀眼到令人目盲的金了。陈香兰"要"这种喜庆以摆脱"不要"的霉运，她要足金的项链、足金的耳环、足金的丈夫、足金的日子，至于唯一不足金的女儿，只好自行想办法临时镀金，遮掩掉在漫长年岁中氧化发黑的原体。新爸爸是刚上岸的岛民，还不懂潮水之所以是潮水，是因为它被枯焦的日头压迫了太久，等月亮一升起，就要迫不及待地反噬。当陈香兰说出全家福这三个字时，全家福就已经被挂到了家里的墙上。

只不过，全家福不是一张而是两张，从几十张中选出的两张，笑容、眼睛、衣摆、头发、光与暗、红与黑……拣选的标准在摄影师的鼠标键下变来变去，一声清脆咔嗒，全家福系列中的次品就被淘汰进不会回收的回收箱里，迅速得甚至来不及将照片上的笑变成哭，感伤不是适合此刻的情绪。周苇在所有照片上笑，除了没有她的那些。一场奇怪的淘汰赛，费时费力选出的不是冠军，而是一个平局。平局的左边是陈香兰、周苇和新爸爸站成歪斜的三角形，平局的右边是陈香兰和新爸爸一坐一立。天平的平衡在陈香兰拿起来又放下的动作中歪来歪去，她像是很珍惜，用目光反复抚过嫌不够还要用手指，又像是不满意，始终不满意，"我笑得是不是有点僵？""这身衣服还是去年的，是不是有点紧了？该穿今年刚买的。""腰是不是太粗了？我明明吸了气的。"对于陈香兰的"是不是"，新爸爸一律以"不是"回应，来回的击球游戏，两人在周苇未参与的生活中早已玩出肌肉记忆。"再说了，腰胖点也正常，毕竟那里现在住着咱们的宝贝儿子呢。"从未出现过的发球路径，陈香兰没接住，分了神，连球拍都掉落在地，手早只顾着去找肚子。确认它还好好地在那里时，陈香兰这才把心放进肚子，手则抓起一张全家福摆在肚皮前，她对着那拱起如土丘的一团，笑眯眯："对了，差点忘了，你这个小家伙也在照片里。"

土丘对面的照片在陈香兰的手里摇头晃脑，像拨浪鼓将还未出生的小家伙逗引，照片上一坐一立的爸爸妈妈都全新，紧密压实的塑封隔绝了时间的腐蚀，也隔绝了无关人等的参与，永恒地凝固成一个真实的、稳固的三角形，至于有着周苇的歪斜三角形则被拉成了摇摇欲坠的四边形，只需要轻轻一根手指，它就倾倒着匍匐下去。淘汰赛这一刻才终见分晓,是周苇太掉以轻心。天平的摇摆也随之停止,没有周苇的一方轻盈翘起,平衡的游戏里,沉重与胜利背道而驰。平和、平稳、平淡、平安……世人关于朴素生活的理想中,并无歪斜存在的踪迹。生活致力于在平面建出长久安顿的房子,而斜面只适合逃逸。

逃逸到哪里呢?周苇冥思苦想,对着月亮。滑向十五的月亮和陈香兰的肚子一样,渐趋饱满,颜色却薄,薄成一朵蒲公英,只需一阵极轻的风,种子们就会摇晃着飘摇离散——"到了年纪还会结婚有自己的家庭",三姨的预言是亲身的冒险,她比谁都懂月亮的故事。如果月亮和故乡有所关联,周苇想,那一定是因为它里面藏着的这个蒲公英的秘密。新年的闹剧、全家福的喜剧都已杀青,客串演员在镜头撤下后就应该低调消失,仿效乘风而去的蒲公英。

然而,全家福后一连几天都风平浪静。没有风来,周苇只好自己造风。

"学校里有点事。"

她说得含糊,把毛茸茸的蒲公英含在嘴里,怕它在陈香兰的眼前飘出去,暴露自己。

意料之外的是,陈香兰没像以前那样打破砂锅问到底,也许是因为她的砂锅正在笃笃煮着菠菜猪肝粥——气血不足是孕期大忌。生气也是大忌,不能再重复新年夜的闹剧。这次,陈香兰只捏着遥控板不咸不淡地来了句:"想回学校就回学校吧。"当然,周苇自动忽略掉后面跟着的"你也大了，我现在是管不住你了"，也顺带过滤掉这些字眼中或许暗藏着的失望和讽刺，这样也好，她早厌倦了没完没了的词语游戏，和月亮的阴晴圆缺一样使人失去耐心。然而，周苇还是玩了词语游戏——"学校里有点事"。确实有点事，不过，如果中文有像法语一样精细到累赘的时态的话，那么这里的事就应该被表述为，学校里曾经发生并完成过一点事。事情过去了，完成了，事情是一颗肿瘤形状的地雷，早被全须全尾地埋进了她的身体，无法拆解也无法剖除。于是，只好由周苇带着它一路回家，带着它坐在除夕合家欢的饭桌边，带着它见过了旧妈妈和新爸爸，带着它与素未谋面的弟弟 / 妹妹"咔嚓"一声清脆地合了影。它在合影中龇牙咧嘴，一根引信摇摆着挑衅，炫耀它那可以瞬间让一切变成废墟的超能力。

　　一捆没有在新年夜炸开的烟花，周苇必须赶在它和陈香兰一样心血来潮地爆炸前逃逸，这就是逃逸如此迫不及待的原因。

相机魔术

相机被认为是伟大的发明。

但凡涉及伟大，就意味着这不只是一两个人的事，伟大把空间撑得辽阔，有种造物主般要囊括一切的心。若它是栋房子，必定高耸入云，或是无尽的联排，排成一列看不到头也看不到尾的火车，世界做它临时的月台，上面挤满了手持赠票的人们，等着搭乘这趟时间之旅。无尽铺展的胶卷铁轨，相机"咔嗒咔嗒"着碾过，时间跑到哪，它就跟到哪，一只仿生眼睛，在瞬息万变的十九世纪被唤醒，充当惊恐不安的主人们最尽职的侦探，目标简明、清晰：不放过生活中任何的蛛丝马迹。蛛丝结成网，兜住过去，马蹄嗒嗒撒下面包屑，本该迷失在时间丛林中的格莱特和亨塞尔自此无所畏惧——他们总能找到回家的路，如果没有肚饿的飞鸟来将面包屑啄去。

陈香兰带着周苇在荒原中摸索寻觅的那些年，也顺手撒下过这样的面包屑，它们是从一整块蓬松时间上撕扯下来的零碎，随心所欲，缺乏逻辑，不像要为二人指引归途，反倒像有待破解的符码，将过去进一步加密。有时，陈香兰也用它们来做考题："还记得这是什么时候照的吗？"一本印有"流金岁月"的相簿，翻开便有面包屑从夹页中掉落，周苇既是应考的学生，也是考题。作为考题的她站在一棵叶子肥如蒲扇的树前，留着瓜皮倒扣在脑袋上的发型，眉头皱起，目光疑惑，表情和对面作为应考学生的周苇如出一辙——她们谁也认不出谁来，只好在沉默中面面相觑，等待考官自己来揭晓没有参考二字作前缀的答案。陈香兰向来笃信自己的记忆力，并由此生发出一种多余的责任心："你是不记得了，我都还帮你记着呢。"遭到指责的当事人周苇不能无动于衷，只好慌慌忙忙在海马体小岛展开搜捕，掰开那些在时间中愈发松软的褶皱，试图从缝隙中找出那样一棵树来，可没有那样一棵树，叶如蒲扇，肥厚、光亮，因太重而以垂落的姿势悬挂在记忆里。她只找到一堆普通的、满大街都能见到的树，毫无特色，拥挤伫立在那座孤立无援的岛上，用平庸来嘲讽记忆的无能。

"生活，你有你的选择。"相机广告如是提醒，记忆的无能并非不治之症。别担心，只要学陈香兰，老老实实用镜头打预防针，时间这种病菌就能被最终攻克。周苇当然也懂选择，她不懂的是，为什么选择这些而不是那些，为什么是一棵只出现过一次的奇怪树木，为什么是街头一辆陌生人的摩托车——她手比剪刀跨坐于上，为什么是每个月都会去的百货大楼——她和陈香兰站在大楼门口阴沉着脸相互依偎。那些年，她们不在新年拍照，不在生日拍照，不在中秋拍照，也不在任何一个应该拍照的时间拍照，陈香兰拉着周苇避开了一切被标记出的重点，好让日后的考试难度提升。她不会让她轻轻松松蒙混过关，依靠节日、庆典以及诸如此类对时间作弊的手段，她要让周苇知道，没有什么应该被忘记，至少她没忘记。"摩托车？还不是你非要坐，差点把车都带翻了，你从小就不让人省心，养一个你等于别人家养三个孩子。""带你去买过年衣服还马着个脸，也不知道我欠你什么。"多少年来，陈香兰坚持做斗士，把手里的剑挥向空中，挥向从四面八方朝她而来的时间。斩落的面包屑不过是障眼法，从一开始，她靠的就是不断挥剑，不断把记忆融进发力的肌肉，直到它们变成无法摆脱的惯性。

然而，如今陈香兰致力于摆脱惯性。毕竟，只要登上月球，引力就会变成引擎，只需要轻轻一跃，人便能体验飞鸟的轻盈，再没有沉重的陷在废墟中的根须将她拉拽，埋进去。月球的第一张照片不是星条旗，而是新春佳节的全家福，这一次，陈香兰不打算再避开画出的重点去选择在时间的大海里捞针，就像她某日闲聊时对三姨表述的决心："从今往后，我就想踏踏实实过日子。"踏踏实实，一步一个脚印，第一个脚印由全家福中走出的婴儿踏出，再被精心框裱，作为象征挂上陈香兰新刷出的记忆白墙，至于象征什么，周苇也说不好、弄不清，她的旧脚印早被时间一刻不停的潮汐冲刷干净。她弄得清的是，月球没有可以捞针的大海，也没有被海水吐出来的沙滩，也就自然没有致力于清扫一切痕迹的潮汐，凡此种种月球都不拥有，月球只是把它们带到了她这里。

"你这是占有欲作祟。"

有一次，当周苇同软呢帽先生无话可说时，她说起了家中琐事。无话可说就好像他们之间曾有话可说似的，也确实有话可说，毕竟，乐园就那么大，在不断地挖掘后，渐渐空心，为了让它保持持续的乐趣，他慢慢地会把一些词语塞进去。词语从他嘴里掉落，也从周苇身上榨出，一个个裹着唾液饱满多汁，把被压得干瘪的被子重新撑得膨胀如拱顶。等到一切过去，拱顶便会一瞬间塌陷，里面塞的原来都是空气。词语在那种时候是空气，两个喘气如牛的人需要借由它来呼吸，也因此，词语只在那种时候是必需。之后往往是一长段的寂静，有人用四个字为它命名——"贤者时间"，圣贤的贤，圣贤已传授完毕，被词语砸得鼻青脸肿的受教者还一脸无知，一心只顾着让那点儿无关紧要的疼痛快点过去。不过，事情也理应如此，如果圣贤的教导简白如横幅标语、道德口号，人人都能心领神会，那圣贤就该退位让贤，让给另一个会打谜语的术士。圣贤说的只能是谜语，而谜底则会被他一同带到坟墓里去。周苇就不同了,她不说谜语,她只说琐事。琐事细碎,是无关紧要的尘埃碎屑,她轻轻将它们抖落,把四周弄出一种邋遢而舒适的家的氛围——情感手册中女人拴住男人的不二秘诀。情感手册继续教导,女人还要造出张望等待的窗,造出由她雀跃着去拉开的门,造出一张可以放下两菜一汤的桌子,造出男人会同她一块躺下来的床,造出床上的梦境和床尾摇篮里的孩子。周苇造不出这些,她只有一点儿从陈香兰那里继承而来的面包屑。面包屑没办法拿来充饥,只能咀嚼着当作零食、乐趣或者什么别的打发时间的东西,就好像时间是个讨人厌的乞丐似的。但周苇明白,乞丐其实是她自己,她通过声音来乞讨寂静,她想、她赌,如果她开始说话,他也许就会被分散了注意力。语言是她仅剩的锤子,可也没什么威力,于是也只是漫不经心地敲,东一榔头、西一棒子,有什么冒出来,就敲一下,临时玩起打地鼠的游戏。她让自己显出一种孩子气,可软呢帽先生却不让她做孩子,在说完那句"你这是占有欲作祟"后,他又想起什么似的扔过来一句:"你们女人就是有太强的占有欲。"

你们、女人、占有欲,扔出来的三个词碎成三段,拼成等腰三角形,坚固、稳定、封闭。周苇想,要是世界上真有真理,大概也一定是三角形的。扔出真理的软呢帽先生则翻过身,与她拉开距离,构成个完全没有占有欲的姿势。是了,他总是给,他并不索取。就连给出真理也仅仅像扔来一个玩具，可他忘了，他两分钟前才刚告诉过周苇，她并不是孩子。

他称她作女人，给她过大的衬衫，却不给裤子，他欣赏她上半身的文明和下半身的原始，希腊天空中半人半马的神，从情欲中诞生，却长着一颗人的脑子。除了写诗，软呢帽先生也读历史，偶尔会学陈香兰一样考一考周苇——他完事后会记起自己另一个身份是老师。"古代守城时，将领们弹尽粮绝了，最先吃的是什么？选项有马、士兵、平民和女人。"周苇疑惑，为何女人不可算作平民？但她没问，她忙着抠手指，将领们吃什么她不关心，她只知道她会吃掉手指的死皮，这或许也算是吃人肉的一种，走投无路时，人会做出什么选择都不足为奇。死皮终于被从指端剥离，周苇无暇他顾，随意吐出答案像吐瓜子皮："吃马吧。"马肉总比人肉好吃。软呢帽先生笑了，在面对学生的错误答案时他并不严厉，他喜欢错误，错误至少给了他一方讲台，让他有立足之地。"他们吃女人，严格来讲，吃自己的小妾。"笑完之后，他给出答案，标准的、被某个城内饿肚子的史官抖擞着手写下的答案，还贴心地附带分析：马和士兵需用于作战，杀了还会动摇军心，至于平民，仁义和道德都不允许，只有女人，在战争、军心、仁义和道德之外，安全无虞。不过，她们也做马，但那是另一方战地了。

周苇不明白，有那么长的历史，长得用望远镜都找不到起点的历史，软呢帽先生却偏偏拎出来这一页挂在城墙上的断章讲给她听。他期待她听到什么呢？听到还未被消化干净的历史残渣在他腹腔里咕噜抱怨？还是听到那些死到临头的女人发出的回响了千年的尖叫？她们一定很会叫，古代的小妾都有黄鹂一般的声音。然而，这些周苇都听不见，她只能听见软呢帽先生的声音，轻柔和缓的、带着笑意的、循循善诱的、与他站在课堂上念诗时一模一样的声音。循循善诱，每个故事、每段历史、每句诗，都是钩子，都是钩子上悬挂的蚯蚓，等待着将被诱惑的鱼钓起。然后，鱼才能知道，另一半世界里的氧气稀薄得让人无法呼吸。死亡对鱼来说是从河水中掉进陆地，对人来说是从陆地掉进河水里。对被困孤城的女人来说，死则是被嚼碎了吐进历史的长河，一路顺流而下，被循循善诱的蓑笠翁垂钓起。周苇只好相信，软呢帽先生的考题和陈香兰的面包屑一样，都出于随心所欲而非另有居心，或许他们比她更需要打发时间这个东西。

诗人打发时间时也拍全家福，诗人拍全家福的样子和这世上任何一个普通男人无异，这让周苇失望。她仔细端详过那张照片，就在冒险之旅的当晚，软呢帽先生忙着收拾残局——只要不是萨蒂尔时他便是绅士，被绅士请到一旁的女士周苇无事可做也无力可做，只剩一双在刚刚的冒险中没派上用场的眼睛可以继续漫游、逡巡。她几乎是毫不费力就发现了那张全家福，它斜靠在那里，姿态闲适，仿佛专程等了她许久似的。那是一个彬彬有礼的家庭，对于刚过去的那场混乱也并未表示出任何不快，人人脸上都挂着笑，且笑得出奇一致。笑是经由亲密接触而传染的疾病，被方形玻璃罩完美隔离。周苇接触不到那种亲密，她是漠不相关的探视者，即使她与照片上那个笑着的男人刚刚才有过另一种亲密。注意，别搞错了，"亲密"也要分门别类，也要细心厘清，它不是铁板一块，而是庞大的族群，就像鱼，有硬骨、软骨、头甲或者盾皮，它们只是共同生活在某片有容乃大的海洋里。海洋大得它们彼此本来终其一生都不用相遇，然而，这一刻还是当头遇上了，被暖流、寒流，被深不见底的海洋的心思冲刷到一块，面面相觑。一旁忙完了的软呢帽先生甚至有了闲心，充当起双方的介绍人。"这是我儿子，今年十九了，拍这张照片的时候才十岁，时间真是一眨眼就过去了。"

十岁那年，周苇也拍过照片，在她生日当天。拍照人是谢依然，她的超人爹地不知从哪给她弄了台神奇相机，可以当场吐出照片。她们对它着了迷，一个晚上用光了所有的底片。时间在镜头前不断定格、曝光、显影，变成薄片，被她们抓在手里，抛到床上，模拟电影里挥金如土的场面。她们挥霍着时间，便忘记了时间，等到周苇在某个当口猛然惊醒时，时钟已指向了十一点。回家路上的夜黑得像铁，家门口陈香兰的脸比夜还黑，周苇站在台阶下踟蹰不前，想了半天挤出一句："今天是我的生日……"她卖着可怜，认为生日大概应当会有特权，可她忘了，陈香兰也有特权。"你还有脸提生日？那你听没听说过，孩子的生日是母亲的受难日?!"当然听说过，每年生日都会响起的警笛，以纪念那段不该被忘记的过去：女人如何跋山涉水、求亲告友、千辛万苦，只为生下一个孩子。生日，就是要回到出生的那日。出生的那日，周苇全花在了哭上，十岁这晚，情景再度模拟。她哭，陈香兰也哭，哭得分不清究竟是谁的眼泪或者鼻涕，它们黏在一起，也回到最初混合交融不分彼此的样子。陈香兰打她，用巴掌，用右脚，用右脚没有穿的某只鞋子，用鞋子后面的鞋刷，只有这样才能平息折磨了陈香兰整整一晚的惊惧，惊惧于也许会再度经历一次十年前曾经历过的失去。哭累了，也打累了，陈香兰跌进沙发里，周苇则蹲进角落里，都像败兵，没有胜利。只有一只祝福语还完好无损的蛋糕，被透明的塑料壳小心隔离。

十岁儿子的照片也被小心隔离，笑容还维持着天真的弧度，塑料、玻璃也和相机一样是伟大的发明，隔绝水分、氧气、灰尘的侵蚀，万能胶的变体，把时间黏在它该有的位置，以填补人类那总是脱落不停的记忆留下的空隙。人们想要丢掉一些东西，又拼命留住另外一些，软呢帽先生留住了十岁的儿子，周苇丢掉了十岁的蛋糕，她甚至不记得它究竟有没有被她和陈香兰吃下去，还有那些挨打得来的珍贵照片，也全都不见。周苇自然没跟软呢帽先生提及，他儿子的十岁，也刚好是她的十岁，但他大概也对此知悉，在住酒店时，她的证件递到过他的手中。

诗人的全家福中除了儿子，还有妻子。一个只在照片中出现的妻子，对丈夫在这间房子里所做的一切都报以宽容笑意。丈夫的报答是，将她所在的领地命名为"家"，用"真正"二字做开路旌旗。"我真正的家其实不在这里，在 C 城。"第一晚，软呢帽先生就对周苇开诚布公地展示过他帝国的划分和布局。真正的家，虚假的家，每晚都回的家，每晚都不回的家，照片里的家，摆着照片的家，还有那不可抵达的精神的家——"异乡人"抬头时永恒悬垂的月亮。这么多的家让软呢帽先生分身乏术又乐此不疲，他知道打败家的办法就是复制更多的家，让真品和赝品去自证、去吵架，而他在珠与鱼目中做来去自如的水，想流到哪儿就流到哪儿，他说过，他向来视生命为一场流浪。拍了拍屁股，介绍完家人的软呢帽先生起身离开，留下皮椅垫上一个皱巴巴的凹坑，没能复原，静止地等待着被屁股再次填满。对面的全家福也静止着，静止在九年前的笑容里，以不变的姿态应对着万变的事态。

周苇不知道当年周卫华是不是也是这样，拍了拍屁股就起身离开。拍了拍屁股是流浪者的发令枪，一封简短到只有"噼啪"一声的离别信，拍了拍屁股就把尾巴拍断，轻装简行是长途旅程的黄金指南。毕竟，是流浪，又不是开着 SUV 去城郊的周末合家欢。也许周卫华如今也拥有了这样的合家欢，在某个 C 城、D 城或者是 X 城，又或者在数到的每一个城里,他复制一段又一段合家欢,按照十九年前那个仓促的模板。他起身又坐下,再起身,留下一个个凹坑像不眨的眼睛,以为这样就能让过去不在眨眼中流逝。

"浪漫巴黎"照相馆里,摄影师调好焦距,陈香兰最后一次整理衣襟,把手放回到肚皮的位置。"我数三二一,不要眨眼睛。"摄影师发令,陈香兰的眼皮被大脑皮层拉紧,不能眨眼睛,这是通往幸福的秘诀之一。幸福大门后的把守者透过小孔锁眼狐疑地看过来,以便确认能否对这一家三口放行。大门打开的瞬间,光亮在无尽黑暗中骤然爆开,呈现为无尽的光明,光明也能让眼睛一瞬间失明。幸福的大门后仍旧是一家名为"浪漫巴黎"的照相馆,陈香兰面带担忧地坐在那里,不确定自己刚刚究竟有没有眨眼睛。

眨眼是时间做贼时的暗号,每眨一次眼,就有什么被偷去。一点接着一点,细微到时间的主人都不曾察觉。直到某一天,事迹在积少成多的原理中败露,主人这才会咋咋呼呼地惊叫出声:"时间怎么一眨眼就没有了!"时间只好对主人再次眨眨眼睛,一脸无辜:"不能怪我,谁叫你自己马马虎虎?"然而,春节的照相馆里,陈香兰没有马虎,她坚持住了,让眼皮经住了时间的诱惑,幸福于是在那双一眨不眨的眼睛中被保存、凝固。

然后,决定幸福的快门瞬间过去。陈香兰继续眨眼,周卫华继续眨眼,软呢帽先生继续眨眼,天上的星星也继续眨眼,即使它们已经死去多时,也还是要被惯性拉拽着来烘托气氛。必须要有气氛，一种生活打定主意要继续下去的气氛。时间玩着它的游戏，松不开手。时间被所有人惯坏了。

于是，周苇也眨了眨眼，对着书桌上的全家福。除了眨眼，她不知道还能说或者做些什么。眨眼是示好，是坦白，坦白时间并不真的站在她这一头，她占有的在占有的那一刻就消失了，没有相机、塑料或者玻璃来保存它们的尸身。软呢帽先生是严谨的收藏家，通过自制赝品来学习区别鱼目和珠，他向来明白，什么该被摆在橱窗，什么该被藏进书房。

某天，在公共教室空荡无人的拐角处，周苇与软呢帽先生迎头碰上，像忽然见光的老鼠，扭头就要离开，对方却隔着半米的距离送来一个意料之外的眨眼。眼皮快速又轻巧地合上又展开，仿佛快门按下，在寂静中有咔嚓声斩落，没躲开的周苇被定住在原地，变成一张照片，凝固在突如其来的眨眼之中，被它夹住，像一只不懂人语而困惑焦灼的兽。

"别装作不懂。"眨眼说的其实是这个。

除了嘴巴，眼睛也说话，眼睛说话早于嘴巴。眼睛的话不用象形文字，不用楔形文字，也不用 ABCD，不用逗号、问号或者断了头的感叹号，甚至不用声音。不用声音就没有了语气，拔除蔓生的枝节，减去辅助的赘余，像是幻想中最光滑的平面，赤裸裸无从遮掩，是惯会曲折回旋的思考的绝对反面。"人类一思考，上帝就发笑"，发笑他们小小手指小心翼翼画出的辅助线——人类总爱用辅助线，譬如，爱架桥，爱造船，爱印刷，爱划定疆域，爱给手添手、给脚添脚，让工具器官在身体上垒叠，在重复和增加中造壳，或许软呢帽先生说得对，不过是占有欲作祟。语言是占有欲病入膏肓的地带，多到消亡都不再引起注意的语言，一张嘴能说出四国、五国的语言，一首诗在他那张薄唇中变换着声调和腔调，元音、辅音立成地基，轻浊音在送气，小舌音要吐痰，还有被地中海海风时隔千年吹来的拉丁语，雨水一样落下来，底下一张张仰起的脸在瞠目结舌中变成荷叶，虔诚承接那雨滴，而雨滴只是冰凉地滚过，并不留恋。发明一种语言，人类就多一层角质。软呢帽先生最懂不过，他不停地涂抹，让自己变成一只泥鳅，以便从所有想要将他抓牢的手里逃出。周苇做不成泥鳅，她已是困兽，故而，对着全家福，她嘴巴说不出话，只能用眼睛发声，眼睛的语言是滑落，像是眼泪，有人也称它为"流露"，也有人偏狭地认为，只有真情才能流露。

软呢帽先生的眨眼显然称不上真情，但周苇感到其中也有什么是真的。真成一根鱼刺，在每一次吞咽般的回想中，深深地扎进肉中。关于她和软呢帽先生的故事，没有照片佐证。一切都被保存在隐秘眨动的眼睛中，以倒影呈现。一个藏在玻璃体后的影子世界，仅供闲暇、午夜时的反刍、咂摸。一次眨眼复刻一次拍摄，软呢帽先生端着双孔相机镜头捕捉。"别动，这个姿势不错！"又或者是"抬一抬腿，翻一翻身"。抬起腿、翻过身后，世界便会慷慨展现全新角度。就像在课堂之上，他穿过课桌与课桌间的过道，停住，脸上徐徐浮起一抹神秘微笑，望着他用诗歌喂养出来的牛犊，以上帝的口吻宣布："让我们来换个角度。"于是，玫瑰变作淌血的嘴唇，洁白的新雪在大地铺成裹尸的白布，一颗果实落了，砸在地上变成老皇帝的头颅，粉笔每落下一次，就有一只白鸽从他的袖口飞走。只要找准角度，他就可以时时上演魔术。

说起魔术，拍照起初也被认为是魔术——"灵魂会在闪光灯中被盗走"。人不可能既在这里又在那里，矛盾律暗示，必有一个是假的。为了证明活着的自己为真，人们决定将相机里的定义为假。魔术也是假的，只有孩子会睁大着一双少见多怪的眼睛发问："这是真的吗？"编织出圣诞老人的大人此时却一本正经了，斩钉截铁地把标准答案公布："假的，魔术都是假的。"毕竟，圣诞老人只会送来礼物，至于魔术，魔术会把人分成两段、埋进土中，魔术最让人狂热的表演是死里逃生，谁知道魔术还会带来什么？孩子拿走答案，却粗心大意把问题留在了大人的脑袋中："这是真的吗？"一个声音自动答复："是假的。"声音是从哪里来的？斩钉截铁的大人忽然发现他也并不知道那声音来自何处，就好像它已在原地隐藏许久，时机一到就自动跳了出来，替他开口。他想起自己也曾是痴迷魔术的孩子，一副扑克牌中魔术师总能挑中应该被挑中的那张，他一遍遍地看，趴在电视机上看，眼睛都快掉进屏幕，可也始终没看出所谓的破绽或者疏漏。后来，他累了，再后来，他就忘了，他没看过一次揭秘的过程，最终却相信了魔术是假的。毕竟，如果魔术不是假的，生活就岌岌可危了，抽纸盒里会抽出玫瑰，玫瑰当然不错，可不应该从抽纸盒里长出。"不应该是真的"，"应该"在日子的颠簸中悄悄滑落，最后剩下来的只有"不是真的"。人们握着"不是真的"像握着一截蜡烛，它温暖、光亮，驱散黑暗和迷雾。

"不是真的"，一句简短的咒语，当软呢帽先生开始花样百出地表演魔术，被扭成不可能角度的周苇就这样在心中默念。动画片里的正义主角为她帮腔："只有魔法能打败魔法。"唯一的出路，镜像彼此抵消，敌人永远是自己。杀死真实的同时杀死自己也不可惜了。不过，周苇倒并不试图打败什么，胜利的旗帜总是插在焦土上的，胜利最好和失败手拉着手，走向末路。末路尽头，一个虚假的世界会将它们一视同仁地全盘接收，就像接收相片，接收玫瑰和抽纸盒，接收一个下落不明的男人，接收一面立在床尾的镜子，接收双腿举过头顶的投降，接收那些消失不可被解释的夜晚，接收她自己，所有接收的都浸泡在河水中，在那里，月亮不可被任何一双手打捞。

那是周苇的月亮，和陈香兰如今拥有的那个不同。当然，她们也拥有过同一个月亮，在她的童年，在她的青年，在连同风一起吹走的时间里，随着不定的阴晴而圆缺着。但到底也是有过圆的，不存在于"流金岁月"中的八月十五，不被陈香兰视作考题的边角料们，却固执地留在记忆中。穿着雨衣的女人和孩子，全身上下都冰冷，只有牵着的手温热；额头烧得烫手，手却执着地一遍遍抚摸，热叠加热使降温更困难了，可有时候人就是会忘了这些道理、规则，而降温也不总是最重要的；当然，还有那个蛋糕，那些更好的肉，那根穿过考场铁门塞过来的香蕉，那些无法被胃酸消化的食物。那是周苇的面包屑，残留于旧衣服的口袋中，等待着有一天被手指触碰、翻出，指头会诚实地告诉她，它们虽然没有被镜头捕捉，没有被严整地塑封，却依旧是真的。

真月亮在记忆中金黄、牢固，日升日落都拿它没有办法。假月亮还在天空阴晴圆缺着，流到河面，就连角度都模糊，变成比假更假的。周苇立在C城江边的护栏旁，眺望这轮更假的月亮，它毛茸茸，像不知被谁扔进去的破玩偶。也许是旧年的怨侣，而此时站在她身边的这几对则是新的。选择在江边欢度佳节的新情侣证明，团圆的日子也不必是挤在客厅的话家常，只要还有他们，一切节日都可以变成七夕或者二月中。情侣们也学周苇看月亮，在偷偷摸摸的亲吻之后，当然，偷偷摸摸只是周苇的揣测，在对方看来，也许月亮都是打在他们头顶的聚光灯。甚至于这样的舞台都嫌不够，于是甘愿冒着寒风，颤抖着，等待一艘不知何时才能抵达的游船来将他们的爱从下游一路巡演到上游。周苇也在等，不是等船，但也差不多。和船一样，流浪诗人也"只靠岸，不上岸"，也许他们应该将这句话刻在墓碑上，以免未来有一天被人误读。但周苇也不致力于做岸，她擅长的是抛弃岸，譬如，此刻，她就抛弃了全家福里的一家三口，顺着长江而不是送她南下的北风，一路漂流到了太平洋的入口，而做到这一切，只需要一句拙劣的假话罢了。

假总是比真更有办法，假它变动。滑不溜秋，像舌头，或者手指，在出逃游戏中，它们永远最抢风头。假也捏造，看家本领是无中生有，就像十分钟前她在情侣交头接耳无暇他顾时捏造的那封情书。

"我想你了。"

情书甫一捏好便被骤起的晚风衔走，但愿晚风的风向是对的，即使周苇也不清楚究竟东北还是西南才是对的。她只知道这条江会一路流进大海，从淡水变成咸水，在某个转瞬即逝的片刻，一切会像魔术一样出其不意地发生，毕竟，这里是大魔术师软呢帽先生的家乡——C城。为了简明扼要向无知的游客说明本城特色，免得多费口舌，人们干脆将它直接命名为"魔都"。

魔都是一只快要迈出去的靴子，或者仅仅是时髦尖边点缀着的一粒打磨光滑的珠子，沾染了些许海的罗曼蒂克氛围，欲进不进、欲退不退地悬在那里，像女人难以捉摸的下一步。然而，昨天夜里，当周苇在悬挂于卧室墙面的旧地图上找到魔都后，她立刻就想好了下一步。虽然她是女人——软呢帽先生在她性别栏上亲自写下的鉴定结果，但周苇认为自己并没有什么捉摸不透。书上不也总是这样写吗？"千里寻夫"，即使是离奇到从瓜里蹦出来的孟姜女，长大后要做的也只是不远万里去男人筑起的城墙上哭，哭她那已经变成一块墙砖的丈夫。城墙哭倒了也是魔术，没人会当真的，一些人甚至是站在那段城墙上听导游讲完这个故事的。如果故事是真的，那他们又站在哪里呢？"故事的诞生是出于需要。"软呢帽先生曾如此解释人对虚假故事的渴求，"但也不能一概地假，得真假混合，人类能活到现在主宰一切就因为我们是杂食动物。"杂食动物，不会只吃草，或者只吃肉，不能像熊猫，非要在竹枝上吊死，人要吃真的，又要吃假的。倒下的城墙是假的，寻夫和眼泪就是真的，合情合理，无人质疑。毕竟，多少年来，这个故事激励了一拨又一拨前辈孟姜女的效仿者。

效仿者之一周苇来到的不是一片肉身筑成的城墙，只是一条普普通通的江，里面淌的不是血也不是泪，以它们筑基的蛮荒时代已是旧篇章了，如今一切都文明，连江水都文明，声音克制、柔和，不知从哪扇窗户飘出来的钢琴曲与它一唱一和。情侣们相携着要登船了，列队的不锈钢栏杆为他们周到引路，无人争抢，无人慌张，这不是泰坦尼克号你死我活的救生船，每一份爱都能安全无虞地抵达、上岸。这趟旅途唯一的流血可能只会来自那些逐水而居的蚊虫，文明也不能拿它们怎么样，幸好这些野蛮的原住民一般只会带来瘙痒而不是死亡，文明能也应该容忍这种偏差。只是，瘙痒的确让人难以忍耐，通常，周苇的办法是不停地抓，抓到表皮破裂，染毒的血流出来，疼痛就会取代那没完没了的瘙痒，她更熟悉疼痛，疼痛据说咬紧牙关就可以忍耐。于是，她的身体上总有大大小小的疤，丑陋地散布于雪白的皮肤上，软呢帽先生见过，不喜欢，送给她一个成语：白璧微瑕。周苇想到另外一个成语，完璧之身，它们听上去像是同一块玉璧，可她不懂为何一个人既想它无瑕又将它打破。但周苇也没多想，她只是继续制造更多的疤，就算软呢帽先生不喜欢，痒也不会因此就放过她，她想他应该能容忍和体谅，因为他向来把文明背在肩上。不过，此时此刻，他肩上放的大概是另外一些东西，譬如，一个还要坐大马的十九岁孩子，一个跃上肩头还保持着得体微笑的女人，当然，还有那些他须臾肯放下的诗歌啦，对着十五的月亮，艾略特不合适了，该吟诵的是"但愿人长久""天涯共此时"。魔术师的元宵表演刚刚开场，这大概就是那封情书有去无回的原因。当然啦，也可能另有原因。例如，情书太沉，瘦巴巴的风驮到一半就驮不动了，它也要赶着回家庆贺佳节，便趁着四下无人将它扔进江中。泡在江水里的情书游啊游，游到江与海的接头点，随着浪涛"哗啦"一下，变作了石头，石头连同刻在石头上的字一块沉进大海中，等到海干涸的那天，它们才会结着一身发苦的盐粒将这个平平无奇的故事诉说。

　　回信还未到来，滨江路的情侣就都消失了，路灯下一块块舞台空出来，只剩周苇这个不肯离场的观众，像是意犹未尽还想再看点什么。再看什么呢？太阳底下无新事，月亮底下大概也如此。在周苇的故事中，情书自然是假得彻底，她想知道的是，真的那部分去哪了？魔都是真的，和明信片上一样，球形塔在黑暗中依旧发着光，那关于魔都的故事是否便是假的？软呢帽先生是否真的在这里，又是否真的有一个真正的家，真正的家里住着他真正的妻子和孩子，在一切都被命名为"真"的地方，魔术又该如何上演呢？周苇不知道，她不是他这场魔术的助手，无法窥见他藏在袖口里的戏法，助手另有其人，也许他们也和她一样，目睹了"假"诞生的全过程，然而，他们和她一样保持着沉默，在摆着团圆元宵的餐桌边，在播送着联欢晚会的电视前，在共同醒来的清晨和共同睡去的黄昏，沉默随着呼吸一同被吐出，一点点堵塞住真与假之间的缝隙、鸿沟，如此成就一门黏糊的修补艺术。魔术就是，不要开口。

软呢帽先生也熟谙沉默，沉默在对话框的另一头，周苇与他中间隔着一条江，跨不过。可沉默也并不是什么都没说，它也说，说现在不是她登场的时候，于是，周苇只好提着她那些哐当作响的家伙什灰溜溜地逃走了。只是，在逃走之前，她还不死心，半途停下来，又托风送去了一封也许还是会有去无回的情书。

"我来C城了。"

一样简短，一样以"我"开头，只是这一次不掺假了，句句属实，那些游船上的情侣可以为她做证。在正月十五，元宵节，挂着彩灯的江边大道，一个形迹可疑、动作鬼祟的女人确实出现过，在喝饱了一肚子泛着鱼腥味的江风后又没头没脑地消失了，来去飘忽像是没想好复仇计划的女鬼。

长发女鬼、吊死女鬼、抱着孩子的女鬼，都穿一身白衣，周苇也穿白色，只不过是鼓胀的羽绒白，而不是消瘦的麻布白，不过天太黑了，也勉强可以蒙混过关。贫乏的想象力重复着她们，却总能一而再再而三地让人瞳孔放大、惊声尖叫、浑身冷汗。鬼故事里的常驻演员，风靡世界的爬井桥段，总有那样一个女人能让人头皮发麻。在恐怖的世界里，女人和小孩总比男人吃香。男人往往是惨死的对象，当然，他们死得大都并不冤枉。可没人要在恐怖片里看公平因果的戏码，那些关于前尘、旧事的平淡桥段，鼠标或者遥控轻轻一点就被热心的观众自发剪辑掉了，留下来的只有一个女鬼，或飘荡、或匍匐、或攀爬、或突然从门后弹出来，像整蛊游戏里的机关。然后，人们瞳孔放大、惊声尖叫、浑身冷汗，只有屏幕上的女人，面无表情立成一面镜子，供人们看清自己恐惧的形状。

周苇看不见软呢帽先生恐惧的形状，他的恐惧只有声音，在安静的出租车车厢里响起，尖锐、执着、没完没了。周苇没有第一时间回应，看过的恐怖片告诉她，延迟是催化恐惧的最佳手段。延迟到司机都忍不住回头想要提醒她，却在看见她的表情后又飞快转过头去了。真是撞了鬼了！也许司机心里在这样说。直到五六分钟后，电话声再度响起，女鬼于心不忍，又或者是觉得厌烦，终于好心给它放行。

"你真的来 C 城了？"

比起电话铃声直白的焦急，软呢帽先生的声音显然经过了处理，它被打磨、抛光，还抹上了一点儿润滑剂，而这大概是出于魔术师的职业惯性。只是问题却像观众席里看魔术的孩子——真的还是假的——他拿不定。

这让周苇有了青出于蓝的成就感，她不想让它太早消失，于是学着魔术师本人卖起关子："你不想我来吗？"

"呵呵，"手机的屏幕冒出白气，周苇换了只耳朵听，"我当然欢迎，不过，你来做什么？旅游吗？和家里人一起？"

"就我自己。我来，是因为，"周苇把声音吊起，像玩木偶戏，"想你了啊。"

电话那头沉默着，软呢帽先生大概又开始精心打磨他的声音，果不其然，再开口时它听上去严肃很多，像是刷了一层硬漆。

"别闹，说真的。"

周苇打闹的手被他隔空按下去，他总让她"别闹"，用声音反拧她的手臂，像某种警察与犯人的扮演游戏。她只好乖乖坐好，一五一十，将真相调取。周苇承认，除了躲避家乡那轮太过刺眼的月亮，此趟行程的另一个原因是她某日在电视上瞥见的尖塔，尖塔变作一颗大头钉子，扎破她一个多月僵硬的假面，扎穿她的棉布椅垫，扎得她如坐针毡只好马不停蹄地找来烂借口出逃。她也承认，在火车卧铺上的十多个小时，软呢帽先生总是踩着车轮撞击铁轨般哐当作响的步伐，一脚深又一脚浅地顺着夜的逼仄廊道走入她的梦境，可床实在是太小，连梦也变得拥挤，他只好出出进进，突然推开梦的锈门又突然离开。她也承认，那些梦很难称得上愉快，它们是黏稠、酸涩的灰暗发酵物，直到这一刻尚未能完全消化，淤积在她的身体里，排不出去。但就像一个慌不择路的暴食癖，她仍旧不停地吞咽它们，直到五脏六腑都被顶得发烫发涨，接近走到末路的太阳，将她融化成一种无法辨认的质地，空间和时间都遭到腐蚀，一种精神的胃酸饥渴地呼唤着，用一种通俗的说法来表达，那大概可以将其含糊地划归为，她想他了。想念是一张不透光的黑罩袍，将她与其余的世界隔绝开来，只有软呢帽先生知道如何掀开罩袍将她解禁。

软呢帽先生却无心解禁，他甚至否认囚禁的事实，他只需绕着周苇看一圈，就能用一个"真"字将它判定为假、为赝品，于是，罩袍的黑一瞬间瓦解，变成讨人厌的乌鸦，飞进夜空里。怎么可能会有罩袍？他很确定，他从来不会给她留下一块布料用来蔽体。周苇的新衣轻而易举就被扒下，她这才只好真的老实。

"骗你的，嘻嘻。"嘻嘻挠着头，一副贼被当场抓住的样子，但还要解释，要画蛇添足地编故事，"我到C城做什么？你又没时间陪我。"

听到了真话，软呢帽先生终于满意，先是呼出一口憋了老半天的气，然后才笑呵呵慷慨表示，时间不是问题。"未来有的是机会，到时候我带你好好转转，有家酒店我常去，江景很好，你一定喜欢。"大把大把的时间沉积在未来，一座等着周苇去开采的富矿，软呢帽先生已高抬着声音代替手臂为她把方向指明，在那里，不仅有时间，还有消磨时间的酒店，还有为时间和酒店充当装饰的江景，也许还有其他没有说明，周到的高级酒店在展示周到时总是含蓄。软呢帽先生常去，所以懂得这个道理。

不含蓄的周苇忘了，诗人不说想念，只说月色真美，缺角的月亮美，圆满的月亮也美，"美是真实"，美的戒律被他挂在嘴边，但他却没说过真实是什么，仿佛那不言自明。周苇此前不懂，挂断电话就懂了，真实是，缺角的月亮和圆满的月亮不能同时升起，否则其中之一就必然为假，周苇早该明白的道理，两个家伟的故事她从小就听。真实是被切割开的时间和空间，软呢帽先生选择进入哪一个，哪一个就在那一刻被判定为真实。不过，也不能怪诗人贪婪，谁叫月亮自己要变换形状，使美总不能安于一种样子。缺角的周苇拿着缺角的车票总算搞清了这个问题，回程的路上她没有再做梦，而是一觉睡到了车停。

"终点站到了。"

广播里传来这样的声音，周苇跳下卧铺，穿好鞋子，背上行李，拿出手机，手里弹出一条未读信息。

"我也想你，等我回去。"

署名为C，C城的C，一轮不满的月亮，再度于屏幕的夜空中升起，缺角的想念被重新鉴定为真，随着周苇走出车门，暴露在湿热的南风中，一秒钟就氧化得斑驳不清。

灾星夜晚

当周苇提着行李箱灰头土脸地回到那座南方校园时，校园还空空荡荡，只有绿意不改的树和温暖依旧的风代替不存在的友人对她表示了并不热烈的欢迎。宿舍是空的，门窗紧闭，活生生造出一个霉菌的天然培养皿，它们趁此机会大肆繁育，周苇花了一个下午的工夫才让空气重新恢复到怡人的清新。她收拾衣物、更换被褥床单、扔掉旧年的垃圾——几本涂鸦笔记、三根没墨中性笔、一双裂缝皮靴、两把炸毛牙刷，她洗洗刷刷，用大门乐队闹出不小的动静，她做完了一切近在眼前以及远在天边的事，包括给陈香兰发去报平安的简讯，像是一个突然流落荒岛的文明人，她试图通过劳动来缓解某种铺天盖地压过来的东西。但周苇知道，她真正在做且别无选择只能继续做的只有一件事，那就是等待，等待一艘不知道何时才会再度出现的船只。

船还没有等到，周苇先等到的是另一个上岛者陈晨，驮着一只黑甲虫背包，逃荒一样地出现在门口，她大概以为自己应该是首位登陆的成员，在见到宿舍里还晃荡着一个穿着睡衣姿态悠闲的活人时显然吓了一跳。"你怎么来这么早？"周苇当然不能将那些狗血春节档的故事和盘托出，于是就用"无聊"作为借口蒙混过关。幸好，陈晨对考研之外的一切事情都缺乏打听的兴趣，在略做收拾之后，她就重新背着包去自习室继续埋头苦战了。陈晨之后是提着大包小包江南土特产的周媛，她带着一身还没散尽的年味，往周苇的手里塞了一把奶油榛子和五只圆滚滚的山核桃。李琳琳压轴登场，拎着一只32寸巨型行李箱，高跟鞋一甩就一屁股坐进床上拉上床帘与男友诉说分别之后的相思衷肠，虽然最终还是没能避免以摔电话收场。唉，还是那些老戏码，熟悉得像是重播了二十年还在六集连播的电视剧。

海也平静得过分，几天过去，别说船只，就连一只可供取乐的鱼也没有游来。只有手机似乎总在响，敲门声也让周苇神经紧张，虽然软呢帽先生绝无可能突然出现在这栋"男士禁入"的女士领地，他更擅长的是诱捕而非深入险境去冒险追击。道理再清楚明白不过了，周苇还是整日提心吊胆。胆体滴滴答答渗出苦汁，让舌尖发麻，她先是失去味觉，再是失去嗅觉，料峭早春的寒风还没刮来，她就先被一阵来势汹汹的重感冒给击倒。这下是真的得躺着了，额头的退烧贴是静止符，药片的苦替代了胆汁的苦，再度找回失踪的味蕾，舍友去上课的白天，她趴在盥洗台前呕吐了不下三次，那场景让她想起千里之外的陈香兰，或许这也算母女连心了。不过，呕吐也没能唤醒她更多的乡愁，每当她想起陈香兰，一个婴儿就会蹦出来手舞足蹈地将那些薄雾挥散。年长孩子的首要美德是谦让，梨和母亲一样，在必要时候最好大度割爱。这场感冒让周苇错过了一些事情，比如竞争激烈的选课，因此她必须在不久后开始练习三步上篮，她还错过了第一次班会，这倒算不上坏事一桩，真正可能称得上"坏事"的是，在那条欢迎信息后，她就彻底失去了软呢帽先生的音讯，全校更新的课程表中，他的名字也离奇消失，只有"等待"扭结着在周苇的脑子里吊成麻绳一根，每当她的思绪飘远一些，头皮就会忽然一紧，提醒她别忘了那根外接神经一样扎进皮肉里的东西。她只能气急败坏、辗转难眠，只能长吁短叹，借此排出肺里的浊气。她被架在火上煎烤，没能涅槃，反而把自己烧成一团火球灾星。

　　灾星坠落的夜晚总被描述为平静或者祥和，可没有那样的夜晚，只有平均的不好不坏或者好坏参半的夜晚，而灾星一旦出现，夜晚就变得无关紧要，变成一张纯色的幕布，任劳任怨地悬挂在那里，充当灰暗的陪衬。可那个夜晚确实繁星密布，也许是周苇烧昏了头产生的错觉，当她靠在出租车后座，透过紧闭的车窗向外望时，眼前出现的是一片闪烁的碎金，多得像是被谁收集起来好铸造出一朵献给爱人的金蔷薇。"爱人"却不在这样的夜里，陪伴她的是两位好心室友，她们将周苇从再度飙升的高烧火场里拉扯出来，拦下一辆临时的救护出租车，一路将她运送到某家医院的急诊大厅里。分诊、挂号、缴费，在几只手的搀扶下，推门关门，机械地坐下、躺卧、伸出手指、掀开衣服，被形状怪异的机器和探头里里外外地查探，搜寻火种的踪迹，可火种不在她身体里。没人知道，它在需要穿越幽深隧道才能抵达的秘境里，就算最尖端的仪器也只能束手无策，除非，有一位叛徒爬出来告密。

这位叛徒，出于形状上的相似，周苇暂且称它为"Q"，它也像一枚氧化了的硬币，滚进了那团乌漆漆的下水道污泥里，本该不见天日，却被误打误撞伸入的探头发现并掘出，是意外，但称不上意外之喜。周苇只觉得怪异，她宁愿那是一个肿瘤，至少，肿瘤不会有朝一日滚落出来，像人一样发出声音。她觉得自己已经听到了那种声音，呜哇啊呀，一串又一串的神秘咒语，诅咒她的生活再无安宁。"十九岁？"医生再次确认了一遍她的年龄，或许还确认了其他什么东西，比如名字、病史、过敏药品……但只有在确认了年龄时，对方的眉毛没能守住一视同仁的专业性，它轻微地、迅速地挑起，挑开了某层挂在周苇眼前的帘布，挑破了帘后想要隐藏却无处可藏的秘密。被捅破的秘密缓缓流出纯白的脓液，那让周苇觉得似曾相识。

有过那样一个夜晚，那件临时雨衣没承受住过于迅疾的狂风暴雨，在拉扯间被撕出一道破口，直到雨歇风住，浑身湿透的两人才发现这个意外的插曲。严格来讲不是两人，而仅仅是软呢帽先生，尽管周苇同那样的雨衣已经有过无数次肌肤相亲，她却始终避免着与它的正面相遇。软呢帽先生将之视作一种还未褪去的少女的羞涩，周苇知道那并不是，那是其他什么东西，类似于有人可以吃鱼，却没办法眼睁睁看着刀背斩落的场景，有一些近义词可以将其概括，譬如"做贼心虚""掩耳盗铃"，周苇也从不解释，她乐于在这样的情况下变成他眼中的某位不存在的少女。破掉的雨衣被软呢帽先生捏在手里，他向她展示那道破口，周苇第一次清晰地看见了上面残留的液体，它像是达利会画出来的东西，绵软、光滑，静止地流动着，除此之外，它还让人恶心，像一条虫卵，正在周苇的身体里蠕动、爬行，顺着那些潮湿、多褶皱的壁道，阴郁又坚决。软呢帽先生有着不同的看法，他看到的不是绵软而是力量，"太激烈了刚刚，"裂口造出铁证，他露出志得意满的一个浅浅微笑，浅到在周苇完全领会到其中含义之前就消失了，"不过，这样还是不安全，你记得自己处理一下。"说完，软呢帽先生摸了摸周苇脸颊，用那只在不久前捏住雨衣的手，指腹仿佛还存着湿意。

周苇确实吞下过一粒药片，它被包裹在粉色的锡纸板上，也是乳白色，看上去和陈香兰曾经藏在柜子里的那些药片没有区别。她用一杯温水送它上路，它则报复性地在口腔内壁留下了些许苦味，周苇又喝了一大杯白水才将它们冲刷干净，整个过程如同清洗了一遍犯罪现场。没有证据留下，至少周苇曾经是这样以为，她派去的金牌杀手经验丰富——"轻轻松松走出困境"，王子和公主最后携手跨进一道光门，偶然出现在周苇童年里的这则广告，她始终没有忘记，一个成人世界的童话，由一位声音温柔的女性为她讲述。只不过，她忘了童话的最大毛病就是结局总仓促且不详，仿佛作者突然遭逢厄运不得不潦草搁笔。光门的背后是什么，来不及说了，要想揭开谜底，只得亲身走进一探究竟。谜底很快揭晓，一张黑白 B 超底片，带着某种暗黑化后的印象派风格，延续了粗糙、随意、迷离的笔触，却并不试图描绘睡莲花园或者乡野薄暮的温馨图景，它是从深海里传来的低频音波、等待被破解的咒语。

周苇随即跌入深海之中，声音统统消失，只剩目光和表情，于半空浮动，如游弋来去的鱼，她也浮游着，却不是鱼，而是一具太过沉重而超越了海水密度的尸体。海水散发着一股消毒剂的气味，让人想起明亮晃眼贴着蓝白色瓷砖的游泳池，还是高中生的周苇和谢依然穿着紧身连体游泳衣，挤在一堆热乎乎的半裸肉体之间，水面被午后透进来的阳光也晒得热乎乎，她们最爱玩的一个游戏是，憋住气一头扎进冰凉的池底，池底光明如圣殿，一根根腿是洁白的罗马柱，她们在柱子间穿行游弋，或者干脆让自己悬浮在柱子周围，池水轻轻地托起她们裸露的四肢和脖颈，在温柔的下沉中，意识和肢体仿佛都溶解了。现在，那种感觉又回来了，即使避开了含咖啡因的药物，周苇还是感到了相似的昏沉和困倦，她希望有一张床可以将她收容，可床对于急诊来说太过珍贵，它属于胸口开裂、腿骨折断、血流不止或者真正陷入昏迷的人，而她，不过是发热发烫，除开肚子里那个不明物体，最多能算得上紧急序列中的最末尾，她只被分配到了一把塑料椅，又冷又硬，态度坚决地抗拒着她的下沉。周媛和陈晨已经不见踪影，从医生诊室中出来后，她们就默契地保持着沉默，直到周苇被那沉默吵得心烦意乱，率先开口让她们离去，至于她们离开时交换的那个简短眼神以及嗫嚅着没有说出的话，周苇也全看进眼底。明天早晚会来，这她知道，就像她终归会因为缺氧而冲出水面，但现在，她只想短暂地浮游一会儿，一会儿就行。

周苇记得，那是她度过的第一个没有杨树的春天。即使气温早已超过了十五度，甚至一度逼近三十度，空气里依旧没有飘浮起那种令人防不胜防的白乎乎、毛茸茸的飞絮，它们消失了，绝迹于潮湿的、过于温暖的南国，这里是落叶榕、银海枣、老人葵的天下，因为从不缺乏阳光和水分的滋润，它们与生俱来一种无视四季变化的雍容气质，不像扎根于温带和寒带的杨树，总是需要逮住乍暖的春日急急忙忙地满世界泼洒繁衍的种子。种子，也可以说，植物界意义上的受精卵。中学生物课上，当老师将其中的隐秘关系公之于众时，曾引起一阵不小的喧哗和波澜。女生的脸上浮起羞怯的红云，男生则用变声期的怪叫来表达同样的情绪，与此同时，弥漫开的还有对杨树加倍的痛恨。这并不奇怪，人们总是对生殖一面狂热一面又鄙弃。福柯用了三卷本来阐述这一问题。奇怪的是，周苇发现自己根本记不起来杨树的样子，或许它太普通，如若不是，怎么会成为世界上分布最广、适应性最强的树种？也或许杨絮吸引了人们全部的注意力，就像那些天赋异禀的孩子身后默默无闻的母亲，总之，当周苇试图在脑海里回忆它时，它只剩下一个毫无特征的名字。周苇接过了这个名字，它轻轻地在她舌尖上一转就掉进了湿滑的食道里，像是童年恐怖的樱桃核、西瓜籽，这棵只剩名字的光秃杨树也在周苇的肚子里扎根、发芽，再度焕发出生机。她变成了一株回春的杨树，也是这个南国春天里的唯一一株杨树。它挥洒着受孕的信息，在每一条街道、每一间房屋，不分昼夜，对着每一个迎头偶遇的人，他们则回馈以可疑眼神和窃窃私语，秘密变成反常果皮从周苇的身上不停地掉落，仿佛无穷无尽。尽管，两位室友第二天就曾不约而同地向她保证过不会将"那件事"——用词出奇一致——说出去，可周苇知道，没有一株雌杨可以避免飞絮的命运，也没有一个流言可以被扼杀在嘴里。可以被扼杀的是其他东西，譬如，一团血肉混合体、一个未成形的胚胎、一个还没有学会正当防卫的生命。

  世界上唯一可以豁免于刑罚的谋杀，机会就摆在眼前，刀也被递到了手上，刀身和刀柄浑然一体，在暗处闪着银灰的金属光泽，冷静地等待着插入血肉的那一刻来临。周苇却没办法冷静,她变成了一座活火山,呕吐物在不安的地壳里争先恐后着要冒出来。她只能减少进食,把一日三餐改为一日两餐、一餐,甚至干脆不吃,但很快,她发现这种呕吐与食物并不相干,即使胃已经被腾为空城,恶心感仍像空城里的鬼如影随形,不依不饶地敲打着城门要出去。"讨债鬼",陈香兰多年以前的口头禅从记忆的废墟堆里爬出来,抖落一身的尘土,想证明它还能再度派上用场。周苇惊讶于她想起这三个字时的熟悉,就好像它已经在这里等了她很久,也知道她一定会在未来的某个时刻与它重逢。它让她想起"命运""基因""遗传"这一类的捕兽夹词汇,它们张着巨大的锯齿状裂口,等着慌不择路的人不慎撞上,然后就死死地将其夹住,夹得对方再也不能动弹。周苇疑心这些捕兽夹都是陈香兰提前放好的,就像她总挂在嘴边的那个句式,"等你……你就知道了"。宛如一句谶语、一个预言,从未来专程送回来的风凉话,时间一到,隐形墨水的威力就消退了,而意义也后知后觉地显现。只不过,如今的陈香兰倒是不说这些谶语和预言了,也不说过去,只说说现在。譬如,"在干什么?""天气怎么样?""吃饭了吗?"话语拉起警戒线,围出一个无风无雨的安全港,母女两人就像动物园里被训练出刻板反应的困兽,照着划定好的轨道来来回回地绕着圈子。在谨慎这件事上,她们有多年的默契,一字一句仿佛都经过了反复演练,肌肉代替了头脑去完成记忆,说什么已经不重要了,重要的是通过说出"这些"来避开没被说出来的"那些",再往上面浇上一铁锹一铁锹的废话混凝土,便可以万事大吉。陈香兰的转变可以被理解为一种母性,为了还未出生的孩子,暂时举起休战的橄榄枝——"特殊时期"的鸣金收兵,周苇则恰恰相反,她要心无旁骛地去策划一场谋杀,不能事先张扬,最好是悄无声息,事后也不留一丝痕迹。这需要克制、谨慎、缜密的逻辑和强大的反侦察能力,波动的情绪则往往会横生枝节,最后一败涂地。她不能失败,至少在这件事上不能,陈香兰已经是足够惨痛的教训,如果迄今为止,周苇从她那里学到过任何东西,那其中最为实用的就是,在任何时候都要避免将偶然误认作命运。

没有命运,命运是弱者的托词、逃兵的借口,命运是人类编造的弥天大谎,流传了几十个世纪的荒谬发明,命运是这个世界现存最古老的宗教,香火不绝,至今仍受到亿万信徒的狂热追随。来自其中一个虔诚信奉者之家的周苇——陈香兰日日将"命"挂在嘴边以示对它的忠心——最终却变成不折不扣的叛徒,信奉起一些其他东西,譬如,数学概率,人活在随机性而非命运里,又譬如选择以及决定。热情的女权主义者若是在场,也会对她的想法大加赞赏,"女性要主宰自己的身体",接下来就要从母系社会开始讲起,一场经年累月的战争,最先需要破除的是夏娃和亚当的内嵌式神话叙事。可周苇在中途就溜之大吉,她,一个逃跑的惯犯,生来就携带着不忠的基因,她做不了主义的标兵,她三心二意、贪得无厌又时常心存侥幸,她在经历了几天几夜的自我反省、深刻剖析和灵魂拷问之后，还是十分没骨气地再一次给软呢帽先生发去一条简讯。从可能引发的后果来看，称它为简讯是有些轻描淡写了，那更接近于一包炸药，由她亲手制作，工艺并不复杂，只需要往内里简简单单地填塞进硝酸钾、硫黄和炭的混合物——"我怀孕了"，尾部再缠上一根蜷曲句号作引线，轻击点火，就大功告成。

周苇做好了在现场观看整个爆炸过程的准备，只不过，这一次，计划也没能赶上变化，一发完简讯，蛰伏已久的睡眠就从身后将她蒙头打晕。她足足睡了七八个小时，直到第二天早晨陈晨洗漱时杯盆的撞击声才将她唤醒。这很难得，在过去的几个月里，睡眠都如同施舍的零碎硬币，从不肯以整钞的形式出现。这突如其来的乍富让她恍惚了一阵，接着才慢慢想起来还有残局未收。残局并不如她想象的那样戏剧化，没有尸横遍野、血流成河，不过是三通红色未接、五条待读信息，其中还可以撇去一条通讯商催款通知，软呢帽先生在毫无防备的恐袭前也依旧保持着绅士的冷静："怎么不接电话？我明天回来，见面聊。""没事吧？别犯傻。""你如果现在躲起来，那就太孩子气了。"看来，"孩子气"是他说出的唯一有关孩子的部分，这也并不让周苇感到意外，她意外的是他提到了"犯傻"，一个老掉牙词汇，猝不及防地从激动的牙床上脱落下来，让场面一度变得难堪。他竟然想到了死，虽然，"犯傻"这个土气的诙谐小调部分中和了死亡主旋律的阴沉，但这个念头无论如何还是显得有些过分郑重其事了。当然，他更有可能指的是某种陈词滥调，一哭二闹三上吊的狗血剧情，在这种场景里，死仅仅充当营造气氛的干冰和彩带，等到高潮过去，就会被迅速清理。周苇从头到尾都没有想过死，她承认自己偶尔忧郁——网上那位"陌生人"的评价其实算得上公允，也承认自己确实迷恋过不少和死不清不楚的人物，譬如三岛由纪夫、伍尔夫、吉姆·莫里森，但那至多算得上某种多愁善感的抒情、披着黑纱的靡靡之音。软呢帽先生这一番出乎意料的反应都让她开始有点不好意思，不好意思于自己再三去翻检那间寒酸的左心房，也仍旧没有发现任何足以匹配死亡这个词的浓烈表达和情绪的蛛丝马迹。要知道，对软呢帽先生，她向来愿意慷慨解囊，把囊中所有她拥有的东西都通通给出去，近乎无私，近乎只会出现在宗教里的某种献祭，如果说这里面有任何私心的话，那大概就是，至少这样，他们的关系才能不被理解为爱情。爱情是玫瑰花，是同心结，是挂满桥廊的铁锁，是星座性格分析，是半吊子塔罗牌占卜，是二月过完七月又回来的情人节，是浓情巧克力、捏陶泥的贴手游戏，是呢喃、叹息、咒骂、蠢话，是一秒钟看一次手机，是不敢多看一眼手机，是自我矛盾、自我剖析，是自我暂时退场又演满全场的独幕剧，总之，正因为周苇开始知道爱情是什么所以她明白他们之间的不是。对了，她差点忘了，爱情还是化学反应，如果可以克服过程中的不稳定，最终可以从善变的气体或者液体结成可靠的固体——"爱情的结晶"，严格来讲，周苇甚至也算得上这些结晶中的一件残次品，可现在，突然出现在她身体里的那团可疑沉积物显然连残次品也不是，尽管它狡猾地模仿着结晶的样子，还未出生就已经显露出基因里的求生欲。

时隔两个月，再度坐到软呢帽先生家里的那张沙发上时，周苇脑子里蹦出了"恍若隔世"这个词。"隔世"很好理解，"恍若"在此指的是，前一世的记忆还未清除干净，身体里两条时间链条拧巴地交缠在一起，需要一些时间去将它们拆解厘清。出于心知肚明的原因，他们没办法像以前那样直奔主题，也可以说是主题换了，而两人都缺乏经验，一时不知道该从何开始。软呢帽先生有些局促，见面不到十分钟，他已经摸了三次脸颊、两次头顶，最后干脆点燃一支香烟，安抚无所适从的手指。"怎么会这样？"他像在提问，又像是自言自语，他嘬了一口香烟，在缭绕的烟雾中才终于想起，这里坐着一位孕妇。"啊，抱歉，我忘了。"烟被掐灭在临时顶替烟灰缸的白瓷碗里，一摊水渍瞬间就将火苗滋滋啦啦地分食干净。"科技都发展到这个地步了，避孕还不能达到百分之百的概率，你说是不是有点落后？"没了烟的软呢帽先生咧出一个倒霉蛋的自嘲苦笑，下一秒，又将罪责无比绅士地揽过去，"这件事归根结底还是我的错，你还年轻，应该有更多可能。"他无限真诚，将年轻归还给她，要知道，在此之前，他从不肯轻易放过她的年轻。他赞美她的年轻，用眼神、手指、嘴唇不厌其烦地爱抚这种年轻，即使它偶尔也会让他沮丧，在那些海绵体垂头丧气的黄昏或者深夜，那些时刻，他那张松弛而浮肿的脸上总是会焕发出一种相反的孩子气的表情，一种不被满足的恼怒和不知所措的无辜。年轻对于他来说曾经是这些，一座仅供嬉戏玩闹的乐园，栀子奉献纯真，玫瑰提供热情，花瓣沁出露珠可供啜饮，空气被不断扩散的芳香油熏制得甜蜜温馨，年轻曾经是这些。一旦花束开始委顿、凋谢，枝头冒出苦果颗颗，花园的观赏意义就被倒胃口的实用性代替，那并非浪漫派诗人乐意赞颂的景象，比起象征收获、圆满、成熟的果实，他们更愿意哀叹枯枝、落叶和欢乐时光的不复存在。冒牌诗人周卫华如此，手握两本已出版诗集的软呢帽先生显然比他更熟谙其中微妙差距。

周苇没有告诉软呢帽先生她的谋杀计划，尽管他无疑是充当她得力同盟的最佳人选，譬如提供一些金钱上的支持，又譬如事后琐事的协助——搀扶、陪伴、心理咨询。可到了谈判时，她发现自己无法忍受另外一个人的参与，一种奇怪的占有欲混合着母性突然从她的乳房和心口蔓延开来，以胀痛的形式，一路转移到小腹，那里仿佛有什么东西在轻轻敲击、摸索：一只小手，或者一双眨动的眼睛。她第一次感受到那个"生命"——吓人一跳的词。它比所有人想的都要大上一些，已经有了"形状"，只是太过稚嫩，总是变来变去，像一团新泥，或者云。它在她的身体里上蹿下跳，沿着经络和血管滑向一个个器官房间，一道接一道地打开那些血肉之门，堂而皇之滚进去。它在那些房间里逡巡、查看，表现得煞有介事且足够老练，完全没有初来乍到者的怯意，完成这些巡礼之后，它就老老实实地回到最初的地方去，久久地不再发出一点动静。但是，周苇仍旧能够感受到那双眼睛，睁开着，从内部看着自己。它在观察它的"母亲"，也许在那些巡礼期间，它早就洞悉了自己即将被杀死的厄运。因此，当软呢帽先生委婉表达出希望她能尽早地解决掉这个麻烦时，她第一反应竟然是被抓现行的慌张——那双眼睛在全程监听。软呢帽先生将她的慌张理解为犹豫和抗拒，他捏了捏眉心，又叹了口气，架势摆足了，才方便吐露心迹："我也不想这样，但这是唯一的解决办法，你现在刚上大学，有了一个孩子，之后该怎么办？"他现在开始周到起来，不做好爸爸要做好导师。周苇却忽然想扮演好妈妈，把自己的未来无限宽容地让渡出去，于是用一个学生妈妈抱着孩子拨穗的新闻轻描淡写表达出世上无难事的决心。"新闻你也信？"信，当然信，新闻的宗旨不就是还原真实？可她料想软呢帽先生对真实大概并无多少兴趣，于是微笑着说起他最熟悉的虚构："不是你告诉我说人不能活在别人的世界？要创造自己的，这就是我创造出来的。"说完这些周苇甚至真的油然而生一种摇摇欲坠的骄傲，手抚摸着腹部，如同抚摸还未建成的迦南美地。软呢帽先生的反应却让人始料未及，像是鱼目混珠的商家，露出被揭穿的气急败坏："那是文学，是诗歌！"他站起来，走到餐桌边倒水，也或者是酒，顺道扔出一句"说你年轻，你还真的天真"，然后便留给周苇一堵墙背，以供她面壁反思。肚子里的眼睛依然睁着，一眨不眨，将他们的对话悉数听去。"你以为你能承受？有很多现实问题你没有想过。"情绪或者酒精让软呢帽先生的脸泛起不正常的红，他抓了一把光秃的头顶，将判决最终宣读："总之，这个孩子不能要，他来得不是时候。"

谈话不欢而散。

一周之后，软呢帽先生发来一条信息，上面除了清楚标明的某月某日某诊所的预约信息，还附带一句温馨提醒："医生是我的朋友，你不用担心。"信息本身并无奇怪之处，奇怪的是它过了整整一周才出现，周苇以为，按照他们谈判的崩裂程度，他理应采取速战速决的闪电战策略以免目标逃出他的领地。

不过，这一周里，周苇也无暇他顾。辅导员打来电话："周同学是吗？今天下午能来办公室一趟吗？我这边有点事要找你聊聊。"三人间的办公室里，只有辅导员一个人在，周苇先是被安排到门口的沙发上"稍坐"，坐成等待叫号的病患。那张沙发看起来眼熟，软呢帽先生的办公室里也有差不多的一张，只不过这间屋子没有金色奖章，只有一筐砂糖橘替代着闪烁金光，金光笼罩着一座座高高摞起的白雪文件山，山边两盆绿意逼人的虎皮兰和一盆蒜头黄水仙本本分分地营造着适时的春意，而一旁突兀呆立的长身电风扇则还缅怀着去夏。时间失序了，在仿佛过了好几个四季轮替后，辅导员才终于从椅子上站起来，接了一杯水，顺道把半掩的门关上——全是不祥的迹象。果然，在几句潦草的寒暄之后，辅导员就赶不及地切入了正题。"周同学，是这样，今天找你来，是最近院里有一些传闻，"她观测着周苇的表情，停顿，换上更轻柔的语气，消毒棉球似的决定先杀菌，"但你也不要紧张，主要是为了了解一下情况。"已做好被剖开的准备的周苇一脸平静。"有人说你怀孕了，是吗？"刀口在肚脐上方落下，慢慢地往下划，那双眼睛藏在刀后，谨慎地不肯轻易露面，可下一秒就被同盟出卖，周苇点点头，承认那是真的。辅导员显得比她更为紧张，在这件事上她还是新手，她没当过母亲，于是只好犹犹豫豫抖着嗓子继续切割："你知道……学校也有它的规章制度，尤其是你才刚上大一……你是怎么打算的？"露出来的眼睛就在那里，一动不动地盯住周苇。在学会语言之前，婴儿就已经知道如何用眼睛来表达，周苇在书中读过，除此之外，她还获知了，对母体来说，胎儿并非天赐的礼物，相反，它是一个外来的病毒、未知的敌人，带来恶心、呕吐、嗜睡和毫无缘由的躁郁，而敌人给她带来的是"休学的建议"，以及一串"女孩子还是要懂得自爱和自我保护"的好心嘱咐。

周苇把这些"副作用"做成一串风铃挂在头顶的天花板上，只要四周风声一响，它们就摇晃着发出清脆的声响，她试图变成一个冥想者，装模作样地想要从那些声音中听出一些天启之音或者言外之意，可它们最终却变成孩子的银铃笑声——她从儿童书籍里偷来的经典比喻。当陈晨和周媛先后找上她时，它也依旧响着。一号嫌疑人陈晨将她堵在走廊，"我没说，"她抓紧周苇的手臂像溺水者是她自己，"真的不是我。"二号嫌疑人则选择先发制人甩出个反问句："你不会以为是我说的吧？"问完也不等被问者的反应，撇下一句"反正不是我，信不信随你"就转身离去。案件因缺乏更多的证据而陷入僵局，就连被害人也不愿深究下去，于是草草了事，成了一桩悬案悬在这间十平米的宿舍房顶，人人路过都瑟缩着脖颈小心翼翼，以防被意外砸中头顶，只有唯一的不相关人士李琳琳依旧大摇大摆地进进出出，将高跟鞋踩出清白的脆响，与风铃的脆响混合得出奇和谐，叮叮咚咚、哐哐当当，组成喜悦的二重奏。听众们保持着一致的沉默，人声渐渐消失在这间屋子里，如同即将灭绝的某个小语种，没有人试图挽救。

　　只有一个晚上，那种旧语言曾短暂地再度焕发了一次光彩。先是晚归的周媛推开门，来来回回地走了几圈才终于按捺不住，将兜里那个还在发热发烫的消息扔了出来。

　　"你们听说了吗？"

　　她站在房间中央，用目光寻求回音。

　　"听说什么呀？"忙着涂趾甲的李琳琳的声音在床帘后模糊不清。

　　"咱们学校前段时间不是有个女生在宿舍割腕吗？"

　　"这大家不都知道了吗？"

"更劲爆的来了，你猜她为什么自杀？"

"不是说和男朋友分手吗？"

周媛嘴角翘起，声音却压低："不是！是因为被教授那个了。"

"啊？不会吧！"

李琳琳翘着甲油未干的手指，把床帘拉开半截，就连陈晨也抬起头推了推落到鼻梁上的眼镜。

"千真万确，现在那个女生的男朋友都告上法庭了，关键是……"周媛停顿稍许，在得到预期的催促后才又神神秘秘抖落一句，"据说受害的女生还不止一个！"

"谁呀？这么恶心？哪个院的？"

"好像是文学院的，教英国诗歌。"

周苇耳边的风铃声戛然而止，风停了，手上那本诗集封面上菲利普·拉金的模样一变，英国绅士忽然长出了张东方人的脸。她第一次发现，他们有着相似的前额。

"啧啧，文学院，那不奇怪。"

"可不是嘛，我妈说，找男朋友就千万不能找什么写诗的、唱歌的，搞文艺的没一个好的。"

"嘻嘻……"

"嘻嘻……"

心照不宣，从未有过的默契使房间的氛围变得轻松，笑声裂成一粒粒气味香甜的爆米花，正适配午夜的八卦一刻。

对待八卦，陈晨仍旧采取了相对严谨的学术角度："你们有谁上过他的课吗?"

摇摇头,两位姑娘都摇摇头,周媛甚至额外摆了摆手:"我可没兴趣。"

"还好没选,不然说不定现在遭殃的就是咱们。"

幸存者们发出劫后余生的笑和叹息,片刻,松弛下来的声音杀了个回马枪:"我记得……周苇,你选了这堂课吧?"

"火车慢了下来／当它完全停住的时候,出现了／一种感觉,像是从看不见的地方／射出了密集的箭,落下来变成了雨。"拉金还在喋喋不休,宿舍里烧起的夜谈火堆在凌晨到来后偃旗息鼓,只剩下周苇还坐在一旁,盯着余烬出神,像是在仿效某些神秘学传统,试图从残渣中占卜出缘由和吉凶。事到如今,她应该露出恍然大悟的脸、醍醐灌顶的脸、真相大白的脸,可她仍旧是抓不到情绪的蹩脚演员,而在一切状态中她最不擅长扮演的就是天真和无知。进退两难的拉扯下,面部神经选择了干脆罢工,于是,最后出现的是一张无动于衷的脸,映在白墙上悬挂的圆镜里,是略小的另一个圆,圆中某颗青春痘长势正盛,那也是这张脸上唯一鲜活的东西,除此之外都死气沉沉,皮肤是冬日被剥光了皮的树干,干燥苍白,散落着不知何时沾上的瘀青,密不透风的刘海排成默不作声的阴郁,风都透不进去。大凶。过去,周苇不理解软呢帽先生为什么会在这张脸上寻找青春,现在她明白了,那不是在寻找,而是在培育。有一整个精心搭建的塑料棚温室，里面每一张脸都是待放、待摘的花骨朵，个个相似，朵朵雷同，或许可以将其称为：打乱了四季时序的花之迷宫。

迷宫被破获，堪称震动全校的年度事件——仅次于新校区选址公布、食堂菜价整体上调，随之而来的是一系列常规操作：比如，校方在官方平台发布严正通告，声称会"详细调查，绝不姑息"；比如，解除相关教师一切职务，暂停一切教学活动；比如，加强学校学生心理健康建设，开设心理辅导办公室，每周五下午有专业老师热心提供咨询。辅导员比专业老师更热心，没过两天，她再度打来电话，建议周苇"有时间的话可以去坐坐"。可惜周苇没有时间，整个周五下午都已经被软呢帽先生用一个小手术帮她预支。

手术当天他自然没有出现，前一晚倒是打来了一个电话。

"我最近太忙了，这段时间都在外地，过来不了了。"

"你自己能行吗？我跟医生认识，到时候会有人看着你的，别担心。"

"过了这阵子我们再见，到时候带你去南边的岛上玩玩。"

"岛上可以潜水，还可以坐船去海钓，你没有海钓过吧？完了咱们可以吃吃海鲜，看日落。岛上有很多植物……"

他停下来，笑了一声，眼前的海市蜃景瞬间就被那笑声惊散。

"算了，先不说这些了，现在也不是时候。"

自始至终，软呢帽先生都没有解释现在究竟是什么"时候"，也没有谈及那个"它"，周苇含在嘴里没有问出的那些问题最后统统被唾液浸透，变成字迹模糊的碎纸块被重新咽回肚中，也许它们会伴随着肚子里的那个"它"被一并掏出，然后扔进废弃医疗桶里，她知道，在那里，人们就是这样做的。没有坟墓，也没有石碑，没有悼念，没有被赋予意义的花朵，简洁、迅速、谨遵"流程"。软呢帽的那一番愿景显得多愁善感了，如临终人意识不清的发梦，可临终的另有其人，周苇不知道它是否已经学会用妄想来表达哀愁和愤怒。

　　然后，周苇如约见到了那张床，或者说，那并不是一张床，而更像是一个祭台。她没有见过祭台，这个词就这么不请自来地跃入了她的脑中，反客为主。它并不是完全平的，一个折角使它轻轻翘起，如同一只正在扇动的翅膀。当然，它并没有扇动，它是静止的、僵死的，一个蓝白交叠的标本。穿着蓝色防护衣的她也像是标本的一部分，此刻正被期待着回归，将身体以同样的角度与其重叠为一体。接下来，她需要张开双腿，让她惊讶的是，这个姿势依然会让她感到羞耻，原来羞耻这件事还没有全部被软呢帽先生拿去。护士是老练的行刑手，"再打开点，这样做不了"。腿被毫不留情地继续掰开，腿间突然张开一个空荡的宇宙，广袤无垠，比最大还要更大，持续地膨胀着，仿佛可以容纳下所有，她在这个宇宙中变得渺小，变成一颗灰色的沙粒，逐渐消失。医生和护士在那双腿前毫无顾忌地走来走去,她们看不见它和它的宇宙,她们看见的是镊子、钳子、手术刀、消毒液、棉纱布和一个稀松平常的器官。她们谈论起商场的促销,一件八折,两件七折,还有满减购物券。她们轻松得如同已经身处柜台前,正漫不经心地挑选一件适合即将到来的初夏的开衫或连衣裙。

对,确实是初夏了。麻醉药注射进蓝绿色静脉时,周苇侧过脸,看见窗外的树在午后的阳光下散发出一种逼人的、耀眼的绿,白墙上光斑晃动闪烁,似乎有风吹过,几只腹部鼓起的褐色小鸟突然结伴跃起。这就是全部的风景,惯常的、午后的那种风景,只有空气中游走的一丝燥热使得初夏变得具体。杨絮不见踪影了,属于它的时候已经过去,消失常常是这样无声无息的,周苇发现,人们对于失去总是后知后觉,慢上半个拍子。陈香兰是在周卫华不告而别后好几周才确认了这一消息,然后,在周苇出生之后很久,才真正意识到他将在配偶这一栏始终缺席。"她应该早点清醒",讲大道理的人不止一位,说辞却异常统一。谈不上理解,周苇只是开始明白,"应该"是摆在橱窗里的道具模型,往往只能拿来演绎而非还原真实——某种理想的、刻板的、不多不少的真实,而她发现自己拥有的则全都是偷工减料的、叠床架屋的真实。

正如此时,她应该感觉到它的离开的,可她没有,那片宇宙的爆炸在真空中悄无声息地发生着,她只感到一阵无可附着的麻木,而麻木事实上就是什么都没有感知到,只是人们又需要一个词去描述应该被感知的一切。掩耳盗铃也可能是自救。医生在术前确认时安抚她:"你做的是无痛的,没事。"医生的微笑被口罩挡住,转道从眼睛里绽开。那个笑容让她想起小学读过的少儿科幻,作者想象出一个无痛的未来,在那里,针头扎进肉不会带来疼痛,从滑梯上摔下不会带来疼痛,父亲落下的巴掌不会带来疼痛,所有的疼痛都被一种神奇的白色药片(又是白色药片)杀死。尽管,文中对这一药物的作用原理只字未提,只有通篇的期待、希望,堆沙雕一样堆出一个乌托邦,而远处汹涌的浪则被隔绝在时空之外,凝固成久远的旧日光景。那不是一篇科幻,至少对周苇来说不是,它更像是一篇祷告,一个在烛火前摇曳的耗时过长的生日愿望,一颗直白透明的水晶球,里面装载着一进入就会破碎的梦之场景。多年之后,周苇从一本杂志上偶然读到,痛觉是人类不可或缺的感官能力,作者一一列举失去痛觉的可怕后果:不能及时获知身体病变的信号,被一百度的沸水烫伤而不自知,缺少了痛苦而带来的情绪失衡……总之,人不可救药地需要疼痛,尽管他们对它厌恶、痛恨、恐惧。麻醉药是一种折中的投机取巧、限时存在的乌托邦、一次鱼目混珠的障眼法,到了魔法消失的十二点,被按下暂停键的灰色浪涛就会继续按照既定的引力涌进。沙雕城堡被冲毁,水晶鞋倒扣进沙子,迟到的疼痛终于开始从小腹的某个点以扩张的轨迹向四周蔓延。

那里如今是一间空屋子了，风铃也被带走了，脑中不再响起那叮叮咚咚的吵闹声，他们做得彻底干净，也许连墙壁也粉刷了一遍，以便遮掩可能残留的痕迹。那一晚，周苇没有做梦，后来一连好几个晚上也没有做梦，她怀疑它在离开时顺手偷走了那些梦境，如同好心带走屋子里的垃圾。她重新拥有了水泥般密不透风的睡眠，夜晚被封存在里面，一如被抛弃的死尸，但它也不会腐烂、分解，只是僵硬而冰冷地立在那里，把时间挡在外面，也把周苇挡在外面。可正如需要痛苦一样，人也需要梦和夜晚，于是周苇开始将一部分白天切割，揉成维生素补片，去弥补这种必需品的缺失，她开始陷入混沌，或者，用心理学的惯常表达来说，她开始产生幻觉。幻觉是一片一片落下来的，巨大而轻盈，呈朦胧的半透明状，时而鲜艳，时而灰暗，它并不完全夺走现实，而只是为它轻轻地罩上一层薄纱滤镜，它也并不像人们通常认为的那样粗暴和野蛮，它富有诗意，委婉、克制又敏感，一点轻微的摇晃或声响也能惊动它，使它变幻出新的色彩和形状，像是浅眠的婴儿。确实，它的脆弱和坏脾气给周苇带来了不小的麻烦，她总是需要花费巨大的精力才能将它安抚，她为它唱歌，为它读诗，对着它自言自语，当然，总是得趁着没人在时。但它也给周苇带来了快乐，带来了一段"宁静的时光"，那些尚未被烈日炙烤得虚脱的初夏日子里，她怀抱着它，在旁人无法听见的呢喃中彼此陪伴。

软呢帽先生的电话没有再打来,陈香兰的电话倒是打来过不少,说了什么周苇全不记得。身边的世界开始褪色,而另一个只属于她和它的世界则越发明亮起来。

魔药时间

关于弥留之际的说法有许多种。从冥府远道而来属于夜晚的孩子，用弯镰击出地狱恶鬼的号叫，做上路的序曲；也有阴差一对，着黑服白服、黑帽白帽，在棋盘上摆成死局；又或者是某位路过的无名乞丐，口齿不清地将死亡随意宣告；当然，也有更为现代的自助式场景，自动脱壳的灵魂浮到半空，俯瞰肉身如最后对镜自顾；还有那些乍现的金光、张开如来时母体甬道的漆黑洞口、无法言喻的斑斓、扭曲交叠的几何形状，那些奇迹、盛景、海市蜃楼……死亡擎着白布，纵容着人们用恐惧、悲伤、遗憾、兴奋或是其他种种去随心涂抹，反正白布最后也都会将一切连同没有了神经反应的肉身一块兜头盖过去。

周苇的白布上最先出现的是一个发散开来的七色光圈，这也许是散光导致，也许仅仅是幻觉，光圈悬在她的头顶，随着颠簸忽大忽小水母般收缩扩张。颠簸是因为她正身处一辆救护车，周五夜晚的壅塞车流逼迫司机不得不在油门和刹车之中反复无常地游走切换，以免撞上前面那辆时刻亮着红尾灯的车，那也是一辆救护车，车身惨白，车顶一盏警示灯应卯旋转，转成倒计时的钟盘。赶着交班的出租车司机见缝插针在下一次松动时加塞，两截松垮勾连的救护列车车厢断裂开，继而被越来越多跟风与死亡赛跑的车辆冲散。"倒霉鬼，没赶上好日子不死也得死啦"，出租车司机按下车窗键，骂声就轻飘飘随着微热的风吹进猩红点点的夏夜之中，他继续加速，心里早已只剩下老婆几分钟前刚传来的讯息——"绿豆汤冰上了"。倒霉鬼则仍旧在颠簸中一动不动地躺着，但她却觉得自己在浮游，水母光照出一片寂静深海，身体变得轻盈，四肢波动如断根的海草，海水温热，也许这是一片热带海域，即使是深海几千米，也仍受到阳光的佑庇。

　　如果早知葬身鱼腹如此宁静，她就不会选择硫化物，那太难闻了。她不喜欢煤炭，它让她想起寒冷的冬日、清晨的煤炉、被起床气折磨又将折磨附赠给她的陈香兰，后者总是半蹲在煤炉前，脸被煤炉的红光映照得艳丽又阴郁，上面黄褐斑如蛾子一样匍匐。还有那些气味，阴魂不散，召唤出睡意昏沉的午后、黄昏，使人意志颓靡、了无生意。很久以后，她才反应过来，那正是死亡的气味，只要浓度达到某个数值，人就会在那种气味中逐渐丧失呼吸、意识以及生命。"在睡梦中无知无觉地死去"，一位佚名网络分享者如是描述。她被这个描述引诱，比起死亡，她更渴望睡眠。从某一晚起，她突然发现自己找不到进入梦乡的门了，门消失得无影无踪，仿佛从未存在，被召唤的数千只绵羊也无法引路，随着她一同在黑雾弥漫的荒原迷失，校外小药店搞来的一罐无名药片也只能造出临时之门，在短短几小时做贼心虚的惊恐和焦虑后，她就会被睡眠巡逻兵识别抓捕，一脚踢出，哭泣和啃咬手指都无济于事。起先，她还抓挠头发来作为供奉给睡眠之神的愤怒献祭，等到发现洗手台和枕头床单上密密麻麻的逃兵后，她才明白，它们早已觉察势头不对，于是纷纷叛离。与之一道离她而去的还有食欲、味觉、注意力、指甲缝边的皮肤、左颊的知觉——它开始反复失灵麻痹，以及其他被遗漏的更为细微的部分——蛋白质、血含量、维生素 ABCDE……情况再清楚不过，困守的将领军心尽失、大势已去，只能独自在空荡的营帐里冥思苦想究竟哪里出了问题，却毫无头绪。思维也在梦的匮乏中变得迟钝，她开始忘记上一分钟还在做的事情，缺少滋润的记忆海绵体变得又脆又薄，成了布满孔眼的筛子，每一刻都有什么从那些眼中流失。她只好长时间地保持静止，仿佛这样就能避免产生更多的震动，从而减缓流失的速度，而事实是，有好几次，她感觉自己皮肤下的血肉全都凝成了黑铅，沉重得将她压在原地，翻身都变成了难以完成的事情，一如刚出生的婴儿，又如瘫痪多年的老人。她吃不下去东西，就算勉强吞咽下去，食物也会无一例外凝成新的一坨黑铅堵在胃与喉咙之间的某个位置，她可以感觉到那些形状、质地，它们或是光滑的球体，或是棱角分明的锥子，或者不偏不倚，恰恰好成为一块完美的正方体，没有补给的胃袋则开始发出来自地壳深处般涌动的咆哮和轰鸣，沸腾的胃液愤怒地冲刷着早已饱受摧残的胃壁。她应该感觉到疼痛的，各种各样的疼痛，就像电视广告里的模拟场景，电钻、榔头、铁锤齐齐上阵，胃露出一张苦刑犯的受罪面孔，哀哀乞求身着蓝色健康披风的胃药侠士降临。可疼痛没有在胃里如期而至，它奇怪地出现在了后背、手指、腰椎、膝盖，不停地迁徙，在皮肤掩蔽的地下道里打游击，神出鬼没、行踪不定，猛一出击便打得她措手不及，虽然不至于一击致命，却足以让每一个日夜在身体的辗转反侧下被碾成烂泥。

在烂泥中打滚的那些日子里，确实出现过一双手，试图将周苇援救，那是一双女人之手，圆润、白净，右手无名指戴着一个素圈金戒指，舍友提到过她新婚不久。周苇看见，女人的脸上也确实洋溢着一种新娘的红润和热情，那是她没有的，她的脸是过度粉刷的白墙，大红喜字贴在上面只会过分扎眼了，但女人还要贴，派发爱心如派发盒装喜糖，她先是突然打来电话，又嫌说不清楚，还专程来宿舍一趟。"来看看你们，都好吧？"她环顾一圈，目光落在角落里的周苇脸上便粘住了。周苇想起来，她们曾见过一面，在行政楼里，女人是辅导员，她是意外怀孕的女学生，不过一个多月前的事，却让人感觉恍若隔世。临走时，辅导员将周苇叫到楼道。"其实，我这次来主要是想见见你，"她微笑，露出的牙齿沾了一点儿口红，也显得喜庆，"院里现在很关心你的情况，有什么困难可以跟我说。"周苇在派发的爱心中变成等待帮扶的"贫困生"，只不过这贫困无关金钱，陈香兰打来的生活费足够她应付日常开销。如果非要说有什么贫困，那大概就是睡眠，可周苇并不打算将这一情况如实反映，因为她知道，他们询问她是否有困难，却又不真的希望她有困难。她应该是心平气和、万事顺遂，应该对一切心存感激而非怀恨在心，一位眼睛藏在茶色镜片后的领导人物曾私下里对她暗示："你也知道，我们学校研究生名额竞争很激烈，你现在虽然还早，但未来如果有这方面的打算……"起早贪黑的陈晨若是听见大概会开始咒骂世道的不公平，尽管世道总是不公平，她孜孜以求的机会现在就这么放在了周苇的手边，对方大方随意、态度轻佻，如同递出的不过是一枚纸杯、一根木筷。她没有接过，至少没有当场接过，只暧昧含糊地推辞："我还没有想好。"领导人物用一段足够长的沉默表达着不满，直到那不满快要撑破屋子，最后却也客气地送她出去，身后门锁咔嗒闭合的瞬间，像极了一截救生绳被拦腰剪断该发出的声音。一些应景短语或许可以派上用场，譬如，谈判破裂、交易失败，可其实没有什么谈判，更说不上交易，那不过是经过装点后的恐惧，被上一个割破手腕血染宿舍地板的女孩吓破了胆，于是，人人风声鹤唳、草木皆兵，一场暗地里的扫雷活动成为当务之急，大概还有线人透露了某些捕风捉影却不得不引起重视的消息，总之，结果就是，周苇很快就被锁定。扫雷唯一成功的方式就是让雷爆破却又无人伤亡，辅导员站在过道，迟疑地再度抛出伪装成橄榄枝的心理咨询探测仪。这次，周苇没有拒绝，或许是她知道拒绝了救援绳就最好不要再拒绝橄榄枝，也或许是因为辅导员总爱用疑问句，那听上去有种温柔或羞怯，何况，周苇看过不少电视剧，里面的心理咨询师几乎无一例外地通晓睡眠的秘密——它总是藏在一只摆动的金怀表里。

遗憾的是，没有摆动的金怀表，也没有深色的躺椅，除了门口新近张贴的标识，所谓的咨询室和这栋行政楼的其他办公室别无二致。一位女老师坐在办公桌后恭候已久，她身穿一件米白色短袖绒毛针织衫，有些心理学理论认为，人类对毛茸茸的事物天然亲近，也更容易卸下防备，周苇倒没有觉得亲近，她向来对猫猫狗狗没有兴趣，她只养过一只乌龟，通体无毛、甲壳坚硬，皱巴巴的皮肉在觉察到四周的动静后，总会缓慢地瑟缩进巨大的壳里。乌龟并不灵敏，有研究表明，缓慢是它长寿的秘诀，可对周苇养的那只龟来说，缓慢却足以致命。当陈香兰心血来潮决定将它作为年节的菜肴之一时，它每分钟几厘米的爬行速度注定了被捕获的命运，整个过程不费吹灰之力，不像会张开翅膀满场奔逃的鸡鸭，也没有年猪被宰杀时的震天哀叫，唯有那副死到临头还尽职尽责的硬甲带来了一点儿麻烦，可陈香兰有锤子和砍刀，一阵叮叮砰砰的敲击，麻烦就四分五裂溃不成军。上桌时，那身甲壳还充当了某种原生态美学装饰。万幸的是，出于某些迷信或者养生原理，陈香兰认为女孩子不宜吃龟，周苇这才得以避免吞咽自己短命伙伴的厄运。第二次会面，周苇将这个故事讲给了女老师听，因为她——并不令人意外地——认为回忆童年的某些遭遇或许会对"走出当下的困境"有所助益，虽然看上去更受这个故事助益的是女老师，她明显拔高的语调和略显兴奋的神情都透露出她对整个进程"顺利推进"的欣喜。"创伤"，她用这个词来提炼故事的意义，尽管，在周苇看来，故事中唯一受到创伤的应该是那只龟而非自己。女老师再接再厉，拿出一整套用"我"字开头的测试题，"我"一会儿热心，一会儿冷漠，一会儿冷静，一会儿恐慌，一会儿爱思考严肃的哲学问题，一会儿又沉溺于华服珠饰，"我"躲在堆成安全墙的问题后面贼眉鼠眼，装作友军想要套取她坚壳下的秘密，整个答题过程耗时将近一小时，交完卷就到了会面约定结束的时间。女老师抬起手腕，看了看那上面的金色女表，"下周还是这个时间，我会针对这次的测试来进一步细化你的问题。"怀着一种等待分数揭晓的心情，周苇继续在几近崩溃的失眠中熬过一周，可下一次会面，女老师并没有如约为她讲解那些"我"字背后的奥秘，她只是让她继续讲述自己的故事。女老师善于用微笑来不变应万变，变换嘴角勾沉的角度去表达模糊暧昧的态度和情绪，一个活灵活现的蒙娜丽莎，只可惜周苇并没有达芬奇的画技。相反，女老师面前的笔记本上倒密密麻麻全是字的素描，不用马良的点睛，黑字就能自动变成弯弯曲曲的字虫一只一只，从白纸上爬走，爬到桌面，顺着女老师的手肘掉到她穿着丝袜的腿上。她看见几只黑字虫咬破了丝，钻进露出来的白肉里，她咬紧舌根免得自己当场呕吐起来，那样他们大概就会认定她确实有病，病入膏肓，药石难医。

每周一次的谈心很快就不是秘密，一个人重复在同一时间消失难免可疑。可疑招致风言和风语，和风沙一样，只要时间够久，就能产生鬼斧神工的塑形魔力。周苇不知道自己究竟被塑形成了什么样子，尚在早期的精神病、拥有不检点秘密的坏女孩、误入歧途的愚蠢女学生、罗曼蒂克的典型受害者、下一位割腕者的有力候选人……从周围人的眼神中，她读出了这些东西，当然，还有更多更普通更不值一提的东西，譬如，疏离、好奇、打量、同情、恐惧。周围人都开始不约而同地对她背过身去，走廊里自动劈出宽敞红海，拥挤食堂里出现了独属于她的奢侈单人桌，舍友们对八卦、夜谈和分享零食陡然丧失了兴趣——至少她在场时是如此。某天，她被班长"不小心"从班游的名单里漏掉，他们去了邻近的小岛，她想起来，那是软呢帽先生最后一次跟她通话时提到的幽会地。奇怪的是，她没有忘记这件事，以及与他之间的每一件事，甚至包括她去教学楼广场前参加的哀悼仪式，虽然严格意义上，这并不是他们之间的事，而是他和另一个女孩之间的事。她并不是特意去的，特意是指像其他人一样，手持着蜡烛或者鲜花，怀揣着愤怒或者悲伤，衔着相似的问题和疑虑，三五成群，在太阳落下后以某种秘密的方式短暂地融为一个集体。她不属于那个集体，尽管当他们点燃一圈蜡烛对着女孩的照片集体默哀时，她也在整整一分钟里保持低头不语。低头时，摆在地上的照片正好跳进视野，女孩留着长发，和她一样，青春年少，也和她一样，女孩似乎很爱笑，至少从照片上看是如此，这一点和她不同。即使面对致力于收集快乐时刻的相机，周苇也总是耷拉着一张脸，并非她不愿意，而是她始终也没学会如何对着那个金属盒子和它周围的虚空突然无中生有出一张足够自然、真心的笑脸，因为通常来讲那种时刻不会发生任何值得笑出来的事情，相反还常常伴随着过分紧张的气氛——"看镜头！""眼睛不要眨！""头发再往中间拨一下！"，被这些声音拨弄着的周苇只好俘虏一样笨拙地左右移动，在慌张中勉强静止，怀着某种类似于等待处决的心情看快门如扳机一样扣动，将某个时刻的她当场击毙，变成一张薄片标本，压进塑封相册里，就像面前的这些相片，在拍下的那一刻就已经是遗像。人不止会死一次，而是两次、三次、成百次、上千次，无数死掉的时刻堆在身后，直到最后一次死来临。最后一次的脸却没有被相机记录，但周苇料想大概是没有笑容的。于是，地上成排的笑脸成为一种代偿机制，一套完整的说明——也曾有过幸福的、快乐的、微笑的、大笑的时光，小孔成像原理可提供确凿无误的证据。

"朱瑜同学是我遇见的最为乐观积极的人之一，她热心帮助他人，认真对待学业，她的梦想是能在未来成为一名使正义得到伸张、不公得到纠正的人民律师。大学期间，她曾多次参与社区、乡村义工活动，对待求助者总是以热情的笑脸相迎。然而，这样一个品德优秀、前途无量的年轻女孩却在人生最好的年纪选择了离开，以最决绝的方式，离开了她亲爱的同学、尊敬的师长、挚爱的家人，这一悲剧不能不让人感到无比震惊、痛心……"

一位女同学站在相片前代表致辞，人群中有隐约的哭声环绕伴奏，烛火摇曳出悲苦剧的舞台阴影，周苇从舞台的侧方悄悄退出，无人注意。

后来，周苇又见过那些照片数次，分别在校园论坛、当地晚报、电视新闻里，在为受害者的脸打上马赛克模糊处理尚未被认为是必要的道德时，那张不设防的笑脸理所当然地变成了厕所标识、逃生出口一样的公共物品，无数目光对着它打量、审视、意淫、狂欢。"长得还挺漂亮，可惜了，非要跟老师搞婚外情。""这种看起来清纯的女的骨子里最骚，跟我前女友一样，找老婆不能找这样的。""之前不是要打官司吗？怎么就自杀了？""是知道打不赢吧，事情肯定没那么简单。""一个巴掌拍不响。"键盘一个巴掌却可以拍得咔咔作响。发言上方的脸还在笑，微笑、大笑、露牙笑，周苇惊讶于那些人竟然能够收集到这么多各式各样的笑，没有人收集哭，一张哭也没有。仿佛哭不曾存在于女孩的生命，就像软呢帽先生的肖像也不存在于这一场互联网蓝海卷起的风暴里。

他的姓名被抹去，学校网站上用了"某某老师"代替，报道里统一采用了高校教授这一称谓，应和那时正在流行的网络语——"叫兽"，以达到吸引眼球的目的，眼球也果然被吸引，视觉神经连接脑神经，电光石火地完成一次闭眼扫射触发的凶猛快意。也许也有人提到过他的名字，只是意外地并没有激起"叫兽"那样铺天盖地的恨意，于是，那几个不起眼的字在枪林弹雨中竟逃过一劫，在风波渐渐平息之后开始隐姓埋名。诗歌和文学理论课程消失在了选课表里，个人简介消失在了"师资力量"里，单人照和合照一齐消失在了布告栏的"优秀教师风采"系列里，金边名牌消失于行政楼第七层的走廊，一只或许多只橡皮擦趁着人们在欣赏笑脸时将它们一点点抹去。如果不是床头的那两本诗集——扉页留存着作者的亲笔签名——和收件箱里几十封已读信件，他差一点就会像水滴一样在周苇意识到之前就蒸发得毫无痕迹。但毕竟还有那些东西，来不及或者没办法彻底清理干净。"只要犯罪，就一定会留下痕迹。"某位名侦探试图用来降低犯罪率的恐吓箴言对周苇眼前的情况也颇有借鉴意义。不过，就算不发散而论，而是就事论事，周苇也可以理解软呢帽先生的马虎大意，因为，一切都"事发突然"，谁都"没有想到"。

"朱瑜去世的前一天还在整理诉讼资料。"当事人好友跳出来做证。"你说情绪吗？没什么不对的，不过事情出了之后她就很少来学校了，我了解的也不多。"朱妈妈对着镜头："她怎么可能自杀？发生什么我都会信，可我就是不信她会自杀，她最孝顺了，怎么会舍得……"哭声打断疑问，说不出来的话变成抽泣，朱爸爸扶着妻子，摆了摆手，不愿多说。"我们已经收集了足够多证据和材料，可以证明对方确实对我女朋友构成了性侵害的行为，开庭时间就在下周，我们有绝对的胜诉把握，在这个关头，她不可能做出这种行为。"同在法学院的男友情绪更为克制，当初也是他鼓励朱瑜"打破沉默、说出真相"，也因此收获了一批称号，有的好——"新世纪模范男友"，有的坏——"最强绿帽"。"只差一步，只差一步我们就成功了。"终于，在采访接近尾声的愤慨叹息中，他镜框后的眼睛泛起情绪、眼泪，"我不会就这么放弃的，罪犯必须付出代价，接受法律的制裁，这不是自杀，而是他杀。"

然而，警方第一时间就排除了他杀嫌疑，时间、地点、现场、动机都摆在那里，证据充分、事实清晰，并无可供推敲的疑点，也无值得揣摩的内情，经验丰富的老刑警和绝地逢生的名侦探都可以退场了，接下来，"需要留给家属和亲友一点时间、空间"。家属和亲友渐渐消失在了时空织造出的虫洞里，当事人缺席，庭审没能如约进行，新鲜出炉的抢劫、偷盗、杀人、拐卖、虐待、战争很快将这则旧闻挤出头条，再挤出内页，挤进城市新换上的绿色垃圾桶里，"可回收物"，可至于是否真的回收了，没有人会较真去打听。那之后，周苇偶然遇见过朱瑜的男友一次，在仲夏日暮时分的校园，她惊讶于自己隔着半条昏沉的马路也能一眼将他认出，毕竟，那时她的记忆力已经开始严重脱胶，粘不住任何只是轻飘飘一晃而过的东西。他看上去和电视里不太一样了，更瘦、更高、更沉默，背一只黑色书包，在黄昏的树影里走着，忽明，忽暗，但最终还是暗下去了。

后来周苇听到过一条流言，据知情人士声称，这位好男友已经提前获得保研资格，师从某位知名教授，于是，叫兽又变回了教授。人不能踏进同一条河中，除非他始终和河水并肩同行。

六月或者是七月，总之，在人们开始穿夹脚拖鞋和短裤短裙的时节，周苇开始单方面切断与女老师一周一次的会面。女老师的针织衫换成了连衣裙，浅粉蓝、薄雾蓝、宝石蓝、趋近于黑的深蓝，在午后轮番登场，有一种说法是蓝色使人镇静，也有说法认为它使人忧郁，而女老师的蓝色连衣裙只使她的皮肤看起来比往日更加白皙，趋近于半透明，浅埋的蓝绿青筋也因此显得脉络分明，在谈话静水深流的间隙，周苇时常盯着它们，从而获得一种观赏植物般的宁静。长时间地盯着植物是一个坏征兆，这不是女老师告诉她的，而是来自她在图书馆角落偶然拾得的一本入门心理学书。"偶然"只是她的说法，认识她的同学后来表示，那段时间常常看见她徘徊在心理学书架区域。第一次会面迟到时，她懊恼、道歉，用三分愧疚装出十分后悔；第二次，她谎称自己睡过了头，尽管约定时间是下午四点；第三次，她忘了自己说了什么，只记得女老师的脸聚起密云，像那一阵常出现的雷暴天，四周都暗下来，只有她被顶光照亮，头顶聚着一束没被云雾遮掩住的亮金，亮得像是即将有什么会从那里降临，可什么也没有降临。然后，第四次、第五次，周苇关掉手机，万事大吉。辅导员找上门来，脸上还是挂着笑，一副提前打好的蝴蝶领结，只是过程中她开始时不时去松一松、理一理了，像是不这样就呼吸不过来。"有什么困难？""有什么想法？"周苇眼神忍不住开溜，溜到墙上、地板，一路滑向自己的脚，她瞥见那对脚尖一致朝着门口的方向，行为心理学说，这意味着一种急欲离开的潜意识，可惜，辅导员看不懂。她试图通过绝对的正向反馈来尽快地结束这场对话，点头如捣蒜，嘴里连连吐出"可以""很好""没问题"，却没什么起效，她开始抖腿、搓手、眼神飘忽，整个人如同开始冒起小泡、即将沸腾的一锅热水，直到，终于，一个救火电话打来，诸事缠身的辅导员才不得不"先聊到这儿"，然后就慌慌张张、三步并作两步离开了。

总有更大的事，她不过是粮仓里一粒烂掉的还未来得及清扫的谷子。咨询室她没有再去，辅导员也没有再来，没过多久，所有人都放假了，暑期的校园仿若刚刚经历过灭绝期后的世界，寂静、空旷，尚未被掩盖掉的旧日遗迹裸露在外，植被疯长，枝蔓越过秃墙垣、铁栅栏、房顶，自由扩张。黄昏是鸟的时辰，叽喳声、啾啾声在浓荫支起的黑布中扑腾，再往后就是虫的时辰，它们彻夜欢歌，发出醉酒的吵闹，以庆祝人类的消失。人类也并没有彻底消失，路上偶尔会晃过几个踽踽的影，失去了人形，演化成某类新生的无名物种。宿舍也空下去，被子则卷起来，露出床板焦黄疲惫的脸，忘了收的内衣、袜子、吊带悬在阳台上终日晃荡，桌上几袋膨化零食整个夏天都寂寞地鼓胀着身体，胡乱堆积的书、纸、笔进入一年中最漫长的休眠期，一片迟钝的衣角卡在进门第二格上锁的柜门边，无人救援，窗台上唯一一盆茉莉在花期来到前就死了，早变成干尸一具，周苇却常在夜里闻到一阵幽魂清香，若隐若现，似要诉说隐情。她把这种体验归入梦境，除此之外，还有孩童的低泣、叩墙的咚咚声、突然被吹开的窗户、童年的幻影、耳边低沉的男声……梦和现实依偎成紧邻的黑白琴键，高低和鸣，拉扯着她卷入某段持续不停的曲调中去。

偶尔，这种和谐的旋律会被一些杂音打断。"叮"声报喜，送来一张福照，照片上陈香兰被明显隆起的肚子压在沙发上，她睡着了，面容称得上恬静，某种淡淡的母性光辉——周苇从圣母油画上剥下来的词——给照片镀上一层透明薄膜，守护着里面那个柔和、安宁、被神迹眷顾的瞬间。每隔一段时间，周苇就会收到一张这样的照片，它们是那位"新爸爸"从远方遥寄而来的明信片，作为家庭的驻外成员，每一站的风景也不容错过。不过，这些也只是题为"小家幸福瞬间"的系列组照中的精选作品，若要一览全集，则需移步至某个以空间命名的线上展厅。展厅结构精巧、风格复杂，复古荧光花束在入口处造出热烈迎客氛围，焰火、星辰与太阳齐聚一堂展现出略显超现实主义的金碧辉煌，巴洛克式的繁复花纹簇拥着七彩行楷的"花开富贵"和"平安健康"，两盏并不专为节日亮起的长明红灯笼是一左一右的点睛之笔，通俗又直白地将主人喜事临门的雀跃淋漓尽致地演绎了。这些东西花了"新爸爸"不少时间，陈香兰在视频那端不止一次暗示周苇去"踩踩"，这个跺脚小姑娘般的叠声词着实吹起一层大惊小怪的鸡皮疙瘩，除此之外，还有"flash""加好友""昵称"等等被这两位爱侣在闲暇午后从互联网深海里打捞出来的锈词废句，他们视若珍宝，一度还鼓励周苇加入他们的寻宝之旅。"当然，你懂的肯定比你钟叔叔多了，有时间你可以跟他交流交流。"摄像头前陈香兰挤挤眼，试图用拾来的旧物为这对半路父女改造出一架沟通的新桥。"新爸爸"坐在一旁，用笑呵呵的"少操点心"打住妻子的念头。周苇明白，除了陈香兰，没有人想架桥，"新爸爸"全副身心都投入到了家的建设工程之中，无暇他顾。周苇造访过那个展厅数次，为了避免留下深夜脚印，她甚至重新披上了荒置多年的幽灵马甲，一时激起不少旧日尘埃，尘埃中一座座灰黑墓碑林立，它们分别属于下落不明的"陌生人"、离开房子的谢依然、被周苇正中心脏的小余以及许许多多死因和名字皆已不可考的旧人，墓碑上的照片仍顶着旧日的模样，只是无一例外地褪色成黑白了。尘埃呛出一阵咳嗽，听上去像是有谁来了，那时，人们的脚步声就是这样的。于是，那些看不见的、四通八达于天空下伸展着的隐形绳线将旧日世界和眼前世界连接起来，上面停驻的鸟雀不是空间而是时间，当周苇吹响召唤之哨时，它们就会从遥远的天际掠翅而下，落成一粒一粒棋子般短暂的黑白色静止时光，用来沉思、停驻，既不是退，也还未进，而只是让目光在棋盘上一圈一圈地逡巡、徘徊。周苇将这一切称为"乡愁"，不是蓝色的，而是分明的黑和分明的白，琴键又回来了，切换成民谣小调，一遍又一遍地在午后或是午夜奏响。可乡愁小调仍旧没有唤醒回家的渴望，周苇并不后悔又一次重复春节的把戏，用烂借口做脱壳的金蝉。"我想做个暑期实习。"陈香兰自然有疑问一箩筐："才大一实习什么？""有工资吗？""有同学和你一起吗？"还没等周苇将准备好的答案——奉上，"新爸爸"就开始充当深明大义的调解员："现在和我们那会儿包分配不一样了，实习经验丰富有助于就业，年轻人趁有机会多去社会上锻炼锻炼，是值得鼓励的。"一个同谋的眼神顺道拍了拍周苇的肩，意思再明白不过："去吧，你妈我来搞定。"半路父女用笑隔空击了个掌，为这难得的心有灵犀。这样也好，陈香兰的那些问题终于不用再在寂静中空响，有去无回。从童年起周苇就总是接不了的羽毛球，球拍终于能易手下一位，新球员信心十足、精力充沛，扛得起锄头也拿得稳笔杆的胳膊接下来也将抡出完美的击球弧线，使这场友谊第一比赛第二的家庭赛在"有来有回"中继续热闹开展，而淘汰的前队员只需在赛事正酣时择一侧道低调离场。

暑期实习自然是现织出来的幌子一面，风浪过去后就偃旗息鼓瘫下去，露出空心肚囊，陈香兰仍旧坚持把钱按时按量打到周苇的那张哆啦A梦联名卡上，亲情魔法为她解决了温饱难题，剩下来的困难就是精神层面的啦。精神层面还是那几个老大难，失眠啊、忧思啊、多梦啊、幻听啊、健忘啊，陆陆续续又增加了暴躁、被害妄想、胡言乱语等等前来投奔的难兄难弟。"虱子多了不怕痒，病多了不愁"，周苇决定服用这一改良版的民间妙方，除此之外，她还通过一些"特殊手段"获取了几瓶花花绿绿的神奇魔药。

魔药来自一位做好事不求留名的慈善肛肠科医生J，除了将内镜伸入弯曲肠道来为患者的隐痛排忧解难，J的另一特长是在深夜用鼠标线钻研女孩们的心肠，为自己的隐痛排忧解难。说这是他的特长其实是夸张了，较之于打磨多年的娴熟医术，在这上面他的技术显然还有待提高，何况，心肠往往比肚肠更曲折、幽深，难以探看。在情欲的浪潮顺着湿润的发梢退去，闪烁着理性光辉的半秃沙地终于显现时，他也承认，这样的相遇称得上难得，并非所有女孩都像周苇一样"随性洒脱"，她们大都会消失于晚餐结束之际，很少会有人像她这样爽快地踏进路边那辆不太起眼的银灰色马自达，再躺上这张出于职业习惯整洁如停尸台的双人床。只需抬头看一看那张比马自达更不起眼的面孔,周苇就相信了他所言非虚。"现在的女孩太物质""太虚荣""太注重外貌",也许是适度的沉默给想象腾出了空间,J变得松弛,被黑暗环抱的双人床变成唯一亮灯的拳击台,他一连三个直拳,脑中女孩便保龄球瓶般一个个应声倒下。周苇侥幸躲过,她眼下并不在任何一个他拳头挥向的方向,但她也并非午夜耶稣、性爱菩萨,妄图用肉身凡胎去为欲望移山填海,让枯木再度逢春。相反,她是一个求助者,是枯木本身,和等在他候诊室外因禁食禁水而唇焦口燥的病患并无二致。不过两次简短的深夜线上会诊,医生J就大致摸清了她的情况,但也许因为肛肠离大脑实在太远,起初他还拿不定主意,只好给出模棱两可的诊疗意见:"我认识些人,可以帮你想想办法。"周苇只好隔着屏幕表示遗憾,如果没有办法,也许她就不得不另寻出路。于是,尽管困难,本着救死扶伤的人道主义精神,医生J还是决定动用一些"人脉""关系",曲折辗转终于从久未联系的大学同学那里找到了办法。办法在初次线下面诊前就被揣进了J的上衣兜里,但一直等到两次相当细致且深入的查体之后,他才颇为戏剧化地猛地拍了拍脑门,后知后觉地将它掏出来。"不管有什么问题,这些东西还是要少吃。"他低头皱眉盯着瓶身的成分表,像是要借此解析出眼前这个来历不明的女孩。害怕供方后悔、交易中断,周苇只好借着几个虚晃答谢吻的走神间隙将东西从他手中顺走,猴急得像个断供的瘾君子。他的目光中同时流露出惊讶、怜悯与揣度，与此同时手也并不闲着，继续敬业地摸索查探着眼前这位女患者的"病体"。在他散发着淡淡消毒水味道的手掌下，她变成了一具实验台上的捐赠遗体，于是，每一寸皮肤、每一根骨头、每一块肌肉都献身出去，最后还剩下什么她也没搞明白。她奇怪的是，软呢帽先生竟然还留下了可供使用的东西。这样的实验等到药片到手后就被周苇单方面切断，在出租车后座，她只花了一分钟的时间就将J的一切联系方式清除干净，等到他反应过来时，她早已在药片的帮助下重回梦境。后来，几通陌生的未接来电和一连串塞满感叹号和问号的短信相继找上门来，周苇只读懂其中一句——"你他妈真是个神经病"。至此，医生J终于肯明明白白地如实告知患者她的病情。

药片是这段关系中唯一货真价实的部分，粒粒分明，童叟无欺，周苇终于找回了失散已久的睡眠，尽管它已经变成一个痴呆、黏人又霸道的孩子，总是紧紧环抱住她，从天亮到天黑再到天明。有时，它也蛮横地摇晃她，使整个世界都陷入重逢的眩晕，眩晕连锁反应出恶心、厌食以及肌肉突然陷入紧张后的抽搐涟漪。这些症状似曾相识，在近半年与陈香兰的通话中，她偶有提及。也只有在那些时刻，周苇才会迟钝地记起那个突然出现又匆匆消失的孩子。现在，孩子在药片中重生，睡眠是它的呼吸，眩晕是它的脚步，抽搐是它的心跳，它和周苇一样，不爱吃饭，偶尔暴躁，时常阴郁。她不知道它为什么要回来，在所有人包括它的一对父母合谋将它驱逐之后，它还要回来，像是一棵丢不掉、甩不脱的鬼针草，缠人又麻烦的刺头，周身长满的全是矛盾。它闹出这些不小的动静，像在赌气，折腾着发泄心中的怨和恨，当然，这可以理解，没有人能心平气和地接受被抛弃，即使它还只是一个发育中的胚胎，这是比"人人生而平等"更早写入天性和基因中的东西。它要一个说法，要公平，要引起注意，就像周苇六七岁时，为了一个巨大的螺旋彩色棒棒糖，在商场柜台前的地板上滚来滚去。陈香兰是怎么做的？她站在那里，先用双手抱臂来表明不干涉的立场，再冷静地拉长声音倒数"三——二——一"，每一个数字都被拉成一条长线，将周苇的心拖拽到半空，直到声音消失，长线断裂，心砸向地面的同时，陈香兰转过身就走，周苇终于慌不择路、连滚带爬地从地上翻起，哭哭啼啼追上那道背影。"别跟着我，我不是你妈。"陈香兰甩开环抱上来的手臂，脚步不停，那双手臂不依不饶，被甩开一次就又环上去一次，然后，又被甩开，如此重复，直到变成某种循环游戏。周苇想起来，她也曾是鬼针草。有那么一个瞬间，当陈香兰又一次用力甩开她时，她确信，陈香兰是真心实意、发自肺腑，想要就那么将她甩开。

　　陈香兰没有做成功的事，轮到周苇也是一样的结局。她甩不掉那个缠人精，它精力实在旺盛，在白天和黑夜间闹个不停，它是一只上蹿下跳的耗子，一头活力充沛的牛犊，它横冲直撞、左右翻腾，它快要冲破她的颅骨，这使她常常一整天都受到偏头痛的折磨。它在她的身体里打孔、钻洞，专门针对骨头与骨头的连接处，它洞悉了她的每一处弱点、不足，不慌不忙地挨个击破。它玩转了辩证论，把死亡掉了个个，变成永生，它永生在了她之中，肌肉、神经、血液、细胞都被它驯化成听令的士兵，它指哪打哪，成了不会失败的常胜将军。然后，有一天，它用低沉腹语告诉她，它想见见他，那位给它血缘又将其斩断的父亲。

光明之地

　　为了见到软呢帽先生，周苇颇费了些周折。他不在此地，此地已是耻辱之城，他需另寻光明之地。"再找出路"，电话那头传来的原话，听上去像是老港片里末路匪帮的台词。对于她提出的见面请求，他显得警觉，先是旁敲侧击了一顿，意欲套出她此举背后的"目的"。从前，他从不问"目的"，"目的"向来都攥在他的手上，她拥有的只有过程，其中包括时间、地点、搭乘的交通工具，以及服装、配饰、心情等等。现在，他开始问"目的"了，周苇只好临阵磨枪、现编现造："我想你了""好久没见""我暑假没回家""时间一大把""没人跟我在一起"……她软磨又硬泡，用话语锉刀耐心地一点点锉去他心上结茧的疑窦和防备，这并不容易，一不留神就可能错手划破他那颗惊魂未定因而格外敏感的心脏。可如今周苇有的是时间和耐心，她正愁没地方将它们打发出去，于是一股脑通通倒进了软呢帽先生藏身的地洞里。"等待一个春天"，诗里是这样描述的，她等待的是一个动静、一声信号，土层松动，新芽萌发，她守在洞边，一捧接一捧地浇筑和风、浇筑细雨。唯一的难题在于她还必须同时安抚好那个死而复生的孩子，它还没来得及培养出成年人的耐心，总是在她脑中龇牙咧嘴、焦躁不安地转来转去，时不时还发出歹徒似的威胁恐吓，逼她尽早解决问题。

几番来回的侦查试探后，洞口终于传来一声熟悉的叹息："现在没人信我的话了，他们只愿意听故事。"被耐心刨锉的心脏终于再度露出一角柔软肉粉，他开始抱怨，语气是孩子气的无辜、委屈，"我并不想伤害她，也不想伤害任何人。""她"的专属座椅上端坐着朱瑜，周苇环顾四周一圈，才发现自己站在了"任何人"的队伍里。那是一支无脸人队伍，五官被抹去，姓名也不便透露，除此之外还有整齐划一的沉默，唯一没有沉默的已经死去。软呢帽对此次死亡事件发表起迟到的感言："她这样一死，我倒洗不清嫌疑了，人不是我杀的，我却成了杀人犯，这是什么道理？""学校为了避嫌要解聘我，说是等风头过了再补偿我，可有些东西没了就是没了，怎么补偿都无济于事。"孩子被软呢帽喋喋不休的抱怨搞得耐心尽失，它捏着一把匕首抵住周苇的脖子（没人知道它是怎么弄到那东西的）："别废话，约他出来。"它语气阴沉，模仿着成年人的口气。周苇只好逮住一个沉默的间隙，发出酝酿已久的邀约："我想见见你。"软呢帽先生没说好,也没说不好。"等等再说吧。"

其实周苇知道,他会跟着秋天一块回来,辅导员在某次谈话中无意——也或者是有意——泄露了这个消息。可当他真正回来时,已经是将近中秋,月亮的秋膘养得又肥又润,金黄的一轮贴在无云的夜空,周苇想起第一次跟软呢帽先生出去也是这样的景象。天上月圆,人间团圆。"新爸爸"新发来的合照上,陈香兰的脸也圆如月盘,只不过不是光亮的金黄,而是镀了一层旧掉的蜡黄,黄褐斑在几乎被皮肉淹没的颧骨上停成蛾折断的翅膀,她没看镜头,目光朝下打成一束聚光灯,照在家里最新登场的"小明星"身上。她被一团天蓝色的纯棉织物包裹着,只露出一角的侧脸保持着明星的神秘,也许她睡着了,也许只是在发呆,无论怎样都无关紧要,她只要在那里就足以吸引在场所有人的目光。外婆呵呵笑出假牙一副,二舅妈和小舅妈分别送上金锁、金手镯——"锁住福气""锁住平安",已不算新的新大舅妈也在多年的来往应酬中"变得懂事",用一套英国王室宝宝专用护肤品在一堆红彤彤、金灿灿的传统礼品中独辟蹊径,人到中年突然被佛门点化的三姨为新外甥女求来一道"诸事顺遂"符,小姨远在他乡,只能遥寄一只电子红包以表心意啦。"趣事"桩桩件件,"笑料"接二连三,一度变得冷清的家庭会话重新被这些喜事边角料塞得满满当当、热闹非凡。有时是陈香兰说,有时是"新爸爸"说,有时两人抢着说,不同的故事版本在电话那头擦撞出喜气洋洋的火星火花,有时火星不小心溅到了一旁的娃娃身上，娃娃就会发出震天哭喊，两位已经算得上老手的爸妈仍旧会立马陷入兵荒马乱。有几次，乱得视频都忘了关上，对话框里就只剩下周苇一个人的脑袋，她听见叮叮砰砰的声响从凝固的画面后传来，惊悚片一样。但他们还是顾及了她，为了使每个家庭成员都分享适度的参与感，起名的任务被分配到周苇头上。"你是大学生，最有文化。"为了不辜负上一辈人对当代教育的期望，周苇花了整整一个下午，穿梭于图书馆的书架，翻找了不下五本看上去颇为权威的字典，企图找到一个或者两个恰如其分的汉字去匹配明星娃娃。然而，最终跃入视线的字并非打捞自茫茫词海，它诞生于一次偶遇，由沿街灯箱广告提供灵感，一个笑容甜美、模样清新的女孩手持一只香草味甜筒，字号硕大的花体广告语用本地方言对来往路人发出招揽，然而，周苇的目光只被藏身其中的"钟意"二字吸引，对啊，再没有什么比它更适合作为明星宝宝的名字了。清脆、直白，板上钉钉的笃定，适合用来抒发涌破喉咙的爱，譬如，所有人对这个新孩子的爱。至此为止，这起年度家庭事件终于可以完整叙述了：2010年9月1日晚上八点二十三分，钟意，周苇同母异父的亲妹妹呱呱坠地于X市第二人民医院，重六斤八两，身长46厘米，出生时健康状况良好，无畸形，母亲姓名陈香兰，此次分娩为第二胎，生产方式剖腹产，无产时并发症。简而言之，母女平安，皆大欢喜。

满月酒恰好撞上了中秋，不嫌多的喜上加喜。当大家回望这一天时,记忆将盛满了欢声、笑语,从金色圆盘里溢出流淌的奶与蜜,奶是胖乎乎的奶娃娃,蜜是中秋夜的糖桂花,莲蓉馅、枣泥馅、冰糖馅、五仁馅、芝麻馅、豆沙馅的月饼在高台上摞成环形山,挂礼的宾客见者自取,瓜子壳、花生壳、核桃壳在脚底噼噼啪啪地放起鞭炮,整个酒店大堂热烘烘、红彤彤,映得所有人的脸蛋都荡起飞霞。"新爸爸"在霞光的旋涡里打着转,脚步开始在云端发飘,这桌说完"吃好,喝好",下桌已经举起酒杯探头相邀,"喝不了了,你们随意",刚想耍个滑头,就被多年的好友按住肩头,"今天什么日子?"转头看一圈在座宾客,又回过身将眼神锁定到男主人身上,"你老钟的大喜日子!不陪哥几个喝两盅说不过去吧?""就是!就是!""谁能像你?五字头了,还喜得千金!我看你正当壮年呢!"推辞不过,只好又举起一盅在妻子的嘱咐下兑了水的白酒,一路火烧火燎地下肚,整个人便愈加沸腾,心中仿佛有什么正在翻滚、冒泡、亟待涌出。他又想起了刚出生的女儿,医院的护士抱在手里递给他看,小得像只老鼠,哭声却如洪钟,响得整条走廊都能听见。"听这嗓门,以后说不定能当个歌星呢!"不知谁来了句。歌星?影星?老钟没想到那么远去,他现在只想眼前,这么小的孩子,像是一株刚冒头的幼苗,给他本来快要谢幕的人生带来了新的生机。儿子出生时,他还是个二十出头的愣头青,生意、酒桌、洗脚城占据了太多时间和精力,等他想要仔细瞧瞧那个孩子时,他已经跟在他妈身边对他爱搭不理。

他错过了一些事情，可老天爷突然又给了他一次游戏重启的机会，这一回，他决定洗心革面，在未来找回丢失的过去。坐在包房里给孩子喂奶的陈香兰没想那么多，她想的是中医开的出奶方子究竟管不管用，年纪毕竟在那了，这一胎不像生周苇时，奶水多到打湿胸口，让她闹了好几次大红脸，最后不得不想尽法子回奶。从前的困扰现在成了奢望，仿佛生活就是这样，不是多了就是少了，很少会像满月，但她也感到八九分的心满意足了，人生不必真如十五六的月亮。就像今天，如果周苇在的话，一家人才算得上真正团圆，可即使陈香兰感到愧疚、不安，也不能否认心底里确实有个声音在说，她没回来也好。

没回来的周苇回到了另一个地方。熟悉的防盗门还贴着旧年的福字和对联，红纸有几处褪色成斑驳的玫粉，干掉的墨迹拧成发紧的眉，隐隐带怒似的，盯着面前这位老熟人，说不上友善。周苇也不是为了友善而来，从来都不，友善不是这扇门后的主人信奉的美德，至于他信奉什么，周苇说不好。屋子里倒是有一张十字架上的基督画像，荆棘桂冠和暗红鲜血营造出一种"恐怖又神圣的美感"，他是这么说的，"信仰往往如此，恐怖是宗教药方里点睛的引子"。先要激起人的恐惧，使人从直立行走的人变成四肢伏地的兽——跪拜仪式的源头，也可以当作在恐慌中打碎一只普普通通的瓷碗，再用信仰的胶水粘补，人就离不开那剂粘胶了。这是他在菩提树下的顿悟。"当然，其中也有值得人留恋的东西，譬如，美。这幅画就很美，是我在法国讲学时一位女学生所赠。"关于女学生的故事软呢帽先生没有展开多说，他出神凝视了受难基督片刻，目光如同凝视维纳斯初生时的胴体，"美"变作贯穿的匕首一样串联起二者。"美"，他时时含在口中的珍宝珠玉，牙齿打磨造型，唾液滋养光辉，却不必示众，不必悬挂于门扉、墙壁，而须珍藏于暗处。"美是唯一的巴别塔。"有一次，在结束时，他抚摸着她的乳房，仿佛自言自语。巴别塔倾倒之后，每个人都在说，每个人都有什么要说，嘈杂的人言将他淹没，他只好逃窜回这个位于宁静郊区的"安全港""庇护所"。

港湾在周苇眼前缓缓打开如贝壳，一颗光滑锃亮的珍珠脑袋从贝壳缝里挤出，软呢帽先生没戴帽子，变成了"先生"，先生在汉语中用途广泛，既可指老师，又可指丈夫，周苇这才发觉这个词的妙处。先生侧身请她进屋，贝壳旋即在她身后"咔嗒"一声闭合。"最近总有些莫名其妙的人找上门。"像是在解释刚刚的动作，但他也没再多说。周苇还在揣摩着"莫名其妙"四个字的意思，而软呢帽先生已经将一杯热茶端上茶几。"刚从云南带回的普洱，尝尝。"暗红发黑的茶汤在陶杯里晃荡恍若第一夜的葡萄酒，周苇端起抿了一口。"呵呵，忘了，你们小姑娘估计不爱喝这种陈茶，茶汤太浓、味道太重，"他笑着，像是想起了什么，"你们这个年纪还是适合喝绿茶、白茶，都是春天里掐尖采下来的嫩叶芽头。"他口中的"你们"使周苇产生了一种错觉，仿佛房间里正坐着一群"这个年纪"的小姑娘，而非仅仅她一个。可又确实只有她一个，形单影只，无头苍蝇一样撞进蛛网横生的旧巢。那些姑娘去哪了？也许刚走不久或者不久后再来，蛛网是柔软的障眼法，其实牢如钢丝、韧如蒲苇，完美的猎捕器，总能等到昏了头的猎物。周苇低头，吹了吹不存在的热气，茶汤并不难入口，年岁带来滑腻的醇厚，晃荡着、游走着，舌尖抓不住，一种滑头的口感。"这次去云南，看我一个老朋友，他在那里隐居十多年了，不问世事，一心种花、写诗，人倒看上去年轻多了，我想或许我也该学他，闲云野鹤，少理俗事。"他喝了一口茶，味觉唤醒了云南高地的记忆，弥漫开的湿润空气使他变得多愁善感。"这些天，我就见了你，"一只被陶杯焐热的手覆上周苇的手背，又滑到发间，"你还能来见我，我很感动。"近在眼前的嘴唇在说完感言之后，开始朝着周苇的方向移动，她用手轻轻按住他的肩膀，顺势环上他的胳膊，像个吊在父亲身上耍赖的小孩："这茶有点苦，我能吃点山楂糕吗？就是我们之前经常吃的那种。""山楂糕？"他皱眉，"我得去看看还有没有。"机会不容错过，周苇放宽界限，"或者别的什么甜食也可以。"他看了她一眼，仍旧没放弃之前的念头，低头轻吻了近在眼前的一牙脸颊，才起身去厨房了。

  周苇被留在了客厅，这场景似曾相识，在第一夜里，有几分钟，她也是这样坐着，他则背着身在厨房捣鼓着什么。那时，他端出来的就是一碗山楂糕，红得像血，和玻璃杯里的酒在颜色上互文了。"你们小女孩爱吃酸酸甜甜的，来，试试这个。"周苇想起来，从一开始就是"你们"而不是"你"，只不过，酒精使神经迟钝了。她忽略了他的词语，忽略了他的熟稔，也忽略了山楂糕本身，她只顾着拘谨、礼节，试图让自己看上去像一个好学生。她以为老师总是偏爱好学生的，虽然，她不知道她要那偏爱做什么。也许只是本性贪婪，尝过做好学生的甜头就戒不掉了。巧克力和糖果的多巴胺，豢养出千千万万个快乐胖子，而她则被某些虚无缥缈的爱豢养着。当然，前提是偏爱也可以潦草地充作爱的一种。

好学生未雨绸缪的优良作风在此刻也被延续下来，课文和药片在投入使用前最好都进行一番细致研磨，以便于随后的理解、吸收。两分钟，或者三分钟，时间足够了，将握得湿润的手从右边口袋里掏出，一只本来是用来装耳环的密封袋现在装着看不出成分的白色粉末，左手捏住袋尾，右手中指和食指配合弹出有节奏的击打，粉末便如伞兵一样轻盈坠落，融进那片温热的红海之中。不远处是一片风声鹤唳，她听见碗柜嘎吱开合，瓷盘或碗撞到桌面，闷响一声，塑料袋哗哗啦啦摩擦出草丛埋伏者的可疑窸窣，她承认，有那么一刻，她的心脏鼓动得快要破腔而出，砸到地上，砸成一摊软烂山楂糕。她害怕被当场撞破，但也仅仅是害怕撞破的那一刻，和坐跳楼机激起的生理反应并无不同，她并不害怕被识破意图或者承担后果，她已经有了一肚子的后果。除此之外，她还留有后手——弹簧刀和电击棒，后者是一天前才弄到手的网购货，因为缺乏试验对象，效果尚不能评估。可她能想到的也只有这些了，好学生也不能做到事事周全、百发百中。

山楂糕被端来了，盛在一个白瓷碗里，一碗刚从鸡脖子上淌落的鲜血，碗口恍惚还热腾腾冒着白气。吃山楂糕得配茶，味觉的中庸之道，甜苦中和，正负相抵，一种为了什么也不吃而都吃的办法。这样的来回进行了七八次，一壶茶见底，山楂糕还有两块，一对劫后余生的幸存者，在碗底抱成一团。当然，周苇并不是为了吃山楂糕而来的，软呢帽先生也不是为了陪她吃山楂糕而等在这里，但他们最后却实实在在地坐在沙发上吃了这顿山楂糕。计划赶不上变化。人生难免被种种意外撞击。为了打发吃山楂糕的时光，软呢帽先生也不忘加入一段即兴闲聊来增添些许情趣。他又提起那个岛屿，用手将它从脑中的地图上抓起，周苇趴在那面隐形的玻璃前，看它在"等""以后""有时间"这些统一表达不确定的词语动作下一会儿往左一会儿往右，迟迟不落进那个连接着现实的孔道里，吊足了胃口。她尽量装出期待的样子，像是已经开始翻捡柜子里不存在的遮阳帽、防晒霜和连体泳衣。"日落的时候最美"，对了，还要带上相机，猎捕下那些转瞬即逝的狡猾风景。他们靠在沙发上，沙发在身后碎成一片被阳光晒得温热的沙滩，微湿的沙粒纪念品一样粘上手臂、脚底，他们望着夕阳，脸上是一种限定的神情，就像一张人类专为日落造出来的临时面具。周苇确信自己真的看见了夕阳，绯红的一团，在发亮的天空中极缓极缓地沉落，如同在观赏着一次慢镜头的跳楼回放。最后的结局已知，可人们还是不厌其烦地在世界各地追逐着这一场上演了无数次的无声剧，格外沉迷、十足尽兴。也许正是因为已知，没有什么比太阳一定会落下去更确定的事情了。

然后，太阳果然还是落下去了，四周开始变得昏暗，光线陆陆续续地散场，作为幕布的窗帘被依次拉上，哗——哗——屋子里荡起折叠翻卷的浪，往日时光即将被卷起，扔进一旁的角落，等待未来某双手的解封，抑或是丢弃。太阳落进海水中，分离、肢解成一片焦黑破败的舰体残骸，坠落并没有就此中断，它在人们眼睛看不到的地方继续进行，在昏暗的海面之下，有另一个巨大而沉默的舞台，没有灯光，也没有声音，只有缓慢的、持续的坠落，划开时间的水流，划向未知的深处。据说，那里存在着巨大的矿藏，经由成千上万年堆积、反应、沉淀出来的深黑色的物质，带着一种沉闷的一氧化碳的味道，在重见天日时演化成火焰和光明的模样。重生即是死亡，悖论被循环消解，从某种科学的角度来看，死亡只是阶段与阶段之间的标记点，于是一切最终变成了传递接力棒的马拉松，接力棒被做成火苗的形状，寓意着"希望"、"光明"和"生机"。火苗在黑暗中摇摇晃晃，在祝福词中酩酊大醉，一头跌进盆中突然拱起的黑炭山上，而燃烧是缓慢的，一生在沉默中度过的黑色化石不会轻易敞开心扉，于是，只好借助轻浮的纸张，一张不够，还有两张、三张，成百上千张堆在那里，等待着被征召加入这场献祭狂欢。每一张纸都印着字，词组、短语、长句，那是它们的名字，下一秒就被贪婪的火舌不加选择地舔净抹光，名字消失在火光中，就像名字不曾出现一样。诗歌铺出的死亡的红地毯顺着地狱之火的方向长长地延伸开了。周苇站在这头，另一头是仍在药粉搭建起的迷宫中昏睡的软呢帽先生。他看上去安详、平和，对正在发生的缓慢坠落毫无察觉，就像那些待在冷冻舱里的宇宙遨游者一样，时间失效了。飞船还在前行，目的地早就记录在仪表盘上。等到仪表盘开始发红、发亮时，真正的旅程才开始。几个谢幕的旋转、跳动后，火焰渐渐熄灭了，屋子里变得很暗很暗，暗得仿佛是蓄谋，暗得像是在等待着什么登场。你可以听见那种埋伏在四周的屏息的声音，调皮的气流从鼻孔处忍不住探出头来，想看一看现在进行到什么阶段了，缓冲的时间被不断拉长，越来越薄，越来越细，变成危险的闪光银线，勒在呼吸逐渐困难的每一条脖颈上。可银线并没有继续演化成闪着银光的锋利刀刃，它软软地垂落了，一根累了的白发，一片时候已到的枯叶，无须拔除，无须风吹，无须摇晃，只是落下来了。

"自然得像是睡着。"

周苇又想起了这种盛行一时的诱骗说法，它无疑美化了这一过程，抓出睡眠来替过程的痛苦打着马虎眼，联想充当着帮凶，将睡眠唤起的感受，平静、舒适、放松、甜美等等，调包给了一氧化碳过浓导致的缺氧，以及缺氧导致的死亡。佚名的网络义士只好现身说法，用亲身经历打假来让迷途者知返："那不是睡着，那是生不如死，是求生不得、求死不能。"颠来倒去的生与死构成镜像的恐怖场景，于是，有人追问，那究竟是一种什么样的体验？

"那是被包围在一团火焰之中。火并不是一开始就出现的，最先有所反应的是脑袋，也许因为那里需要耗费最大量的氧气，于是，你感觉到昏沉、疲惫和轻微的疼痛，此时最接近睡眠。恶心感是稍后出现的，但那时你已经无法呕吐，因为你的意志力并不再足以让你起身，火也是这时候燃起来的，它在身体周围环成了一个温暖的火圈，随着燃烧，不断变热，不断逼近，却始终不真正地灼伤身体，火始终在外面，凝视着、旁观着，如同等候完事的死神。大脑的转速开始变慢，发出咔嗒咔嗒的磁带卡壳的声音，意识层变成测光仪里的风景，越来越模糊。你开始感到自己在溶解，伴随着大锤撞击似的头疼，你不明白为什么与溶解相关的动作是撞击，物理和词语纷纷失效，你祈祷自己肛门附近的括约肌能够再支撑一会儿，以免体内的残留物在溶解中提前倾泻。那是你一生中想出的最后一个笑话，一个人在死前最关心的是自己的肛门。可你已经笑不出来了，肌肉先你一步失去意识，或许还有那些密密麻麻的传输神经，亿万颗细胞在一氧化碳的浓弹攻击下灭绝性地死去，血红蛋白倒戈成为敌军，'这具身体有史以来遭到的最大规模的灾害'，不是自然，而是人为。"

整个过程大致如此。当然，还有一些更为私人的体验，只不过对效仿者并无任何借鉴意义。譬如，周苇听见了一个声音，某种动物般的哀鸣，时有时无地擦过耳边，令她想起《聊斋》里的鬼魄魂灵。也许那是软呢帽先生的亡灵，提前来找她了，诉说着恨与怨。也许那只是他最后一刻前竭尽全力却绵软无力的求救，可惜，除了她，没人听得见了。她正深陷于与他同样的泥沼之中，一颗星球的灾厄也被另一颗星球复制。浩瀚宇宙中的"命运共同体"，因与果在两者间来回奔波，只留下一道长长的星云的可疑轨迹。有人公正地将它称作时间，有人难免抒情，认为那是记忆。在那道星云之中，软呢帽的脸依稀可见，重新戴上了帽子，五官在帽檐造出来的阴影中并不分明，他的嘴一张一合，她读出了他的唇语，那是一首诗歌，记录在陈香兰藏起来的某本发黄的笔记本里。那诗歌拙劣、庸俗，筋骨分明的字迹也无法将它拯救。变化是从嘴唇开始的，张合运动改变了肌肉的走向、五官的形状，就连毛发也脱落、位移，那张脸渐渐变成另一张算不上熟悉的脸，一张周苇曾在玻璃板下有过数面之缘的脸，冷漠而温柔、衰老又年轻。时间无法穿透它，一张比钻石结构更坚固的脸。然而，此刻，也渐渐溶解在一种涟漪般的松弛之中。星云开始消散，宇宙的黑幕显现，往事碎片变成布袋子上的孔眼，周苇曾见过它们，在回家的路上。布袋的口子渐渐束紧，氧气面对呼吸的侵蚀，将空间还给沉闷的一氧化碳。周苇感到了困意，久违的困意，一缕不存在的风吹动了不存在的风铃，发出清脆的声音。梦是这样开始的，梦的入口处挂着一串风铃。

然后，风铃变成旋转的蓝白色警示灯，救护车还在车潮中喘息着试图杀出生路。它看上去是那么笨重、疲惫，已经是一条翻肚的胖头鱼，而周遭则是回流的大型鱼群，朝着家的方向，一天一次。同行的医护人员宣告了死亡时间，拔除了输送氧气的软管，那显然已是多余，白布不出意外地被盖上，它早就在一旁等候多时。司机呼出一口气，将刹车踏板上绷紧的脚背稍稍放松，此时，他不再是救护车司机，而成了灵车司机。如果不是不吉利，也许开灵车还算是个好差事，不用争分夺秒，与时间赛跑，只需要平稳驶抵目的地，毕竟，死了就再也不用着急。另一辆救护车就没这么幸运，车厢里的那位病患虽然奄奄一息，但毕竟还有一息。司机只好继续着刹车和油门来回切换的机械反应，就像在用起搏器来回拖拽一具毫无知觉的遗体。